アシンメトリー

飛鳥井千砂

角川文庫 17060

目次

アシンメトリー　5

解説　藤田香織　335

♡

買うドレスの色だけはもう決めていた。深いオレンジ色。柿色とでも言うのだろうか。朋美《ともみ》に似合うのは、深い色。そう紗雪《さゆき》に言われたことがある。背が高いし、肌の色はどちらかというと黒めだし、全体的に落ち着いた雰囲気だし……だっただろうか。理由については細かくは忘れてしまった。でもとにかく、私に似合うのは「深い色」なんだそうだ。カラーコーディネーターの資格を持っている紗雪が言うのだから間違いはない。

オシャレをするならいつも季節を先取りしないといけない。これも紗雪がいつか言っていた。

だから、深いオレンジ色。ドレスを着るのは九月の半ば、秋の初めである。深い色であり、秋を感じさせる色。完璧《かんぺき》だ。

「どんな感じのものをお探しですか？」

店に入ったら、早速、そう声をかけられた。三十代半ばと思われる女性店員が、張り付いたような接客用笑顔で私を見ている。

「深いオレンジ色のもの、ありますか？　橙色《だいだいいろ》って言うのか、柿色って言うのか」

「橙色、柿色ですね。それでしたら……」

店員が、壁際の陳列棚に手を伸ばす。

「こちらなんかはいかがです？　きれいな色ですよね」

かなり明るいオレンジ色のドレスを取り出された。光の加減で生地が光って見える。

「それはちょっと。派手で私には似合わないかな。もう少し落ち着きのある色のほうが」

深い、と言ったのを聞いていなかったのだろうか。

「えー、お似合いだと思いますけどね。でも落ち着きのあるものなら、……こんな感じですか？」

次に取り出されたのは、まさしく私が頭に思い浮かべていた色のドレスだった。

「そうそう、こういうの探してたんです」

「いい色ですよね。結婚式ですか？」

「はい。でもこれ、ノースリーブなんですね。腕は出したくないんです。色はぴったりなんだけど……。これの袖《そで》があるのはないですか？」

襟ぐりが広く開いていて、タンクトップになっている。腰の辺りから細くプリーツになっていて、裾《すそ》は膝下《ひざした》ぐらい。プリーツ以外に特に凝ったデザインがないのは私好みなので、ノースリーブだけが惜しい。

「1パターンのみなんですよ。でも腕を隠すなら、ショールとか羽織られては？　これに似合いそうなショール、いくつかお持ちします」

動きかけた店員を、急いで私は制した。

「いえ、いいです。ショール羽織ると、フォーマルな感じになっちゃうので。結婚式って言っても、ガーデンでやるカジュアルなパーティーなんですよ。だから、普段着よりちょっと格上なぐらいのがいいんです」

「そうなんですか。じゃあ、こちらは？　袖もあるし、シルエットもカジュアルな感じですよね」

ワンピースを取り出された。色がさっきよりは明るくなったが、許容範囲のものだった。でも、袖はあるが今度はスカートの丈がかなり短い。

「ミニスカートはちょっと。太いから、足は出したくないんです」

少し苛立《いらだ》った口調で、私は店員に告げた。腕を出したくないんだから、足だって当然出したくないに決まっているのに。なぜ察してくれないのか。

「えー、そんなに気にされるほど太くないですよ」

店員が大げさな笑顔を作りながら言うので、余計に苛立った。お愛想を言うのが仕事ではあるんだろうけれど、明らかに私より細い彼女に言われたら、嫌味にしか聞こえない。

「じゃあ、これは？　あ、これもノースリーブだからダメか。こっちは色が明るすぎですかねぇ。うーんと、そうなると……」

店員の口調が、だんだん投げやりになってきた。腕時計を見る。八時少し前だった。時間もないし、私だって早く決めてしまいたい。

「それ、いいかもしれません」

姿見の近くにかかっていたドレスを、私は引っ張り出した。色は求めていたものとほぼ同じ。袖もついているし、スカートも短くない。飾りは胸元のあたりに黒いビーズが細かくちりばめられている程度だから、カジュアルの範囲だろう。

「これ、いいな。試着できますか？　サイズが合えばこれにします」

「アシンメトリーですけど、いいですか？」

接客用笑顔はきっちり保ったままだったけれど、店員が一瞬微《かす》かに眉《まゆ》をひそめた。

「アシンメトリー？」

私の問いに、店員はドレスの左の腰下あたりを指差して説明した。

「対称じゃない、という意味です。右と左の裾の長さが違うんですよ。ここで、こっち側の布を引っ張って絞ってるんで、右がちょっと短いんです」

手を伸ばして、少し離した場所からドレスを見てみた。

「本当だ」

確かに右と左の裾の長さが違う。

「でも、少しの違いですよね？　短いほうでも膝下だし、ミニスカートよりは断然こっちの方がいいな」

「アシンメトリーは着こなしが難しいですけど……。エレガントな印象にもなるし」

店員がまだなにやら呟《つぶや》いていたけれど、無視して私はもう一度、「試着できますか？」と訊《たず》ねた。客の私が気に入ったのに、なんだと言うのだ。

「では、こちらに」

さっきまでより一トーン落とした声でそう言った店員のあとについて、試着室に向かった。


八時二十五分に家に着いた。ギリギリだ。テーブルには既に食事の準備がされていた。

「ただいま」

冷蔵庫の前に屈《かが》みこんでいる母親の背中に声をかけた。

「ああ、お帰りなさい」

冷蔵庫の扉を閉めながら、母親が立ち上がった。手には発泡酒の缶が握られている。

バッグと買い物袋を自分の部屋に置き、リビングに戻ってテーブルに着いた。母親はもう座って待っていた。

「いただきます」

二人して手を合わせた。私が箸《はし》を手にするのと同時に、母親は発泡酒の缶のプルトップを開けた。そして、ズズッとかグビッとか、あまり心地いいとは言えない音を喉《のど》で鳴らして、液体を流し込んだ。顔をしかめてしまいそうになるのを、必死にこらえる。

二十四のときに、このアパートに母親と二人で引っ越してきた。それから五年、「今日は外で食べるから夕食はいらない」と私が言った日以外は毎日きっちり八時半に、母親は夕食の準備を整えてくれる。残業や多少の寄り道をしても、八時三十分には必ず私が帰宅しているということで設定された時間だ。母親の仕事は、毎日、定時の六時で終わる。

食事が始まる時間は、五年間ずっと変わらない。変わったのは、母親が晩酌をするようになったことだ。お酒に合うおかずだから今日はちょっととか言いながら、時々飲むだけだったのが、いつの間にか三日に一回になり、最近では毎日発泡酒の缶を一缶は必ず淩《さら》えてしまう。母親がお酒を飲むなんてこと、ここに引っ越してくるまで私は知らなかった。父親はまったく飲めない人だったから、きっとずっと合わせていたのだろう。飲み会などに参加しても、最初の一杯が精一杯。自宅でなんて一度も飲んだことのない私は、お酒に関しては父親の血を継いでるらしい。

「何か買い物してきたの？」

母親が顔を上げて、訊ねてきた。帰ってきたときに、買い物袋を手にしていたのを見たのだろう。

「うん。パーティードレス。慣れない買い物したから、なんだか気疲れしちゃった」

母親は、左手に発泡酒の缶。右手に箸。その状態で、あろうことか両肘《りょうひじ》をテーブルについているという、かなりだらしのない格好をしている。

「パーティードレス？」

「うん。もう一着ぐらい持っててもいいかなって」

黒いシンプルなドレスをすでに一着持ってはいる。今までの結婚式やパーティーはいつもそれで出ていた。

「ああ、そうなの。うん、いいと思うわよ、もう一着ぐらい持ってても。自分で働いているお金なんだから、たまには贅沢《ぜいたく》に使えばいいのよ」

最近母親は、この手のことをよく口にする。朋美が自分で稼いだお金なんだから、もっと好きに、もっと自由に使えばいいのよ。

「でもドレスって？　誰かの結婚式でもあるんだっけ？」

肘をついたままの姿勢で、母親はゴーヤーチャンプルーに箸を伸ばした。

「うん。結婚式って言うか、結婚パーティー。言ってなかったっけ？　今の会社に一緒に入った友達。彼女はまだ派遣社員のうちに一年ぐらいで辞めちゃったんだけど、でもずっと仲良くしてくれてる子」

夕食のときに、身辺で起こった出来事は大抵母親に話すのだけれど、今回は言ってなかったかもしれない。何せ紗雪の結婚話はあまりに驚いたので、聞かされてからもしばらくの間、私自身がなかなか信じることができなくて呆然《ぼうぜん》としていた。

「ああ、難しい資格取って、今は家具屋さんに勤めてるって子？　きれいな名前の」

「そうそう、紗雪ね。インテリアコーディネーターの資格取って、インテリアと雑貨の店で働いてる。……びっくりしてるんだよね。こんなに早く結婚するタイプだと思わなかったから」

「あんたよりだいぶ若いんだっけ？」

「ううん。一つ年上」

「じゃあ、まったく早くないじゃないの」

私は今年で二十九歳になった。つまり紗雪は三十歳。確かに結婚する歳としてはまったく早くない。むしろ遅すぎるぐらいだ。

「そうなんだけど、結婚そのものをしないタイプかと思ったの、彼女は」

コップの麦茶を一口飲んだ。そしてゆっくりとまた口を開いた。

「雑貨や古着が好きで、個性的なオシャレする子なんだ。そういう子って、三十になっても四十になっても、ずっと若い格好して、実際いつまでも若く見えて、いくつになっても自由に恋愛して、結婚とかそういうの私は面倒くさいとか言ってそうじゃない？　なのに急に結婚するって言い出すから、びっくりしちゃったんだよね」

実際、「面倒くさい」とは言わなかったかもしれないけれど、「結婚したいなんて思ったことがない」とは言っていたのに。

「ふーん。まぁ、他人じゃわからないこともあるからねぇ。相手は？　どんな方と結婚するの？」

「紗雪より一つ年上で、飲食店やってる人、らしいよ。カフェバーって言うのかな。お茶も飲めて食事もできて、夜はお酒も飲めるっていう、最近多いオシャレそうなお店。似たもの夫婦ってとこかしらね」

相手のことを私はよく知らないの。でも聞いた話によるとこうらしいよ。そう聞こえるように、精一杯さりげなく話した。途中で立ち上がって、食べ終わった食器を流しに下げながら。

「へぇ。若いのにお店持ってるなんて、立派じゃない」

「でもオーナーは別にいて、雇われ店長なんだって。ちょっと結婚相手としては不安だよね。ちゃんとした会社員と比べると」

流しで母親に背中を向けたまま、少し冷たく私は言った。それは何度も、自分に言い聞かせた言葉だった。紗雪の結婚相手、治樹《はるき》に対して。この人は、結婚相手としてはちょっと不安。

「でもその紗雪ちゃんだって、そんな難しそうな資格持ってるぐらいだから、きっと仕事も続けるんでしょ？　結婚しても、子供産んでも、女の人がずっと仕事続けるって、最近はめずらしいことじゃないだろうし、大丈夫なんじゃないの」

言いながら、母親は空になった発泡酒の缶を持って流しにやってきて、私の隣に並んだ。

「なんだか今日は疲れちゃった。私、部屋に行ってるね」

急いでその場を立ち去った。このまま結婚の話を続けると、「あんたはどうなの？」とか、振られそうだ。

両親が離婚したのは、私が二十三のときだった。父親が突如切り出したのだ。実は十年前から、会社の部下の女性と付き合っている。彼女が妊娠したから責任を取って結婚をする。だから母親とは離婚する、と。

あの頃のことを私はよく覚えてない。あんなことが自分の人生に起きるなんて、夢にも思っていなかった。不倫。愛人。離婚。そういうものは、ドラマや映画の中だけで起こるものだと思っていた。もしかして、この世のどこかには実際に存在するところもあるのかもしれないけれど、それはドラマや映画と同じぐらい、私とはかけ離れた遠い「ところ」なのだと何の疑いもなく思っていた。

愛知県と三重県の県境に位置する、小さな町で生まれ育った。父親は会社員で、母親は専業主婦。一人っ子だった私が小学校の高学年になる頃には、母親は近所のスーパーにパートに出始めた。中学校に入る頃に、それまで住んでいた団地のすぐ近くに新しく建ったマンションに一家で移り住んだ。地元の公立高校を出て、電車で一時間かけて愛知県の専門学校に通った。卒業して、今度は反対側、三重県の製紙会社に就職して、一時間かけて通勤した。

なにも特別なことがなく、いたって普通に平凡にその町で育って暮らしていたように、今後も私の人生はそうやってごく普通に流れていくのだと思っていた。恋愛をして、結婚をして、子供を産んで――と、近所の上級生の多くが実際そうであったように、同級生の多くが自分の将来がそうであると思っているように、私もそうなのだと、なんの疑いもなく思っていた。

それなのに、突然。不倫、愛人、離婚。そんな有り得ない出来事が、ある日突然私にのしかかってきた。意味がわからなかった。今でもわからない。どうして私の人生に、そんなことが起こってしまったのか。どうして私がそんなことに巻き込まれないといけなかったのか。

東京に行く、と母親は言った。母親は九州の出身だが、昔の友人が東京で結婚をして、旦那《だんな》さんと小さな不動産会社を経営しており、そこで母親を事務として雇ってくれるということだった。

「朋美はどうする？」

母親は私にそう訊《たず》ねた。就職して二年目で、仕事に慣れ始めていた頃だったので、多少迷いはした。でも元々なんとなく入っただけの会社だったし、それほど仕事に熱意を持っていたわけではなかった。その頃彼氏はいなかったし、時々会って食事をしたりお茶を飲んだりする同級生や女友達は当然いたが、その年齢になると、やはりそれは時々でしかなかったので、離れたって時々会いに行けば済む問題だと思った。子供の頃から住んでいた町で、わざわざアパートを借りて家賃を払って一人暮らしをするというのもなんだかピンと来なかった。つまり私がそこに留《とど》まる理由は見つからなかった。

反対に出て行く理由はあった。小さな町だ。あの子のお父さんはずっと不倫をしていて、その愛人が妊娠して、それで両親が離婚したらしい。そんな話はすぐに広がってしまう。だから母親も出て行くのだろう。好奇の目で見られるのは、当然私だってごめんである。

それに何より、父親から一刻も早く離れたかった。愛人と二人で隣町で部屋を借りて住むということだったが、そんな近くにいるなんて耐えられなかった。ずっと長い間、平凡な家庭の父親の顔をしながら、裏では不倫を続けていた父親と、若い愛人。その二人の存在を感じなくても済む遠い場所に、一刻も早く逃げたかった。

二十三になっていたことが不幸中の幸いだったと、心から思う。そのときは彼氏はいなかったけれど、専門学校時代に同級生の男の子と付き合っていた。お互い就職してすれ違いが多くなり別れてしまったけれど、その彼と初体験は済ませていた。例えばまだ男の子と付き合ったことのない中学生や高校生の頃に父親の不倫が発覚していたりしたら、絶対に私は男性恐怖症になっていただろうと思う。

紗雪と出会ったのは、東京にやってきてすぐだ。今の会社に同期入社したのが、紗雪だった。

生活のためにすぐに仕事は始めなければいけなかったが、知り合いもいない、右も左もわからない土地にやってきたので、とりあえず私は派遣会社に登録をして、仕事を探してもらった。正社員登用制度がある事務職を希望した。最初に紹介されたのが、今も勤めているアパレル系の商社だった。採用試験は簡単な面接が一回あっただけで、すぐに採用された。初出勤の日、やはり今日から働き始めるという、別の派遣会社から来た女の子を紹介された。それが紗雪だった。

オシャレでかわいい子。それが最初の紗雪の印象だ。濃紺のパンツスーツで、中のカッターシャツは赤いチェックだった。その赤と同じ色の細い縁のメガネをかけており、濃い茶色の髪はラフにまとめ上げて、後れ毛の隙間から、小さな銀色の、星の形やハートの形をしたピアスが見え隠れしていた。スーツをそんな風にカジュアルに着こなすなんて発想は私にはなかったので、さすが東京の子はこんな風にオシャレなんだなぁと感心したのをよく覚えている。

緊張していたので、私は挨拶《あいさつ》が固くなってしまったのに、「はじめまして。よろしくお願いします」と、紗雪は最初から明るく振る舞えていたのも、うらやましく思うのと同時に好感を持った。

けれど、教育係の事務のベテラン社員さんが登場して、使うソフトの説明などが始まると、紗雪の顔色が変わった。焦った様子で慌しくペンをノートに走らせて、時々目が泳いでいるのも見て取れた。

「秋本《あきもと》さん、急いでますか？　お茶でも飲んで行きません？」

帰り際に、紗雪からそう声をかけられた。同期だし感じの良さそうな子だし、だんだん仲良くなれたらいいなあと思ってはいたけれど、まさか初日から声をかけてくれるとは思わなかったので、驚いた。でも悪い気はしなかった。

「えーと。別に急いではないけど」

「じゃあよかったら付き合ってくださいよ」

「う、うん。でも私、この辺りのお店とか、全然わからなくて」

「帰り、何線ですか？」

そう聞かれて、覚えたばかりの自分の使う路線の名前と、乗り換えの駅の名前を私はおずおずと口にした。

「じゃあ、駅構内のコーヒーショップでもいいですか？　私もこの辺りはそんなに詳しいわけじゃないんで」

「うん、そうしよう」

駅構内にあるようなコーヒーショップなら、地元にもあったし、気後れしないで済むと安心した。紗雪がどんどん自分のペースに私を乗せてくれることも、ありがたかった。でも「この辺りは詳しくない」という言い回しをするからには、東京の中に「詳しいエリア」もあるんだろうな。そんなことを考えながら、コーヒーショップの席に向かい合って座った。

「私、派遣会社にアパレルの売り場希望って言ってあったのに。今日の感じからすると、事務で雇われたっぽいですよね？　どうしよう、私パソコンなんてキーボードがなんとか打てるって程度にしか使えないんですよ。今日説明されたソフトとか、見るのも触るのも初めてだったし」

席に着くなり、紗雪は焦った顔をしながら、私にそうたたみかけた。今日は初日だから本社に挨拶に行くだけで、その後は売り場に派遣されると思っていたらしい。確かに紗雪の外見を考えると、それを希望していたというのは納得がいった。

「そうなの？　それって派遣会社が手違いしたってことよね。早く言ったほうがいいんじゃない？」

「そうですよね。でも私、資格が取りたくて講座受けてるから、早くお金がいるんですよ。今からまた新しい仕事探してもらって採用試験受けてってなると、その間の生活が厳しいかも。今日教えてくれた方、いい人そうだったし、初日だけ来て辞めるのも申し訳なくて。でも私に事務なんてできるかなぁ。どうしよう」

　そう言って頭を抱えた紗雪に、私は思い切って言ってみた。

「あの、よかったら私、教えてあげようか？　前の会社で使ってたソフトと同じだったから、私はすぐ使えると思うの。最初だけ頑張って覚えれば、そんなに難しくないよ、あのソフト」

「本当ですか？」

　紗雪が明るい表情を浮かべて、勢いよく顔を上げた。

「そうしてもらえると助かります。もちろん、そんなに長く勤める気はないからって、いい加減に仕事するつもりはないんで、教えてもらえるなら、頑張ります、私」

「長く勤める気、ないんだ？」

「え、だって、派遣だし……。秋本さんは長くいるつもりなんですか？」

「うん。職場の雰囲気が悪かったりしなければ、続けたいと思ってるけど。結婚の予定もとりあえずないし。正社員登用制度があるって書いてあったし」

「そんなこと書いてありました？　でも、ごめんなさい。長く勤める気はないとか軽々しく言っちゃって。秋本さんはずっといるかもしれないのに。気分よくないですよね」

　紗雪が申し訳なさそうに、私の顔を見た。表情がくるくる変わる子だなぁと思った。会って一日目で、既に私は沢山の紗雪の表情を見ていた。

「ううん、そんなの気にしないで。だって人にはそれぞれ事情があるし」

　付き合いやすそうな子だから、すぐに辞めてしまうなら淋《さび》しいとは思ったけれど、私は慌てて紗雪にそう言った。紗雪はそのあと、インテリアや雑貨の仕事がしたくて、インテリアコーディネーターとカラーコーディネーターの資格を取る勉強中だということを教えてくれた。この会社はそれまでのつなぎのつもりだと言う。

「そうなんだね。ねえ、ソフトの使い方教えるから、代わりに東京のこと教えてくれない？　ご飯やお茶するところとか、買い物するところとか……。私、こっちに引っ越して来たばっかりでなにも知らないし、友達もこっちにいないんだ」

　思い切って、私は紗雪にそう言ってみた。見下されるのが嫌で、それまでオシャレな子との付き合いは避けてきたけれど、この子は大丈夫な気がすると、最初に会ったときからなんとなく思っていて、誘ってくれたことと話をした感じから、その頃にはそれは確信に変わっていた。

「いいですよ、もちろん。私でよかったら」

案の定、紗雪はそう言ってにっこり笑ってくれた。東京に来た理由を聞かれたらどうしようかと思ったけれど、紗雪がそれを訊《たず》ねてくる気配はなかった。

「辻《つじ》さんは？　元々東京出身？」と、こちらからは少し質問をしてみた。

「うん、東京生まれの東京育ち。今は一人暮らししてるけど」

こちらに実家があるのにどうして一人暮らしをしているのだろうと不思議に思ったけれど、それこそ私もそうであるように、「人にはそれぞれ事情がある」のだろうから、こちらからは訊ねなかった。でも私と同じような境遇だったりするのかもしれないと思うと、ひそかに親近感を持ってしまった。

そのあとも色々話すうちに、紗雪のほうが年齢が一つ上だったことが判明した。若く見えたので完全に年下だと思い込んでいた私は、必死に謝った。ずっとタメ口で話してしまっていた。でも紗雪はまったく気にする風もなく、

「いいよ、そんなの。たった一つだし、同期になるんだし。じゃあこれから、お互い敬語はなしにしようよ」と言って、笑ってくれて、ますます私は紗雪に好感を持った。

すぐに私たちは、仲良くなった。毎日一緒に仕事をして、一緒にランチを食べて、休みの日にも時々外で会って、お茶を飲んだり買い物をしたりした。

外見のタイプも育った土地もまったく違うから無理もないけれど、紗雪からはよく、感覚や考え方の違いで驚かされた。

例えば、私の境遇を打ち明けたときのことだ。こんなに仲良くなったのだから、隠し事をしているのも後ろめたいと思い、知り合ってから半年ぐらい経った頃、私は両親が離婚したから上京したということを、紗雪に打ち明けてみた。

私にとっては勇気のいる打ち明け話だったのに、紗雪は、昨日会社でこういうことがあったのよという話を聞いたときのように、一言、「そうなんだ」と、言っただけだった。どうして離婚したのかなど、訊ねようともしてこなかった。おかげで「不倫」だとか「愛人」という嫌な言葉を発しなくてすんだけれど、紗雪のようなくだけたタイプの子にとっては、「離婚」も驚きの対象ではないのかと、こちらが驚かされてしまった。

紗雪の方にも複雑な家庭事情があるのではないかと思っていたので、このときさりげなく訊ねてみた。けれど、

「うち？　うちは父親が会社員で、母親はパートには行ってるけど専業主婦。二つ年下の妹がいて、妹はまだ実家に住んでるよ」と、返事をされた。ごくごく普通の家庭のようだ。

「どうして紗雪は一人暮らししてるの？」と続けて訊ねてみたら、

「実家、古い団地なんだ。きれいな部屋に住みたいじゃない。それに一人のほうが気楽でいいし」と、紗雪は答えた。

家庭が複雑じゃないのなら実家のほうが家事などしなくていいから楽だし、紗雪は資格を取るのにお金も必要なのだから、一人暮らしのほうが経済面の効率も悪いのじゃないかと、いまいち私には理解できなかった。私の地元では、結婚していない子はみんな実家に

住んでいるのが当たり前だった。

でもそういった「違い」はただの「違い」であって、驚きはするけれど、紗雪との仲を悪くするものでも、彼女の印象を悪くするものでも決してなかった。最初に思ったとおり、紗雪はオシャレで行動的だけれど、対照的に地味な私を見下したりなんかせず、違いをそのまま違いとして受け入れて付き合ってくれる、貴重であり自慢の友達だった。

でもそんな紗雪に、一度だけ「違い」で不快な思いをさせられたことがある。結婚について二人で話をしたときだ。

知り合って二年が過ぎた頃だった。その日はお互いの仕事が終わったあとに、待ち合わせて夕食をとる約束をしていた。紗雪はうちの会社に入ってから一年後に、無事インテリアコーディネーターとカラーコーディネーターの試験に合格して、そのときはすでに退社していた。インテリアと雑貨の店で働き出していて、その頃は社員になったばかりで、いつも忙しそうにしていた。予約をしていた店に着いたとき、紗雪から、残業で少し遅れるから、先に店に入っていてくれというメールがあった。

言われたとおり店に入って、飲み物だけを頼んで待っていた。そこに、中学と高校で同級生だった、地元の友達の麻美《あさみ》からメールが入ってきた。細身で派手顔の美人で、私のような地味なタイプをバカにしていた代表格の子だ。

――朋美ちゃんって、ぽっちゃりしてて女の子っぽい体つきでいいよね。私は細いから羨《うらや》ましい。

——男の子はさ、なんだかんだ言って、最後は朋美ちゃんみたいな控えめなタイプの子を選ぶと思うんだよね。

そんなような嫌味を、過去に何度麻美から言われたことか。

『東京で元気にやってますか？　実は私、結婚することになりました！　まだ式とか詳しいことは決まってないので、また連絡します。とりあえずはご報告』

こんな文章でメールは始まった。そのあとに、婚約者のプロフィールや、どこで出会ったかなどが延々書かれていた。地元の有力企業の自動車会社の営業マンで、三つ年上だという。友達つながりの飲み会で知り合ったと書いてあったけれど、どうせそういう目的の合コンでしょう、と私は鼻で笑いながら読んだ。婚約者の彼と麻美の、2ショット写真も添付されていた。爽《さわ》やかで、仕事ができそうな男の人だった。

その頃私には、隣の課の先輩に紹介されて付き合い出した彼氏がいた。保険会社に勤めていて、三つ年上だった。けれど付き合いだして一年を過ぎても、全く結婚話が出ずにイライラしていた。

そんなときだったから、麻美からの惚気《のろけ》メールを読みながら、さぞかし顔をしかめていたんだろうと思う。

「どうしたの。怖い顔して」

やって来た紗雪が、私を見るなりそう言った。

「地元の同級生がね。結婚するんだって」

料理を注文した後、私は紗雪に説明をした。麻美がいかにわがままで、意地悪な子だったか。私や、同じグループだった友達が、どれほど麻美に振り回されたか。男友達を呼ぶからみんなで遊びに行こうと麻美に誘われて行ってみると、男の子たちは明らかに全員麻美に気があり、麻美だけがひたすらチヤホヤされ、私や他の女の子は虚《むな》しい思いをしたこと。ずっと前から他の友達が好きだった男の子を、麻美があっさり奪ってしまったこと。

「ああ、いるいる、その手の女。なにが楽しいんだろうね」

最初は紗雪も、そんなことを笑って言いながら頷《うなず》いてくれていた。

「で、結局、その中の誰でもない男の子と、一番最初にちゃっかり結婚だって。さんざんみんなのこと振り回しておいてさ。よくそういうことできるよね」

紗雪が不思議そうな顔をしてみせたのは、私がそう言ったあとだった。

「そういうことって、結婚？　結婚相手は、友達の誰とも関わってない人なんでしょ？　だったら別にいいんじゃないの？」

「まぁ、そうだけど。でも、一緒に仲良かった友達、まだ誰も結婚してないんだよね。なのに遊びまくってた麻美が最初なんて、なんだかなぁって思わない？」

紗雪はまた、不思議そうに首を傾げた。

「んー？　それって、みんな結婚したがってるって前提の話？　実際、みんなそうなの？」

紗雪の質問に、今度は私が首を傾げた。

「別に人より早くなくてもいいけど……。でも、普通にしたいでしょ、誰でも結婚は」

紗雪がなにを疑問に思っているのかがわからなかったので、つい苦笑い気味になってしまった。

「そうなの？　それって普通なの？」

今度は紗雪のほうが、そう言いながら私に苦笑いをしてみせた。

「じゃあ私、普通じゃないのかも。結婚したいなんて思ったことないもん」

「え、そうなの？　独身主義？」

私は驚いて、訊ねた。そういえばそれまで、紗雪と結婚をテーマに話したことはなかったかもしれない。

「独身主義って、そんな大げさなものじゃないけど……。結婚かぁ。好きな人とだったら、したいけど」

「好きな人、いたことあるでしょ、今までに。彼氏いたじゃないの」

その頃は別れてしまっていたけれど、知りあったばかりの頃、紗雪には彼氏がいた。

「うん、まぁね。……でも、前の彼氏とは考えたことなかったなぁ。私、結婚考えるほど、長い付き合いしたことないんだよね」

紗雪の前の彼は、フリーのカメラマンの助手だった。付き合う期間も短かったけれど、やはりそういう職業の人相手だと、なかなか結婚には結びつかなかったのかもしれない。

一緒にいるところを一度見かけたことがあったが、女の子みたいに髪が長くて、膝《ひざ》のあたりがズタズタに破れているジーンズを穿《は》いていて、私は絶対仲良くなれない、ましてや付き合うだなんて有り得ないタイプだと思ったことを覚えている。

「朋美は？　保険会社の彼とは、結婚考えてるの？」

「最近、彼忙しくて、あんまり会ってないし、上手《うま》くいってないんだよね。でも、別に彼じゃなくても、いつかは結婚したいじゃない？　もうすぐ二十六だし、紗雪もそろそろそういうこと考えない？」

紗雪は私の言葉に、「うーん」と首を捻《ひね》った。

「考えないなぁ。だって結婚って二人でするものだから、相手があって初めて成立するものでしょ？　相手がいないときでも、結婚だけしたいっておかしくない？　彼じゃなくてもって、全然わからない」

紗雪が少し語気を強めてそう言ったことに、私ははっきりとカチンと来てしまった。「おかしくない？」と言われたことが不快だった。「非常識だ」「普通じゃない」と言われた気がした。

両親の離婚は唯一自分にとっての汚点だけれど、あれは私はとばっちりを受けただけで私が自ら招いたことではないし、それを除いたら、私ほど常識的で普通な人間なんていないはずだ。子供の頃から、ごく普通に平凡に生活してきたし、よい方にも悪い方にも目立つことはなかった。

店員に料理を注文する、紗雪の姿を盗み見てみた。その頃の紗雪は、髪をほとんど金色に近い茶色に染めていて、その日は頭の高い位置できっちりとお団子を結っていた。そのためむき出しになっていた耳では、沢山のリングのピアスが揺れていた。右に三つ、左に五つだ。服は上は白い無地のシャツだったが、対照的にスカートは民族衣装のように派手な柄で、くるぶしまであるロングだった。腕には鮮やかな色のブレスレットを何個もつけていて、水を飲むたびに、ぶつかり合って音が鳴っていた。

よく似合ってはいるけれど、どう考えたって紗雪の身なりは、「普通」だったり「常識的」だったりはしないと思った。それなのに、そんな紗雪に「おかしくない？」なんて言われたくなかった。

「人生設計ってあるでしょう、普通。なんとなくでも、いつか結婚して、子供は何人産んで――とか。紗雪はそういうのないの？　全くの無計画なの？」

注文を終えて、こちらに向き直った紗雪に私は言った。子供の頃、友達とそういう話をして盛り上がったことぐらい誰にでもあるじゃないのと思った。

「無計画って。そんなことないよ。やりたい仕事があって、ちゃんとそのために勉強して資格取ったでしょ、私。実際その仕事に就いてるし、今」

紗雪が明らかにムッとした顔でこちらを見た。それで私は少し我に返った。「おかしい」と言われたことでムキになってしまったけれど、確かにさすがに「無計画」は失礼だったかもしれない。

「そうだよね、ごめん」

慌てて謝ると、紗雪のほうも少し焦った顔をした。そして急いだ様子で笑顔を作って、

「そうだよー。それに私、年金とか税金とかちゃんと払ってるし、貯金もそれなりにあるんだよ。意外とそういうところはしっかりしてるんだ」と、いつもの紗雪の明るいノリでそう言った。

一瞬嫌な空気が流れてしまったけれど、お互いケンカをすることは望んでいないことが、そのやり取りで明らかになった。だからその話はそれでおしまいにして、それ以降私たちは、いつも通り近況報告などしあって、食事の時間を楽しんだ。

「でもさぁ、その今度結婚する美人の子」

帰り際に、紗雪が少しだけさっきの話題を掘り返してきた。麻美のことだ。

「ずっと仲良くしてたぐらいだから、いいところとか、朋美と合うところもあったんでしょ？　少しは」

「ないよ」と、私は即答した。

「合わなくてもさぁ、女の子のグループって一度仲良くなっちゃうとなかなか付き合うのやめたりできないじゃない？　そういう感じで、嫌だけどずるずる付き合ってただけ」

「ふーん」と妙な感じで頷きながら、紗雪は席を立った。

「私はそういうのないなぁ。嫌いだったら、すぐ付き合うのやめちゃう。あんまりグループ付き合いもしなかったし、昔から」

「そうなんだ」と呟《つぶや》きながら、私は最後にコップの水を一口飲んだ。そして、これはただの「違い」なんだと自分に言い聞かせながら、席を立った。

麻美の結婚が破談になったと聞いたのは、それから半年ぐらい後だった。婚約しても相変わらず他の男の子と遊び歩いたり、同時期に複数の男の子と付き合っていたことがあるのが知られて、相手の親から訴えるとまで言われて大変だったという。地元の友達伝《づて》に聞いた。結局どうなったかは誰も知らなかったが、みんなには自業自得だと思われているようだった。

同じ頃、私は保険会社の彼と別れていた。結局結婚話がでないままに、最後は自然消滅のようになった。

二十七歳を過ぎると、結婚に対していっそう焦り始めていた。いくつまでに結婚すると、はっきり決めていたわけではなかったけれど、自分が一人っ子で淋《さび》しかったから、幼い頃から子供は二人以上産みたいと思っていた。そう考えると、逆算したら結婚する相手とはもう付き合いを始めていたい頃だった。電撃婚なんてしたくない。きちんとしばらく付き合って、この人なら、と思える人と堅実な結婚がしたかった。

それまであまり付き合いのなかった、会社の他の課のツテの飲み会などにも顔を出すようになった。けれど本格的に結婚を意識すると、職業や年齢だけじゃなく、ちょっとした癖や喋《しゃべ》り方なんかの細かいことまでもが気になってしまって、かえってなかなか付き合いを始められる相手には出会えずにいた。

地元の友達や、会社の同年代の女の子や先輩の何人かが、私がまごついている間にどんどん結婚していった。

「腐れ縁の男友達が、カフェの店長になったの。開店したばっかりでまだ客の入りが少ないんだって。朋美、付き合ってくれない？　料理もお酒もそいつが作ってるんだけど、おいしいよ。料理の腕だけは本物のやつなんだ」

紗雪にそう誘われて、治樹の店に初めて行ったのは、今から一年半ぐらい前の冬の初めだった。今までの経験から、紗雪の男友達に私とウマの合う男の子なんているわけがないと思っていたので、あまり気が乗らなかったけれど、

「最近の朋美、結婚結婚って目が血走っちゃってるよー。飲み会ばっかりで私との付き合い悪いし」

と、冗談っぽく紗雪に言われ、付き合うことにした。確かに紗雪とはその頃あまり会っていなかった。「おかしくない？」と言われたことを、まったく意識していなかったというと嘘になる。でもその頃はもうわだかまりもだいぶ解けていたし、明るい紗雪と会うとやっぱり楽しかったので、治樹の店に付き合ったのは、自分への反省の意味もあった。

店は想像したとおりのオシャレな感じだったけれど、店長である治樹は、私の想像とは少し違っていた。

細身で肌がきれいで、品のいい優しげな顔をしていた。今までに見かけたことのある紗

雪の男友達や彼氏とは違って、見ているだけで気後れしてしまうような気合いの入ったオシャレな格好ではなく、シンプルな紺色のニットに、シルエットのきれいなジーンズを無理なく着こなしていた。時計だけちょっと凝ったデザインのものをしていたけれど、バカみたいに高いブランドのものではなかったので、好感を持った。前髪が目にかかりそうで、髪は男の人にしては長めだったけれど、変な色に染めていたり傷んでいたりはしていなかったので、清潔感もあった。

「友達連れて来てあげたよ。感謝してよね。秋本朋美ちゃん。こっちは、藤原《ふじわら》治樹」

紗雪にそう紹介されて、「どうも」と言って私は治樹に頭を下げた。紗雪と私は、カウンター席に並んで腰を下ろした。

「こんにちは。いらっしゃいませ。なんか無理矢理来てもらっちゃったみたいですみません。なに飲まれます？」

丁寧な口調で治樹はそう言って、柔らかく笑った。

「そんな。全然無理矢理じゃないですよ」

私は慌ててそう返した。

あまりアルコールは得意じゃないと言ったら、治樹はメニューにはない、軽くて飲みやすいカクテルをわざわざ作ってくれた。お酒も料理も、紗雪が言ったとおり本当においしかった。

「なんか安心した。紗雪に、朋美ちゃんみたいなきちんとしてそうな友達がいたなんて。

自分と一緒で妙な友達ばっかりだもんな、お前」

私と紗雪の顔を見比べながら、治樹が言った。私はどうしていいかわからず、愛想笑いをしておいた。

「ああ、ごめんね。紗雪がいつも朋美、朋美って話してるから、いきなり名前で呼んじゃったけど、よかった？」

顔を覗《のぞ》きこまれてそう言われたので、「ええ。全然構わないです」と、私は顔の前で手を振りながら言った。すごく自然に呼ばれたので、まったく嫌な気分になんてなっていなかった。

「妙な友達ばっかりってなによ。治樹だって人のこと言えないでしょう」

紗雪が私の隣で、口を尖《とが》らせた。

「まあね。お互い、こういう仕事だとそうなるよなぁ」

紗雪と治樹は、中学校と高校が一緒だったという。治樹が一年先輩らしい。

「まったく先輩扱いなんてしてくれないけどね、こいつ」

首を竦《すく》めて、治樹は笑った。

「学生時代の先輩後輩関係っておかしいよね。たかが一つ二つの年の差なのに、先輩って呼んだり、きっちり敬語使ったりしてさ」

「学生時代だって、紗雪に敬語なんて使われたことないぞ、一度も。先輩って呼ばれたこともないし」

「やだー。治樹に先輩だって。敬語だって。気持ち悪ーい。鳥肌立ちそう」

そんな風に二人はじゃれ合って話していた。本当に仲がいいんだということが見て取れた。けれど、二人で話し込んで私をのけものにするなんてことはなく、どんな話題でも必ず私にも振ってくれたので、私もその時間を十分に楽しむことができた。

「よかったら朋美ちゃん、また来てね。紗雪が一緒じゃなくても遠慮せずに来てくれたら、嬉《うれ》しいな」

帰り際に治樹にそう言われた。紗雪はそのときトイレに行っていた。

「本当ですか？　私、帰り道この駅で乗り換えだから、本当に来るかもしれません。迷惑じゃないです？」

思い切ってそう訊《たず》ねてみた。お酒は飲めないけれど、店の雰囲気も治樹も感じがよいし、料理もおいしいし、また来たいと思っていたところだった。

「もちろん。いつでも来てくださいよ。あ、じゃあこれ。雇われの身なんで、そんなにサービスしてあげられないから、代わりに。次来てくれるときに使って」

そう言って治樹は、割引券を私に差し出した。受け取るときに、少しだけ治樹の手に触れた。ごつっとした指の骨に一瞬触った気がした。細身だけれど、やっぱり男の人の手だなぁと思った。

それから時々、私は仕事帰りに一人で治樹の店に顔を出すようになった。最初は紗雪に一言断ったほうがいいだろうか。自分が引き合わせた者同士が、自分のいないところで会っているのは嫌だろうか、などと考えたけれど、二人で遊びに行くわけではなく店に客として行くのだし、大体紗雪はそんなことを気にするタイプじゃないじゃないかと思い直して、特に紗雪には報告はしなかった。

でも治樹と店で二人で話す話題は、やはり共通点がそれしかないので、紗雪のことが多かった。

「紗雪とは、中学校から、ずっと途切れないで仲よかったんですか？　最近急にまた仲良くなったとかじゃなくて？」

「うん。途切れたことはないなぁ。なんだかんだで、ずっとつるんでる感じ」

「へぇ。そんなにずっと仲良しなのに、付き合ったりはしなかったんですか？　一度も」

「ないない。最初に友達になっちゃったからね。お互いそんな風に意識したことないよ」

治樹がそう笑って言うのを聞いて、少なからず安心した。二人は、本当にただの仲の良い幼なじみらしい。

「紗雪って、昔からあんな感じだったんですか？　個性的な格好して、目立ってました？」

「そうだなぁ。校則にひっかからないところギリギリで、制服いじったりしてたかな」

「学年違うのに、最初はどうやって紗雪と治樹さん、仲良くなったんですか？」

「なんでだったっけ？　あ、委員会が一緒だったんだ。美化委員。あれ、清掃委員だったかな？」

治樹の店に行くのは、最初は二週間に一回だったのが、だんだん一週間に一回となり、時には週に二回行くこともあり、私の生活の中の習慣の一つになっていった。

その頃から、紗雪の話だけでなく、私の仕事場での話や、子供の頃の話なんかもできるようになった。治樹はあまり自分のことは話さなかったけれど、一応、客と店員だから、聞き役に徹してくれているのだろうと思った。

私がカウンター席で治樹と喋《しゃべ》っていたときに、治樹の友達らしい男の人が客として入って来たことがあった。「友達なんだ。朋美ちゃん」と、治樹は私をその人に紹介してくれた。「友達の友達」ではなくて「友達」と言われたことで、思わず顔がにやけてしまうほど嬉しかった。治樹の店に行くようになってから、私は男の子と知り合うこと目当ての飲み会に行く回数が格段に減った。

だからといって、別に私は治樹と付き合いたいと思っていたわけじゃない。想像していた「紗雪の男友達像」よりは親しみやすかったけれど、それでも治樹はやはり紗雪側のオシャレな人種だし、私みたいな地味な女なんて相手にされないだろうと、ちゃんとわきまえていたつもりだ。それに店長とはいえ、普通の会社員よりは不安定な職業だから、私が理想とする堅実な結婚相手とも異なっていたので、本気で好きになってはいけないと、自分によく言い聞かせていた。

ただ私は――。治樹ともっと仲良くなれたら、紗雪と同じように、私のことも年下の女友達としてかわいがってくれたら。私にも、それぐらいの少しいい思いをさせてもらえたら――。ささやかにそう思っていただけだ。それなのに――。

「朋美、最近も治樹の店に行ってる？　治樹から聞いた？」

紗雪にそう訊ねられたのは、今から一か月ほど前。二人で最近の紗雪のお気に入りだというカフェで、お茶を飲んでいるときだった。

「たまにお邪魔してるけど。聞いてるって、何を？」

「じゃあ、聞いてないんだ。私ね、結婚しようと思って」

「へっ？」

バカみたいな声が出てしまった。

――結婚。けっこん。ケッコン。紗雪が？

例の一件以来、紗雪の口から「結婚」なんて言葉が出る日が来るとは思っていなかった。紗雪の口から今出たその「結婚」という言葉は、私が知っているその言葉の意味と全然違うものなんじゃないかと思った。発音が同じだけで、全然違う意味を持つ、なにか。

「……誰と？」

しばらく呆《ほう》けたあと、やっと私の口から出てきた言葉はそれだった。

「え、だから治樹と」

でもそう紗雪に答えられて、今度はバカみたいな声さえ出なかった。いつまで待っても、私の口からは何の言葉も出てこなかった。

「長い付き合いだからさ、私たち。今さら恋愛したとかそんなんでもないんだけど」

やがて紗雪のほうが、口を開いた。

「でもちょっと前に治樹と話してたときにね、私たちって結婚したら都合がいいんじゃないかな？　とか、そんな話になって。そうしたら、どんどん話が進んじゃってね。お互いの親にも何度も会ってるから、まったく反対とかもなくて、周りがすごく喜んでくれて。で、籍だけ入れればいいよねって私たちは言ってたんだけど、仲間うちが、肴《さかな》にして騒いでやるからパーティーだけでもやれってうるさいの。だから九月にラフな感じで一応パーティーだけするんだけど。朋美には共通の友達がいないから一人で申し訳ないんだけど、来てくれるかな？」

一気に喋って、紗雪はテーブルに身を乗り出して、私の顔を覗《のぞ》きこんだ。

「朋美、聞いてる？」

「聞いてるよ」

慌てて私は返事をした。声が上ずらないように気をつけながら。

「来てくれる？　パーティー」

「もちろん」

そう言って必死に笑顔を作った。

「緊張しちゃうな。紗雪と治樹さんの結婚パーティーなら、来る人たち、みんなきっとオシャレよね。どうしよう、私、黒いドレスしか持ってない。これを機会に新しいの、買っちゃおうかな。楽しみ」

　早口でそう取り繕った私の顔を、紗雪は真っ直ぐにじっと眺めていた。そしてしばらくしてから、ゆっくりと口を開いた。

「よかった。朋美が私たちの結婚を喜んでくれて、嬉しい」

　そして紗雪は、口角と目じりをゆっくりと吊《つ》り上げて、静かに笑みを浮かべてみせた。

　それは、これまでの付き合いで紗雪が私に向けたことのある明るくて陽気な笑顔とは、まったく違うものだった。冷たく、張り付いたような印象だ。

　胸の奥のほうに、嫌な衝撃が走った。誰かが私の心臓を引っ張って、そのまま力いっぱいぎりぎりと捻《ねじ》っているような。

　動揺を悟られないように、私はゆっくりとコーヒーカップに手を伸ばした。紗雪はまだ笑みを浮かべたままで、私の動作を見守っていた。


「ねぇねぇ朋美ちゃん」

　着替えを終えて、更衣室を出ようとしていたところに声をかけられた。松田《まつだ》さんだ。入社したときに仕事を教えてくれたベテラン社員のおばさんである。入社以来、ずっと私を可愛がってくれている。

「この間、私、辻さんに会っちゃった。あの子辞めたのいつだっけ？　三年？　いや、四年ぶりだったのかしら」

紗雪のことだ。高校生の娘さんと先週末買い物に行ったときに、偶然入った店が、紗雪の職場だったという。

「あの子って、うちにいるときからそうだったけど、服とか髪とかチャラチャラいじってるけど、中身はしっかりしてて、明るいいい子よね。そのときも、お久しぶりです、その節はお世話になりましたって腰折って挨拶《あいさつ》してくれてね。店長さんだかにも紹介してくれちゃったわよ」

食器を何点か買った、と松田さんは言った。

「でもびっくりした。朋美ちゃん、まだあの子と仲良くしてるんだってね。全然違うタイプなのに、辞めてもずっと付き合ってるとは思わなかったわよ」

紗雪が辞めた後から入ってきた後輩たちも、長くて一年半。短い子なら、三か月。正社員になることなく、みんな辞めてしまった。その子たちとは連絡は取っていない。会社で仲良くしているのは、松田さんと、隣の課の、一時期よく一緒に合コンに行った先輩だけだ。でも、それも会社の中だけでのことで、休みの日にまで会ったりはしない。東京の知り合いで私が一番仲良くしているのは、今でも最初にできた友達の紗雪である。

「でも違うタイプの子と付き合うほうが、お互い刺激を受け合っていいのかもしれないわね」

松田さんの言葉を聞いて、「刺激……」と私は小さく呟《つぶや》いてみた。「え、なに？」と松田さんが聞き返す。

「あ、いえ。あの子、今度結婚するんですよ。聞きました？」

「そうなの？　聞かなかった。あら、そう。なんかちょっと意外。結婚なんてしなそうなタイプに見えたのに」

紗雪らしい。久々に会った人や、今後の付き合いがなさそうな人には、嬉々《きき》として語ったりはしないのだろう。私に報告してきたときでさえ、淡々としていた。離婚も事件ではない紗雪には、結婚だって別に事件ではないのだ。だって「結婚したらいいんじゃない、という話になって」、そして本当に結婚するだなんて、そんな軽い感じ、私にはまったく理解できない。

「じゃあ朋美ちゃんも辻さんの後に続きなさいよ。もう三十路《みそじ》が目の前なんだから、そろそろお母さん安心させてあげなさい。なんて、こういうこと言うのってセクハラになるんだったかしらね？　女同士でもセクハラって言うの？」

松田さんが笑う。セクハラでもなんでもいいから、そのお節介を行動にまで移してくれたらいいのに、と思う。知り合いのいい独身男性を紹介してくれたりしないだろうか。

愛想笑いを返したところで、松田さんの携帯が鳴り出した。

「あら、娘からだわ。ちょっとごめんね」

電話に出た松田さんに、「お先に失礼します」とジェスチャーで伝えて、私は更衣室を出た。

外に出ると、途端に蒸し暑い空気が体を包んだ。冷たい炭酸ジュースや、アルコールの軽いお酒がおいしく飲めそうだ。

治樹の店に行ってみようかと迷った。紗雪との結婚の話を知ってから、一度も行っていない。もう一か月以上になる。それまでの頻度を考えると、そろそろ不自然に思われてしまう。

でも、行ったところで、治樹となにを話そう。「紗雪との結婚、おめでとう」と言わないわけにはいかないけれど、私はちゃんと言えるのだろうか。

自問自答しながらも、治樹の店がある駅で、とりあえず降りてみた。店の方面に向かってみる。

今日店に行かなくたって、今日はおめでとうと言わずに済んだって、どうせもうすぐ結婚パーティーに行くのだ。そのときには絶対に「おめでとう」を、言わなければいけないのだ。だったら、紗雪と並んでいるときじゃなくて、せめて治樹が一人の今日の方が、まだ虚《むな》しい思いをせずに済むかもしれない——。

そんなことを考えながら、とりあえず、店の向かいの本屋に入ってみた。治樹の店が見える位置に立って、適当な雑誌を取って立ち読みをしているふりをしながら、店を盗み見た。まるでストーカーだと、自分を笑いながら。

カウンターの私もよく座る席に、見慣れた後ろ姿を見つけた。紗雪だ。勢いよく雑誌を閉じて、大急ぎで本屋を出た。駅に向かって走る。

「刺激」という、松田さんの言った言葉が頭に浮かんだ。私が刺激したのだろうか。紗雪と話をしていて、紗雪との「違い」に「そんな考え方があるんだ」といつも私が思ったように、紗雪も私の結婚観を聞いて、思うところがあったのだろうか。結婚したいなんて思ったことなかったのに、私と話して考えるようになったのだろうか。そしてただの「仲のいい幼なじみ」だったはずの治樹を意識して、本当に結婚することになったのだろうか。ラブソングやドラマなんかではよく言っている。いつもそばにいてくれた人が好きだと気が付いたとかなんとか、そんなことを──。

駅に着く前に、足がもつれて息が上がってしまって、交差点で私は足を止めた。胸が異常なほど速く打っている。少し走っただけなのに、こんなに胸が速く打つなんておかしい。いくら平静を装っても、明るい声を出しても無駄だ。この子だけには絶対に先を越されないと思っていた友人が、私より先に結婚してしまう。しかも相手は、私が憧《あこが》れていた人。その事実は、悔しいけれど、こんなにも私を今動揺させている。

なにかがおかしい。なにか違和感がある。

紗雪と治樹の結婚パーティーの日は、朝からよく晴れていた。治樹の店のオーナーが経営しているというレストランは、白が基調の外装で、洋風の可愛らしい造りだった。ガーデンと接しているガラス張りの壁の向こうに見えるテーブルや椅子は、紗雪の店で売っている雑貨やインテリアに通じるものがある。洗練されていてオシャレだ。でも今日、店内は、新郎新婦の控え室としてしか使わないらしい。

新郎新婦はまだ登場していないけれど、招待客たちはみな、ガーデンで立食でふるまわれている料理やドリンクを楽しみながら談笑している。場内の五十人ぐらいの客は男の子の方が多い。新婦の紗雪に男友達が多いせいだろう。連れがいない私は、一人だということに気がつかれないように、人と人との間を忙しく移動しながら時々料理に箸《はし》を伸ばしている。

秋色のドレスの女の子がいない。思った通り、あの二人の友達だけあって、パーティードレスではなく、カジュアルな着こなしの子が多いけれど、水色だとか淡いピンクだとか明るい色が多いのだ。秋ではなく、春や夏の色だ。それぐらい私にだってわかる。どうして——。オシャレをするなら季節を先取りするんじゃなかったのか。

やがて理由には気が付いた。九月とはいえ、まだまだ残暑が厳しい。歩きまわっていると、じんわりと汗が体にまとわりついてくる。今日は天気も最高にいい。太陽の光に、ガーデンの明るい緑がきれいに映えている。そして、治樹の店のオーナーが経営しているというレストランの外装は白が基調である。

明るい緑。白。太陽光。この空間は秋なんかじゃないのだ。招待状に、レストランとガーデンの写真が載っていた。私以外はみんな、それにちゃんと気が付いていたのだ。

「もうすぐ新郎新婦来ますんで。これ乾杯用のシャンパンです」

長い髪を後ろで一つに束ねた男の子と、スーツにスニーカーを合わせている男の子二人組がグラスを持って、近付いてきた。さっき、受付をやっていた二人組だ。

「紗雪ちゃんの友達ですか？」

スニーカーの男の子が、私に聞いた。

「へえ。紗雪ちゃんに、こんな真面目そうな友達がいたんだなぁ」

今度は髪の長い男の子が言った。

「紗雪が今の雑貨屋に勤める前にいた会社で、同期だったんです」

そう説明すると、

「そういえば、ちょっとだけ事務やってたことあるとか言ってたな」

「マジで？　そんなちゃんとした仕事、あいつにできるの？」

やたら明るい声で、男の子たちは笑い転げた。「真面目そう」「ちゃんとした仕事」。褒め言葉であるはずなのに、その笑い方から気分はよくならなかった。

紗雪は仕事できましたよ。覚えも早かったですよ。そんな風に話を広げることもできるけれど、面倒くさくなって、私は彼らに、愛想笑いだけ返しておいた。まだシャンパンを配らなければいけないのか、男の子たちはやがて離れていった。

「お待たせしました！　新郎新婦の登場です！」

レストランとガーデンの間に簡易的に作られた壇上でマイクを握っている女の人は、赤が基調のエスニック風のワンピースを着ていた。洋風のレストランとはテイストが違うはずなのに、白い壁と緑のガーデンには、何故かいい具合に溶け込んでいた。

拍手と歓声の中、レストランからガーデンに降りてきた新郎新婦は、タキシードとウェディングドレスではなかった。治樹は、質のよさそうなベージュのスーツ。中のシャツは、初めて会ったときに紗雪が着ていたのと色違いのような水色のチェックだ。紗雪は、白いワンピースだった。上はタンクトップになっていて、腰のあたりから何枚も布が重ねられていて、スカート部分をふんわりとさせていた。その布一枚一枚の長さが違うので、裾《すそ》がジグザグのようになっていて、ちぐはぐな感じだ。一番長い部分で膝下《ひざした》ぐらい。生足を晒《さら》して、水色のリボンがついたサンダルを履いていた。そのリボンと同じ色の花と白い花で作られている髪飾りを、緩くウェーブがかかった長い髪に飾っていた。

「妖精《ようせい》の服みたいだね。あのスカートとか」

「ほんとだ。アシンメトリーって着こなすの難しいけど、さすが紗雪だね。よく似合ってる」

私の後ろから、女の子たちの話し声が聞こえてきた。

――アシンメトリーですけど、いいですか？

ドレスを買ったとき、店員がそう言っていたのを思い出した。

「奥さんって、いくつなんだっけ？」

「治樹の一つ下って聞いたよ」

「え、じゃあ三十歳？　マジで？　二十歳そこそこにしか見えない」

「治樹もたいがい若いけどな」

斜め前あたりでは、男の子たちがそんな風に盛り上がっていた。

「足も腕も、堂々と出しちゃってるねぇ。ウェディングでロングじゃないってめずらしいけど、かわいいからいいね」

「私も、今日は腕も足も出してるよ」

「あんたは紗雪みたいに細くないでしょう」

「太いからって隠しても隠しきれないでしょ。だからこれからは堂々と出して行こうと思って」

斜め後ろから、女の子たちが話すのが聞こえた。そっとそちらを振り返ってみた。ノースリーブでミニスカートの鮮やかな青いワンピースを着ている女の子がいた。太いというよりグラマーな感じで、魅力的だった。

「まぁね。下手に隠すより出したほうがいいよね。どうせ服の上からでもシルエットでわかっちゃうんだし」

隣の長身で細身の女の子が言った。彼女はなんの飾りもない、チャイナ服のようなシンプルな赤いドレスを着ていた。隣の彼女とは対照的だったけれど、こちらもよく似合っていて、魅力的だった。

ガーデンに降りてきた紗雪と治樹は、あっという間に沢山のグループに取り囲まれて、その応対に追われている。

帰ろう、と思った。私は紗雪とは違う。治樹とも違う。ここにいる人たちとも違う。

涙がこぼれてきそうになって、唇を嚙《か》んだ。シャンパンのグラスを、近くにあったテーブルに置いて、人をかきわけてガーデンの出口に向かった。

私は、贅沢《ぜいたく》なことを望んだことなんて一度もない。普通に結婚して子供を産んで、ごくごく平凡な人生を過ごしたいと、子供の頃からそう思っていた。麻美のように、男の子を弄《もてあそ》んで、女の子を嘲笑《あざわら》ってなんてこともしていない、したことがない。真面目に一生懸命生きてきたつもりだ。

――それなのに、どうして。そんな当たり前の望みさえ、私は叶《かな》えさせてもらえないのか。紗雪にまで結婚で先を越されて、その上どうしてこんな虚しい思いまでさせられなければいけないのか。

「あの、すみません」

早足でガーデンの出口を出ようとしていたときだった。すれ違った人に声をかけられた。背の高い男の人だ。

「藤原治樹と、辻紗雪の結婚パーティー会場ですか？　ここ」

「え？　ええ、そうですよ」

私、泣いてしまっていないよね、と目を伏せがちにしながら、ガーデンの方を顔で指して頷《うなず》いた。真ん中の人だかりの中心に、紗雪と治樹がいる。

「本当だ。うわー、囲まれてるなぁ。受付にさっき行って来たんですけど、誰もいなかったんですよ。どの人が担当かわかります？　遅れて来たんで、あとで会費を払いにいかないと」

男の人は、ガーデンのほうを一度見てから、それから私のほうに視線を向けた。髪が短くて、シンプルなスーツを着ている。スーツの上からでもわかる、よく締まった体に、黒くて健康的な肌。どちらのどういう知り合いなのだろう。紗雪の友達のようなタイプの男の人ではなかった。治樹とも違う。私が思う「普通」の感じの人だった。

「受付は、髪を一つにしばってる男の子と、スニーカー履いてる男の子がやってましたよ」

「ありがとうございます……。帰るんですか？」

「いいえ、えーと。ちょっと酔っちゃったから、外の空気吸おうかと思って」

焦って口走って、途端に後悔した。ここだって外、ガーデンなのだ。そう思った瞬間、「乾杯！」という声が聞こえてきた。お酒をまだ飲んでいないこともばれてしまった。

男の子と私の間に、妙な間が流れた。けれど、彼は私のバレバレな嘘には特に何も突っ込まず、やがて口を開いた。

「ユキ姉、じゃなくて、紗雪ちゃんの友達ですか？」

ユキ姉――。紗雪の弟だろうか。いや、紗雪には妹しかいないはずだ。誰だろう？

「いえ、私は――」と、私はさっきの男の子たちにしたのと同じように、紗雪との関係の説明を彼にした。

「そうなんですか。紗雪ちゃんが事務ってイメージわかねぇなぁ。俺は、紗雪さんと治樹さんの後輩なんです。中学高校が三人とも一緒で。俺が一番下で、みんな一つずつ年違うんですけど。……ねえ、もしかして一人で来てるんですか？　俺もなんですよ。一緒に入って行きません？　せっかく来たのに帰っちゃったら、あの二人もがっかりしますよ」

彼の言葉に、顔がかぁっと熱くなった。次の瞬間、彼がいきなり私の手を握った。そして「ほら、行きましょう」と言って、私の手を引っ張って歩き出した。

「タカヒト！」

彼に連れられて、ガーデンの真ん中あたりに近付いたとき、声が聞こえた。治樹の声だ。

「え、タカヒト？」と、続けて紗雪の声もした。新郎新婦が、人をかきわけてこちらに向かって来る。私の手を引っ張っている彼が近付いて来る新郎新婦に合図をした。

二人が私たちの前に着いたとき、ようやく手が離された。

「転職したばっかりで忙しいって言うから、来られないかと思ってたよ」

治樹が「タカヒト」に向かって言う。

「ちょっと遅刻しちゃったけど、頑張って来ましたよー。だって、二人の結婚パーティーですよ？　来ないわけにいかないでしょ」

彼は爽《さわ》やかな笑顔を治樹に向けた。

「朋美、ずっと探してたんだよー。来なかったのかと思った」

紗雪が私に気が付いて、話しかけてきた。

「俺が入り口の辺でまごついていたら、気が付いて声かけにきてくれたんだ、彼女」

「タカヒト」が、そう言って私に目配《めくば》せをしてきた。私が紗雪への返事に困っていることに気が付いてくれたらしい。どうしていいかわからなくて、私は俯《うつむ》いた。

「そうだったんだ」と言いながら、紗雪が治樹の方を見た。二人で目配せをしあっている。

「前に少しだけ勤めてた会社で同期だった、秋本朋美ちゃん。朋美、こいつは腐れ縁その二で、夏川貴人《なつかわたかひと》」

治樹と会ったときと同じように、紗雪が貴人に私を紹介してくれた。

今さらながら、「どうも」と私は貴人に頭を下げた。貴人は名刺を取り出して、おどけた口調で、「こういう者です」と言いながら、私にくれた。

「ありがとうございます。私は、名刺持ってなくて」

戸惑いながら受け取ると、

「朋美ちゃん、こいつ転職して営業になったばっかりだから、名刺を出したくて仕方ないだけなんだ。悪いけど付き合ってやって」

と、治樹が横から茶々を入れた。

複写機や、複合機のリース会社の営業と名刺には書かれていた。私の職場にもそういう業者は出入りするので、わかる。業界では一、二を争う大手の会社だ。

「ねぇ、お二人。いつ新居片付くの？　当然俺が最初の客でしょ？　治樹先輩の料理でパーティーしましょうよ。あ、秋本さんも一緒にどう？　絶対楽しいと思うんだ。やりたいよね？」

子供みたいな無邪気な顔で笑いながら、貴人が私の方を見た。

ず言った。

「うん」

私は勢いよく頷いた。紗雪と治樹がまた目配せをしていることに気が付いたが、かまわず言った。

「楽しそう。やりたい、私も」

手にはまだ、さっき握られたときの、貴人の手の温《ぬく》もりが残っていた。

♤

風呂《ふろ》上がりの火照った体に、よく冷えた水が染み渡っていく。最高に気持ちがいい。一杯目を勢いよく飲み干して、給水機にコップをセットして二杯目を注いだ。

給水機の隣の長椅子の端に座り、二杯目の水を一口飲んだ。「ふうっ」と年寄りじみた声が出る。温泉なんて何年ぶりだろうか。

前髪が一筋、右目の前にばさっと落ちてきた。乾かすのが面倒で、タオルで適当に拭《ふ》いただけで出てきてしまったので、髪が重い。もうすぐ肩にも届きそうなぐらい伸び放題になってしまっている。長くても構わないけれど清潔感は絶対に無くすな。というのが、僕の店のオーナーの文也《ふみや》さんの命令だ。飲食店の店長なんだから、まぁ当然だ。そろそろ切りに行ったほうがいいかもしれない。

前髪をかき上げて広くなった視界の先に、男湯の暖簾《のれん》をくぐって、こちらに向かって歩いてくる浴衣《ゆかた》姿の若い男がいた。目が合う。さっき浴場でも、何度か合った。背が高く、バランスよく筋肉のついた、きれいな体つきをしていた。歳は二十二、三だろうか。

男は給水機の前で足を止めた。すぐ横に彼の気配を感じながらも、僕は無関心を装って、コップの水を飲み干した。

「すみません。そのコップって、どこにありました？」

立ち上がろうかと思ったときに、男に話しかけられた。

「隣の机に伏せてなかった？」

仕方なく少しだけ彼の方に顔を傾けて、返事した。しっかりと目が合ってしまわないように、さっきかき上げた前髪を、頭を掻《か》くふりをしてまた落とした。

「新しいのがないんですよね。全部使用済みみたいで」

「これが最後だったのかな。じゃあ」

自分の持っているコップを見ながらそう言って、前髪の隙間から男の顔を盗み見た。

「従業員さんに言えば持ってきてもらえますかね？　ああ、でも面倒だな」

そう呟《つぶや》きながら、男は困っている表情を一応してみせた。けれど、口の端は微《かす》かに緩んでいた。自然に話しかけるきっかけができて、ほくそ笑んでいる。

「嫌じゃなかったら、これ使えば？」

無表情のまま、できるだけ無愛想に聞こえるように言ったつもりだったが、僕からコップを差し出された男は、わかりやすく喜んだ顔をした。

「いいですか？　助かります」

コップを受け取って水を注ぎ、当然のように長椅子の僕の隣に腰を下ろす。そこでいきなり立ち上がるのはさすがに悪いかと思い、一呼吸置いてから、背中を浮かせて「じゃあ」と言おうとしたら、タッチの差で負けた。

「ご旅行ですか？」

男がそう話しかけてきた。

「ええ、まあ」

前を向いたまま、また愛想なく返事する。男が水を飲んだのが、気配でわかった。微かに喉《のど》を鳴らす音も聞こえる。

「僕もです。バイクで一人旅してるんですよ。基本野宿なんですけど、観光地とか温泉街に入ると、こうやってちょっと贅沢《ぜいたく》して泊まってみたりしてるんです。熱海《あたみ》って初めて来たんですけど、いいところですね」

どんどん話す男に、仕方なく、合間合間で「へぇ」とか「ああ」とか適当に小さく相槌《あいづち》を打った。

「明日《あした》は富士山を拝みに行く予定なんです。パワーもらいに行こうと思って」

パワーをもらう。貴人の顔が思い浮かんだ。あいつもよくその手のことを言う。パワーとか自然の力がどうとか。初対面の相手でも人懐っこく話せるあたりも、貴人を彷彿《ほうふつ》とさせる。

「一人旅、ですか？」

さっきまでよりテンションを抑えた声で、ゆっくりと男が僕に訊ねた。その声には明らかに期待が込められていた。貴人のようなヤツなら、ただ無邪気に話しかけてきただけなのかもしれない。そう思いかけたところだったのに、やはりそんなことはなかったらしい。

「いや、一人じゃないです」

悪いね、と思いながら、はっきりと発音して否定した。直後、小さな振動が僕の体を揺らした。膝《ひざ》の上に載せていた巾着《きんちゃく》が震えている。浴衣と一緒に部屋に置いてあった袋で、携帯とタバコとライターを入れて持ってきていた。マナーモードにしていた携帯が震えているのだ。急いで取り出して、「じゃあ」と小さく男に言いながら、携帯を耳に当てて席を立った。「もしもし」と通話をしているふりをしながら、早足で歩く。本当はメールを受信しただけだ。

廊下の角を曲がるとき、男に対して申し訳なく思って、振り返って軽く会釈だけでもしようか迷った。けれど、コップを差し出したときの男の嬉《うれ》しそうな顔を思い出して、やっぱり止めておいた。変に期待をさせるのは悪い。

角を曲がって、携帯を耳から離した。メールはタイミングよく貴人からだった。今、おまえのことを思い出してたよ。そう心で呟きながら、メールを読んだ。

四階でエレベーターを降りて、部屋に向かって廊下を歩く。途中で出くわした仲居さんに話しかけられた。

「桔梗《ききょう》のご主人様、ですよね？」

チェックインしたとき、部屋まで案内してくれた仲居さんだ。「桔梗」というのが自分の泊まっている部屋の名前だということと、「ご主人様」というのが僕のことだと理解するまでに少し時間がかかった。

「あ、ええ。そうですが」

「申し訳ないんですけど。夕食を八時でお伺いしてたんですが、三十分ぐらい早めてもらうわけにはいきませんでしょうか？　団体のお客様が早めに到着されて、その時間手一杯になってしまうので」

「別に構いませんよ。何だったら今からでもいいですし」

実は結構おなかが減ってきていたところだった。さっき携帯を触ったときに時間を見たが、まだやっと七時になったところだ。紗雪はそんなことで文句を言うやつじゃないし、全く問題ない。

「助かります。では、すぐに準備させていただきます」

考えてみれば、仲居さんは僕たちの部屋の方向から歩いてきた。そのことを訊ねに部屋に出向いたんじゃないのだろうか。

「あの、部屋にいませんでしたか？」

紗雪が、と言いかけて言葉を止めた。でも代わりの言葉が見つからない。

「奥様ですか？」

「ええ。はい」

さっきの「ご主人様」同様、「奥様」という言葉には違和感を覚えてしまう。

「いらっしゃったんですけど、よく寝てらっしゃったので、起こすのが申し訳なくて」

仲居さんはそう言って、苦笑いをした。

扉を開けたらすぐに、紗雪の派手なブーツが目に入った。カーキと深い橙色《だいだいいろ》と焦げ茶色の三色ストライプ。しかも、並べて置いたときにアシンメトリーになるように、右と左で三色の配置の順番が違うというとんでもないデザインだ。隣に並べてある僕のハイカットのスニーカーも、黒地に光るシルバーのラインが太く入っていて、それなりに派手だと思うのだけれど、紗雪のブーツには気迫負けしている。

部屋のど真ん中で、紗雪は腕も足も目一杯に広げて、寝息まで立てていた。確かにこれは起こすのが憚《はばか》られただろう。

勤め先のインテリアと雑貨の店で、昇進したばかりの紗雪は、最近毎日帰りが遅い。昨日も深夜だった。熱海なんて電車ですぐだから、出発時間を遅らせてもいいからもっと寝たら。明らかに寝不足の顔で起きてきた紗雪に僕はちゃんとそう言ってやったのに。「大丈夫。観光したいし」と本人が言うので、予定通り午前中には家を出た。電車でも途中で寄った植物園でも、寝てないからか、かえって妙にハイテンションで紗雪ははしゃぎまくっていたが、旅館に入るなり、倒れこむようにして寝てしまった。仕方なく僕は、先に一人で風呂《ふろ》に入ることにしたのだった。

さて、どうやって起こそうか。とりあえず紗雪の脇に腰を下ろしてみた。「紗雪」と呼んで、小さく肩を揺すってみる。一瞬右目の睫毛《まつげ》がぴくっと揺れた。でもそれだけだった。起きる気配はない。

紗雪は右目と左目の大きさが少しだけ違う。右が一重で、左が奥二重なのだ。寝ているときや瞬《まばた》きをしたときには、よくわかる。

「……奥さん」

寝顔に向かって呟いてみた。反応はない。もう一度、今度は肩を揺すりながら、「奥さん」と少し声を大きくした。

奥さん。オクサン。おくさん。ご主人。ゴシュジン。ごしゅじん。小さく何度も呟いてみた。全然しっくり来ない。

「妻」と、今度は呟いてみた。女房、嫁、家内、カミさん。思いつくだけの「奥さん」を表す言葉を、順番に唱えてみる。あとどんな言い方があっただろう。さいくん、とか言うな。どういう字だったっけ？

「治樹」

急に名前を呼ばれて、後ろに倒れそうなぐらい驚いてしまった。寝転がったままの紗雪が、僕の顔を見上げている。

「どうしたの？」

怪訝《けげん》な顔でこっちを見ながら、紗雪はゆっくり体を起こした。

「いや、あの、起こそうと思って」

「そう？　でも何か今、呆《ほう》けてなかった？」

「聞こえた？」

「何が？」

「あ、いや。いいや」

不審な行動は気付かれていなかったようだ。

「お風呂どうだった？　気持ちよかった？」

伸びをしながら、紗雪が僕に聞く。

「うん。まぁね」

貴人を彷彿《ほうふつ》とさせる男に声をかけられた話をしようかと一瞬思ったけれど、止めておいた。新婚旅行中の「奥さん」相手に話すことでは多分ないだろう。

「食事の時間が早まったんだ。もうすぐ来ると思うよ」

「そうなんだ。じゃあお風呂は食べた後だね。浴衣《ゆかた》にだけ着替えておこう」

紗雪はタンスの前に移動して、いきなり堂々とワンピースを脱ぎ出した。一瞬焦って目を逸《そ》らそうとしたが、自分の「奥さん」の着替えなのだから、別に見たっていいのかもしれない。そう思って戸惑いながらも、僕は目線をそのままにしておいた。

ワンピースを脱いで浴衣を羽織るまでの短い時間で目にした紗雪の体は、多分三十歳の女性にしては幼いのではないかと思う。痩《や》せていて、あまり凹凸がない。僕も身長はそこそこあるのだが、やっぱり細身なので、きっと外見的に僕たちは、「似たもの夫婦」なんだろう。文也さんの奥さんの尚子《なおこ》さんには、「二人並んでるとお似合いよ」と、よく言われる。

さっき声をかけてきた男は、細いけれどきれいに筋肉がついていた。貴人も多分、あんな感じだ。ヤツは身長もあるから、きっと裸がサマになる。

ノックの音がして、「お食事お持ちしました」と、さっきの仲居さんの声がした。「はーい」と、僕と紗雪の声が被《かぶ》る。紗雪の着替えを見ながら、いつの間にかおかしなことを考えてしまっていた。打ち切ってもらえてホッとする。

「ちょっとタバコ吸ってくる」

机の上の灰皿を持って、僕は窓際に移動した。

「かにすきだ。おいしそう。今年の初鍋《なべ》だわ」

仲居さんが手際よく座卓に食事を整えていくのを見ながら、紗雪が嬉《うれ》しそうな顔をしている。

窓を開けたら、冷たい風に頬を撫《な》でられた。十月に入った途端、この間までの残暑が嘘のように夜は冷え込むようになった。風がライターの火を二回も消した。真っ暗な海から波の音が不気味に響いてくる。

「新婚旅行なんですか。若い方は皆さん海外に行かれるんじゃないんですね。いいんですか？　こんな地味なところで」

「熱海が世界一いい場所だって、彼の上司夫婦に言われたんですよー。私たちは、新婚旅行とか別に行かなくてもいいか、って思ってたんですけど。その夫婦がご祝儀代わりにプレゼントしてくれたんです。でも来てよかった。のんびりできて最高です」

「あら、いいですね。旦那《だんな》さんが上司さんに可愛がってもらえるってのは、自慢していいことですよ。仕事も人間性も信頼されてるってことですからね」

紗雪はすっかり仲居さんと打ち解けて、おしゃべりをしている。貴人同様、紗雪も初対面から人と打ち解けられるという特技を持っている。ただ二人が少し違うのは、貴人は誰にでも同じように人懐っこいのに対して、紗雪は相手を見ているところがあるということだ。無愛想な相手、ましてや悪意をぶつけてくる相手には、紗雪は驚くぐらい冷たく接する。

「まあ、中学のときからの知り合いなんですか？　その頃からずっと付き合ってらっしゃったんですか？」

仲居さんが驚いた声を出した。あまり聞いていなかったけれど、紗雪が簡単に説明したのだろう。

「その頃は付き合ってなかったんですよ。仲は良かったんですけど、そんな感じは全くなくて。ねぇ？」

紗雪が僕の方を見る。タバコをくわえたまま、僕は二人に向かって愛想笑いをした。

「じゃあ、まさかこの人と将来結婚するなんて思わずに、その頃は一緒にいたんですねー。いいですねぇ。それはそれでロマンチック」

今時ロマンチックって、あんまり言わないよな。僕は聞こえないように少し笑った。女の人の年齢を当てるのは自信がないが、多分仲居さんは、四十半ばぐらいだろうか。

すぐそこにいるのに、浴衣姿の紗雪を、僕はこっそりと盗み見るように眺めた。先月の結婚パーティーのあと、紗雪は長かった髪をばっさりと切った。もともと、一年に三、四回は髪型を変えるやつである。今はマッシュルームカットで、色はほとんど赤に近い茶色になっている。そんな髪型だから、浴衣がどうも似合っていない。

初めて会ったときも、今みたいなショートカットだった。あのときは、まさかこの人と将来結婚するなんて――。当然思っていなかった。思うわけがなかった。

紗雪と僕が知り合ったのは、もう今から十六年も前になる。僕が中学三年で、紗雪が二年のときだった。

三年に上がってすぐ、美化委員だったか清掃委員だったか忘れてしまったが、とにかく校内の掃除をする委員に、僕はクラスのくじ引きで選ばれてしまった。そして最初に出席した委員会で、今度は「体育館裏の草むしり」を週一でやる係が当たってしまった。

「おまえの係、相方、二年の辻なんだ。あの子、厄介そうだよね」

同じクラスのもう一人の委員の男友達が、割り振りが終わった黒板を見て、僕に話しかけてきた。そいつが指差した先には、ショートカットの女の子が座っていた。

「厄介？　なんで？」

「リボンと靴下、みんなより少し短くしてるだろ。三年女子に、目つけられてるんだよ」

もう一度彼女の方に目をやった。確かにブラウスの襟元のリボンは、結び目が他の女の子より小さく、垂れている部分も短かった。靴下はみんなが膝下《ひざした》のハイソックスなのに対して、彼女のはふくらはぎぐらいまでだ。でも、他の子よりも彼女の方が、なんというか全体の着こなしのバランスがよく見えた。

「それって、校則違反なのかな？」

「ううん。校則では長さまで決まってないんだって。注意されると、そうやって言い返すらしくてさ。生意気だって、噂されてた」

校則違反じゃないのなら、注意されるいわれもないから、彼女は悪くないのでは。そう思ったけれど、上級生に言い返すのならば、気の強い子なのは間違いない。適当に距離を置いたほうがいいかもしれないな。面倒くさがりな僕はそう思った。

だから最初の掃除の日、挨拶《あいさつ》を軽く交わした後、僕はさっさと北側の端の方から作業に入った。彼女は反対側に座り込み、僕たちはしばらく黙々と草むしりをした。

「え！　ねえ、ちょっと。今の歌って！」

彼女がいきなりそう話しかけてきたのは、十五分ぐらい経った頃だろうか。

「歌？」

確かに僕の頭の中では音楽が流れていた。

「今、鼻歌で歌ってた、歌」

彼女は嬉しそうな顔をしながら、その歌のタイトルと、歌っているバンドの名前を口にした。鼻歌を歌ってしまっていたのに気が付いていなかった僕は恥ずかしかったが、それ以上に彼女がタイトルとバンド名を口にしたことに驚いた。全く売れ筋じゃないマニアックな人気のバンドで、しかもその曲はシングルではなくて、アルバムの中の曲だったのだ。その頃の僕は毎晩そのアルバムを聴きながら宿題や勉強をしていた。

「知ってるの？」

そう聞いた僕に、彼女は「知ってるもなにも」と、興奮気味に頷《うなず》いた。

「毎日聴いてる」

「本当？　じゃあ、新曲も買った？」

「もちろん。ねぇ、他には何が好き？」

僕がもう一つ好きなバンドを答えると、また彼女の顔がみるみる明るくなった。

「私も！　お小遣い足りなくて、そっちはＣＤ持ってないけど、でもラジオでよく聴いてる。いいよねー。でもどっちのバンドも、今まで誰に聞いても知らないって言われてたのに。聴いてる人いるんだー。嬉しいな」

彼女、つまり紗雪はこのとき、あまりに嬉しくて興奮して、上級生である僕に敬語を使うのを忘れてしまっていたと、後から僕に語ったことがある。でも僕も、そんなことは全く気にしていなかった。と言うより、気が付いてさえいなかった。だって、僕だって嬉しくて興奮していたのだ。

紗雪と僕は、それからあっという間に仲良くなった。掃除のときだけじゃなく、校内のどこかですれ違ったりしたときにも、声を掛け合うようになった。

僕はその頃、同じクラスの男友達二人と、三人で一緒に行動することが多かった。最初のうちはそいつらに、紗雪のことを彼女かとからかわれたが、すぐに二人ともそういう関係ではないということをわかってくれた。かえって他の友達に聞かれたときには、僕に代わって否定をしてくれたりもするようになった。当時、校内で付き合っているカップルはみんな、登下校を一緒にして、休み時間になると廊下で仲良く話をするのを定番としていた。僕と紗雪は会ったら話をするだけだし、それに何より、「カップル」の雰囲気を漂わせていなかったのだと思う。実際カップルじゃなかったのだから、当然と言えば当然だけれど。

女の子とは、群れたがる生き物だ。僕が信じていたその定説は、その頃の紗雪によって破られた。いつも一緒にいる仲良しグループというものが、紗雪には存在しなかった。一人のことも多かった。だが友達がいないわけではなかった。数は少ないが、男友達も女友達もいた。彼らも紗雪と同じく個性派ぞろいだった。紗雪と、彼らが話している姿は、とても自然だった。一つの教室に三つ四つは必ず存在している、同じタイプ同士が集まった、女の子の仲良しグループの中に紗雪がいたら、きっと酷《ひど》く違和感を覚えたことだろうけど。

一人だけ、紗雪がよく一緒にいることが、意外だと思わせる相手がいた。貴人だ。まだ一年生だったが、貴人は学校の有名人だった。小学校のときに、区の陸上大会の、走る種目の全てで優勝したことがあるらしい。中学も当然陸上部に所属していて、専門は長距離だったが、あまり強くなかったうちの中学の陸上部では、結局全ての種目で貴人が一番成績がよかった。つまり校内一、足が速かったのだ。

運動ができるヤツの定番を裏切らず、貴人はこの頃から、明るくて誰にでも人懐っこかった。男の子からも女の子からも好かれていたと思う。そんな貴人と、紗雪。

「えー、でもユキ姉って呼ぶの止めてって言ってるでしょ」

「ユキ姉はさぁ」

そんな風に廊下で二人が話をしているのを何度か見かけた。仲良くしているというよりも、貴人が紗雪にじゃれているという感じだった。

ある日のこと。僕と紗雪が廊下で話をしていたら、通りかかった貴人が僕らの間に入って来た。

「一年の、夏川貴人。知ってるでしょ？　陸上部の」

紗雪が僕に、貴人をそう紹介した。話をするのは初めてだった。「どうも」と、僕は軽く頭を下げた。

「藤原先輩ですよね？　バスケ部の池田《いけだ》先輩と仲のいい。池田先輩とは、小学校のとき陸上大会で一緒になったことがあるんですよ。あの人、足も速いし、ジャンプ力もすごくて……」

貴人は初対面の僕にどんどん話しかけてきた。

「私の家とこいつの家、同じマンションなの。階は違うけど」

貴人の話が途切れた時に、紗雪が言った。なるほど。それでやっと納得した。近所の幼なじみだったのか。

「ユキ姉、藤原先輩と付き合ってるの？」

貴人の質問に、「いや」という僕の声と、「違うわよ」という紗雪の声が被《かぶ》った。紗雪はそのあとに、「ユキ姉は止めてよ。私、体育会系じゃないから、なんか違うと思う」と、付け足した。それを聞いて僕は吹き出してしまった。確かに体育会系からは程遠い。紗雪は自分のことをよくわかっていた。

紗雪がよくわかっていたのは自分のことだけじゃなかった。他人のこと、僕のこともだ。

あれは、二学期の半ば。冬の初めの頃のことだった。体育館裏の草むしりをすると、手がかじかむようになってきた頃だ。

いつも通り、話をしながら草むしりをしていた僕と紗雪のところに、同じクラスの女の子グループが近づいてきた。先頭に立っていたのは、クラスで一番幅を利かせていた女の子。僕の一番苦手とするタイプの子だった。

「ねえ、藤原君。話があるんだけど、来てくれる？」

そのリーダー格の女の子が、僕を手招きした。なんだろう。彼女から僕に話だなんて、全く身に覚えがなかった。

「今、掃除当番中だから、終わってからでもいい？」

そう言うと、彼女は不満そうな顔をして、僕の後ろにいた紗雪を顎《あご》で指して言った。

「急いでるの。掃除ならあの子にやらせればいいじゃない。二年なんだし」

二年だからやらせればいい。わけがわからない理屈だった。小さく溜《た》め息《いき》をつきながら、「あのさぁ」と口を開きかけたら、後ろから紗雪の声がした。

「いえ。二人で掃除する場所って決まってるんで、連れて行かれたら困ります。用事があるのはそっちなんだから、そこで話せばいいんじゃないですか？」

全くもって紗雪の言うとおりだったけれど、僕は紗雪がそんな風に冷たくキツい態度を人に取るのを初めて見たので、少し驚いた。

リーダー格の女の子は顔を強張《こわば》らせたが、紗雪に対しては無視を決め込むことにしたらしい。紗雪から不自然に顔を逸《そ》らして、僕だけに向かって、「ここでもいいから、とにかく聞いてよ」と、拒否することを許さない、強い口調で言った。取り巻きの女の子の一人が、紗雪にちらっと目をやって、「でもここじゃ、あの子にも聞かれちゃうよ」と、焦った声を出した。でもリーダー格の子が、「別に関係ないでしょ」と切り捨てたので、その子は困った顔をしながらも黙ってしまった。

結局、座って草むしりをしている僕は、彼女たちに見下ろされながらという、不愉快極まりない状態で話を聞くはめになった。

話はこうだった。さっき焦っていた女の子が僕といつも一緒にいる男友達の一人である橋本《はしもと》のことが好きなので、デートをセッティングしてやってくれないか、と言う。

「それは、ちょっと。橋本、そういうの苦手だと思うし、自分で誘ったほうがいいんじゃないのかな。やっぱり」

丁重に断った僕に、「なんでよ」と、リーダー格の子が詰め寄った。

「自分で誘えないから、藤原君に頼んでるんでしょ。協力してあげてよ」

普段全く仲良くしている子ではないから、なんの義理もないのに、どうして当然のように言われないといけないのか。溜め息をつきたいのをこらえて、「いや、ちょっと」、「なんでよ」と、僕は彼女と押し問答をした。

そのうちに、取り巻きから、僕がその子のことを好きなんじゃないか、と声が上がった。

鬱陶《うっとう》しい黄色い声が響いて、その子本人は、顔を赤くした。

「いや、あの。違うんだけど」

「違うなら、協力してあげればいいじゃない」

今度はその繰り返しになって、僕は疲れ果ててしまった。すぐ後ろには紗雪がいる。当然話は全部聞こえているだろう。紗雪に、女の子たちにからかわれているところをこれ以上見られるのは嫌だった。

「わかったよ。誘うだけ誘ってみるよ。でも断られても俺のせいじゃないからね。それで怒ったりしないでよ」

根負けしてそう言うと、彼女たちはやっと、満足そうに帰っていった。

「ごめん。うるさくして」

紗雪のほうを振り返った。「ううん」と、紗雪は首を振り、そのあと僕にこう訊《たず》ねた。

「橋本君って、治樹がいつも一緒にいる背の高い方の子？　バスケ部の」

「いや、それは池田。貴人が知ってるって言ってた、バスケ部の」

確かにそのことは意外だった。池田はバスケ部のキャプテンで、女の子にモテるタイプだ。橋本は、優しくていいヤツだけれど、あまり目立たない。さっきのあの子が、池田ではなくて橋本の方が好きだということには、僕もちょっと意外に思ったのだった。

「もう一人の方の子ね。……誘ってあげるの？」

「だって、うんって言うまであいつら諦《あきら》めなさそうだったし。誘うだけ誘ってみるよ。しょうがない」

そう返事すると、紗雪は僕の顔を覗《のぞ》き込んで、こう言った。

「でも、治樹、あの子のこと好きなんじゃないの？」

その言葉に僕は一瞬固まりそうになったが、さっきの彼女たちとの会話を思い出して、ああ、あの女の子のことか、と態勢を立て直した。

「違う、違う。大して話もしたことないし、あの子とは。何で女の子ってすぐそういう発想になるんだろうな」

僕の言葉に、紗雪は一瞬不思議そうな顔をした。そして、「ああ」と呟《つぶや》いてから今度はこう言った。

「あの女の子のことじゃなくて。橋本君のこと。治樹、橋本君のこと好きなんじゃないの？」

今度こそ僕は固まった。「頭が真っ白」という状態を初めて体験した。どれぐらい僕の頭と体は停止していたのだろう。きっとその間、さぞかし間抜けな顔をしていたと思う。

「え？　なに？　なに言ってんの？　僕が、橋本を？　だってさ、あいつ男だよ？」

やっと必死にそう言ったが、完全に声が上ずっていた。あ、今、僕って言っちゃった。そんなどうでもいいことを考えた。今となっては「俺」だろうと「僕」だろうと、そんなことは大した問題じゃないということはわかる。でも、「僕」よりも「俺」というクラスメイトの方が多かったから、少しでも、「普通の男」に見られるように、その頃の僕は意識して一人称に「俺」を使っていた。そんな小さなことに、あの頃の僕は必死だったのだ。

「そうだけど。でも治樹は橋本君が好きなのかなって、一緒にいるところを見て思ってたんだけど。違った？」

小学校の頃から、僕が「好きだな」と思うのはいつも男の子だった。でも、女の子になりたいわけではない。性は男だが自分と同じ、男の子のことが好きなのだ。隠れて読んだ本からの知識で、多分自分は、「同性愛者」というものなんだろうと思い始めていた頃だった。僕自身がやっと気付きかけたばかりなのに、どうしてその頃の紗雪が、僕のそれに気が付いたのか。後から紗雪に何度も聞いてみたが、「なんとなくわかった、としか言いようがない」と言った。

紗雪は真っ直ぐに僕の顔を見ていた。急いで目を逸らして、「なに言ってんの。違うよ」とか誤魔化す方法はいくらでもあったはずだ。でも僕はそうしなかった。

僕を見ている紗雪の目が右と左で大きさが少し違うことに、このとき初めて気が付いた。そして、「あ、大丈夫なんだ」と突然思った。僕は小学校に上がった頃に、斜視であることをからかわれて、それ以来前髪を伸ばして目を隠し気味にするのが癖になっていた。でもその頃の紗雪はショートカットで、前髪も短く切りそろえていた。堂々と目を見せていて、その目で真っ直ぐに僕を見ていた。

「橋本君のことが好きなんじゃないの?」

その問いに、「うん」と答えても、この子相手なら大丈夫だ。誰かに言いふらしたりなんかしないし、僕を変な目で見ることもしない。きっと今まで通り、僕と仲良くもしてくれる。

紗雪の目を見ながら、そう確信した僕の胸には、言いようもない安心感が広がった。初めてのその感覚は、とても心地のいいものだった。

結局、橋本はやっぱりデートを断った。僕はほっとしたけれど、もちろん僕の想いが叶《かな》ったわけもない。なにもないまま卒業して、高校は別々になって、それ以来橋本とは会っていない。

「おわっ。おわわわわ」

紗雪が隣で変な声を出す。さっきの給水機の隣にあったマッサージチェアに座って、僕と紗雪は並んで体を震わせている。風呂《ふろ》上がりなので、ノーメイクで、まだ乾いていない短い髪を無造作にしている紗雪は、まるで少年のようだ。

「どうも」

さっきの若い男が、また声をかけてきた。タオルを持っている。また浴場に、同類探しをしに行くのだろうか。

「どうも」

僕と彼が挨拶《あいさつ》を交わすのを、紗雪が不思議そうな顔をして見ていた。

「さっき少し話したんだ」

そう説明すると、紗雪は彼に向かって笑顔で軽く会釈をしてみせた。彼が僕の顔を意味ありげに見つめる。

「奥さん。新婚旅行中なんで」

またできるだけ無愛想に、僕は言った。こういうときは奥さんではなくて、妻というべきだっただろうが、まぁいい。

「そうなんですか」

男はそう言って、微《かす》かに笑顔を見せて、去って行った。あまり感じのいい笑顔ではない。

「そうだ。さっき貴人からメールが来てたよ」

男を見ていたら思い出した。僕は携帯を取り出して、貴人からのメールを表示して、紗雪に渡した。

『朋美ちゃんと一緒に、治樹さんの店来てみたのにいないじゃないですかー。オーナーの奥さんに聞きました。新婚旅行中なんですねー。楽しんで来てくださいね。ユキ姉、って言ったら怒られるな。紗雪ちゃんにもよろしく。でも、二人に熱海って似合わねー（笑）。帰って来たら新居でパーティーよろしくです。絶対ですよ！』

貴人のメールは、いつもテンションが高い。

基本的に、店は僕とアルバイトのミキちゃんという女の子と二人でまわしているが、忙しいときはオーナーの文也さんの奥さんである尚子さんが手伝いに来てくれる。ミキちゃんは食事が作れないので、今日明日は僕の代わりに尚子さんが店を仕切ってくれている。

文也さんと尚子さんは、バイセクシャル同士の夫婦だ。調理学校に通っていた時代、僕が付き合っていた男の子に紹介されて知り合った。唯一僕が、ちゃんと恋人として付き合っていたその男の子は、ゲイやバイセクシャルが出入りする店に、僕をよく連れて行った。彼は僕と別れたあと田舎に帰ってしまったので、もうずっと何年も会っていない。未練は特にないけれど、彼のおかげで文也さんと尚子さんをはじめ、セクシャルマイノリティの友達ができたのだから感謝している。

「一回ぐらいやらないと、貴人ずっと、パーティーパーティーって言い続けるぞ、きっと。来週辺り、呼ぶ？」

メールを読み終わる頃を見計らって、隣の紗雪にそう言った。紗雪は携帯を僕に返しながら、呟いた。

「進展してる」

「え、なにが？」

「貴人と朋美。呼び方が苗字《みょうじ》から名前になってるし、一緒に出かけたりしてるんだ」

マッサージチェアに揺られているので、僕と紗雪の声は、時々震えている。

「そうだね。でも別にいいんじゃないのそれは。悪いことじゃないだろ」

「そうだけど……。ああ、でも朋美の気持ちが治樹から外れたみたいだから、それはよかったかな」

なんだか紗雪は歯切れが悪い。

「僕は、本気で好かれてたわけじゃないと思うよ」

確かに朋美はよく店にやって来て、僕に話しかけていた。でも話題はほとんど紗雪のことだったし、僕を誘って来たりするような素振りもなかった。

「そんなことないわよ。朋美が一人で飲みに行くなんて相当だもん。私が治樹と結婚するって話したときも、放心してたし。パーティーのときだって、あれ、やっぱり一回帰りかけてたんだと思わない？」

紗雪はそう食い下がった。自分が好かれているという話なので、コメントがしづらい。

それにしても最近、朋美の話をする紗雪が何だかおかしい。

「ま、いいんだけど。それは終わったことだし。あっさり貴人に乗り換えられる程度の気持ちだったってことだしね」

紗雪は自分に悪意を見せない相手に対しては、気のいいヤツのはずなのに。僕に会わせるまでは、朋美のことをタイプは違うけれど仲良くしている友達なんだと、楽しそうによく話していたのに。ここ最近、彼女の話をするときの紗雪の口調にはいちいち刺《とげ》がある。

「さっきの男の子、ちょっと貴人に似てたね」

「うん、僕も思った。明日《あした》は富士山に行ってパワーをもらうとか言っててさ。そんなところも、なんか似てた」

「あー貴人、そういうこと言うよね。パワーとかエネルギーとか。あれ、いつからだっけ？　私、その手の話苦手だから、ちょっと鬱陶《うっとう》しいのよね」

紗雪の方のマッサージチェアが止まった。時間制で、僕より少し早く始めたのだ。

「なにか飲み物買ってくるね」

紗雪が立ち上がる。

「うん」

返事した僕の声はまた震えた。

しばらくして、お茶のペットボトルを持って戻ってきた紗雪は、遠くからでもわかるぐらい険しい顔をしていた。

「どうしたの？」

ちょうどマッサージチェアが止まったところだったので、立ち上がりながら僕は聞いた。

「さっきの男の子。貴人に似てる子。あの子、なに？　治樹、ナンパされたの？」

怒りながらも、内容が内容なので、紗雪は一応声を潜めている。

「はっきりと誘われたわけじゃないけど、まぁ、多分ね。なんで？」

百パーセントとは言い切れないが、自分と同じ性癖を持つ人間と会うと、お互い何も言わなくても気が付くことが多い。

「自販機の前にいたんだけど。すれ違う瞬間に、小声で私に、お気の毒様って言った」

僕は大きく溜《た》め息《いき》を吐いた。

「カムフラージュの結婚に利用されてるって思われたのかな」

「そう思ったんだとしても、そんなこと言う？　すれ違っただけの他人でしょ？　かき回して何が楽しいの。ニヤッて笑いながら言ったのよ。本当、感じ悪い。治樹にふられた腹いせ？」

確かにそれは僕だって気分が悪い。そんなヤツの誘いに、間違っても乗らなくてよかった。

「ごめんね」と言いながら、僕は紗雪の頭を撫《な》でた。

「治樹はなにも悪くないよ。ごめん、腹が立ったから興奮しちゃった。部屋、戻ろうか」

「うん」

僕は紗雪の手を取った。紗雪が少し驚いた顔をして、僕を見上げる。

「あ、嫌だった？」

「ううん。嫌じゃない。治樹の手、好き」

紗雪が僕を見上げて笑う。かわいいな、と僕は素直に思った。

僕たちの結婚は、決してカムフラージュなんかではないと思う。


今から四か月ぐらい前。東京が梅雨入りした、とテレビが伝えていた頃のことだ。いつも通り店を閉めてから、深夜に一人で部屋で食事をしているとき、携帯が鳴った。紗雪からだった。すぐ近くまで来てるから、今から行っていいか、と言う。

お互いのアパートには何度も遊びに行っていたけれど、そんな風にいきなり訪ねて来るのは初めてだった。電話を切った後、本当にすぐに紗雪はやって来た。アパートの前から電話をかけていたんじゃないかと思うほどだった。顔、特に目のあたりがむくんでいた。

「どうした？」と僕は訊《たず》ねた。明らかに、泣いたあとの顔だった。

「近くで飲んでたんだけど、ちょっと飲みすぎちゃって。休ませてくれる？　お邪魔しまーす」

紗雪は変に明るい声を出して、部屋にあがってきた。そして僕がすすめたクッションに、「ふうっ」と大きく声を出しながら座った。

「なにかあったの？」

食べ終わったばかりの食器をキッチンに下げながら、僕は訊ねた。紗雪は抑揚のない声で、「別れたの」と一言呟《つぶや》いた。

そのときの紗雪の彼氏は、カメラマンの助手だったか、古着屋の店員だったか。知り合いの男を紹介されることは時々あるが、同じタイプの男が多いので、例えば僕の好きなタイプだとか、何か引っかかる部分がないと最近は覚えていなかった。

「私ね、恋愛の才能が……。違うなぁ、セックスの才能かな？　それがないの。で、それがないから、結局恋愛の才能もないのよね」

紗雪の口から「セックス」という言葉が出て戸惑った。しかも、才能、なんて。場の雰囲気やノリでそういう話に付き合うことはあっても、紗雪が自分からそんな話をするのは初めて聞いた。

「えーと、それは、彼と相性が悪かったとか、そういう話？」

向かい合って話すのが気恥ずかしくなって、僕は紗雪の隣に腰を下ろした。紗雪は、首を大きく振った。

「今日別れた彼氏だけじゃないから、私に、才能がないんだと思う。と言うかね、本当のことを言うと、そういうことをしたくないの、私。嫌でしょうがないの。生理的に受け付けないのよね。付き合ってる人のことは、ちゃんと、いつも好きなのよ。友達としてじゃなくて、恋愛として好きって思えるのよ。でも、セックスはしたくないの。おかしいよね？」

間を空けずに、早口で紗雪はまくし立てた。今まで見たことのない、思いつめた顔をしていた。僕が何も言えないでいると、しばらくしてまた口を開いた。

「彼氏には、セックスしないんだったら、男友達と彼氏の差がないって言われた。言い返せなかった」

「そういう欲は、人によって差があるだろうから。最初嫌でも、後から変わってくるとかも……」

予想もしていなかった話の内容に、僕はどうしていいかわからなくなって、とりあえず適当なことを言った。でも話している途中でもう後悔していた。

「十代とか、二十代の初めの頃はね、私もそう思ってたのよ。そのうち、とか、相手が変わったら、とか。でも、治樹。私もう三十歳なのよ。人並み程度には男の子と付き合って来たわよ。でも、ずっとそう。変わらないの」

アセクシャル、という言葉を聞いたことがあった。多分、セクシャルマイノリティの人たちが集まる店で。性的欲求がない人、極端に薄い人。ちゃんとした定義はわからないけれど、確かそういう人をさす言葉だ。

紗雪が、自分には性欲がないと言うのなら、多分それは本当なのだろう。そのうちだとか、いつか変わるだとか、他人にいくら言われたり、それを期待してみたりしても、変わらないものは変わらない。僕がそうだったからわかる。いつか女の子を好きになれるかもしれない。女の子ともセックスできるかもしれない。何度そう期待してみたことだろう。でも変わらなかった。三十一年間生きてきて、僕は女の子を好きになったことも、女の子に性欲を感じたことも一度もない。

「ごめん」

そう呟いて、僕は紗雪の手をそっと握った。

「どうして治樹が謝るの？　急に来てこんな話して、私の方こそごめん」

紗雪は僕の方を見てそう言った。何となく僕は紗雪の手を握ってしまったのだが、よく考えたら、そういう行為が嫌いなら手を握るのも嫌だろうか。そう思って離そうかと思ったとき、紗雪が僕の指に自分の指をからめてきた。

「ごめん」

もう一回、僕は呟いた。

セクシャルマイノリティの人たちが集まる店で仲間と話していると、僕にとって紗雪の存在がどれほどありがたいものだったのかを実感する。そのままの自分を友人にさらけ出せなかったことで抱えてきた苦悩や傷を、大人になった今でも引きずっている仲間は本当に多い。中学生のとき、自然に仲良くなった紗雪が、僕の性癖をそのまま受け入れてくれたことは、すごいことだったのだ。僕には紗雪がいる。いつだってそんな思いが僕の心にはあった。それなのに、僕は長い間、紗雪がアセクシャルであることに気が付いてあげられなかったのだ。

「だから、どうして謝るの。でも来てよかった。治樹って、体細いのに手は大きくて骨張ってるよね。私、好き。治樹の手。なんか安心する。でも、こんな風に手、つないだの初めてだよね？　付き合い長いけど。照れるね」

そう言って、紗雪は笑った。それから僕たちは、随分長い時間、ただ黙って並んで座っていた。僕とつないでいない方の手で、紗雪は膝《ひざ》を抱えていた。途中から寝息を立て始めて、その手は膝から落ちたけれど、僕の手は離さなかった。


「治樹は、結婚について考えたことある？」

紗雪がそんなことを聞いてきたのは、それから一週間ぐらいあと。僕の店で、開店前に二人でお茶を飲んでいるときだった。

「私ね、前に朋美から、大体の人生設計も無いのはおかしいって言われたの。独身主義なわけじゃないのに、結婚について考えたことないなんておかしいって」

「日本にいる限り、僕に結婚は無縁だよね」

少々呆《あき》れ気味に返事した。日本は同性同士の結婚が認められていない。紗雪がそんなことを知らないわけがない。

「そうだけど、ずっと一緒に、夫婦同然に暮らすとか。恋人がいたとき、考えなかった？」

「同性同士の恋人がずっと一緒にいる可能性は、ほとんどゼロだね。絶対無理ではないけど、かなり難しい」

「どうして？」

暗い話だから、わざわざしたくないと思ったけれど、紗雪が真剣に僕の顔を見て説明を促していたので観念した。話を広げかけたのは自分だ。

恋愛の始まりが、どれだけ熱く激しいものであったとしても、大抵段々と冷めたり穏やかになったりするものだ。でも結婚という状態を取っていれば、憎みあったり何か障害が起こったりしなければ、わざわざ別れたりはしない。惰性であっても、結婚したら一緒にいることが当然だからだ。でも結婚という状態が取れない同性同士の恋人は、簡単に別れられてしまうから、気持ちが冷めたら離れてしまう可能性が高い。気持ちのみでつながっているのに、気持ちが冷めても一緒に居続けるというのは難しい。

「それ、哀しい」と、紗雪が声を詰まらせた。

僕はその話を、一世代上の同性愛者から恋人と一緒の飲みの席で聞いた。もっともだと思ったので、愕然《がくぜん》としてしまった。だってその頃すでに僕と恋人の関係は、冷めたとまではいかないまでも、穏やかになりつつあった。惰性が始まっているのは多分お互いが気付いていた。

この人とずっと一緒にいるんだ、と思いながら付き合い始める恋人同士は沢山いるだろう。それが実現しないとしても、そう思っているときの付き合いは楽しいと思う。逆に、この人とはいつか別れるのだ、と思いながら付き合いを始める恋人同士なんて、そういないと思う。第一、常に別れを意識して付き合うなんて、ちっとも楽しくない。虚《むな》しくて、将来を思って哀しいだけだ。

恋人とは、その後それほど時間が経たないうちに別れた。それ以来僕にはずっと恋人がいない。後くされ無さそうな相手と、体の関係だけ持つことはたまにあるけれど。

「哀しい」と、紗雪はもう一度言った。目には涙が浮かんでいたので、驚いた。

「私ね、朋美に言われてから、考えてみたの。私、強い結婚願望はないけど、お婆さんになって、自分一人でいることを想像したら、やっぱりちょっと淋《さび》しいかなぁって。だったら、やっぱり結婚したり子供産んだりして、家族が欲しいかなぁって。でも、セックスができないってことは、結婚もできないでしょ？　そう気が付いたらすごく哀しかったの。だけど治樹は、もうずっと何年も前からそれを知ってたのよね？　それを知りながら生きてたのね？　嫌だ。そんなの哀しすぎる」

大粒の涙が、紗雪の頬を伝った。僕は慌ててハンカチを取り出して、紗雪に差し出した。

「ありがとう」と言いながら、紗雪は手を伸ばして、ハンカチではなくて僕の手を握った。

その行動には、あまり驚かなかった。なんとなく予感があった。多分、今、僕と紗雪は同じことを考えている。後はどちらかが、考えていることを口に出せばいいだけだ。

テーブルの上で握られた手を見て、「なに？」と言って笑って、場を誤魔化そうとした自分を情けないとは思った。だけど仕方がない。ほんの数分前まで、僕は自分がそんなセリフを言うシチュエーションが来るなんて、生まれてから一度も考えたことがなかったのだから。

情けない僕の顔を、紗雪は右と左で少しだけ大きさの違う目でじっと見ていた。そして僕の代わりに言ってくれた。

「ねぇ、治樹。私たち、結婚しよう」

自分の作った料理を、誰かがおいしそうに食べているのを見るのが、僕は本当に好きだ。

「やばい。マジでうまい。さすが治樹さん」

貴人は、もう今日何回「うまい」と言ってくれただろう。「やばい」と「マジで」というボキャブラリーの貧困さには苦笑いしてしまうけれど、悪い気はしない。

「この煮込みカレー、お店のとちょっと違いますよね。どっちもおいしい。カレーだけで何種類作れるんですか？　すごいなぁ」

貴人の隣で、朋美も嬉《うれ》しいことを言ってくれる。紗雪は何故かあまりいい顔をしないけれど、並んでいる二人を見て、お似合いだな、と僕は思った。

「朋美ちゃん、キッシュ食べてないんじゃない？　取ろうか？」

「ありがとう。貴人君、マリネは？」

さっきからそんな風に、自然にお互いを気遣い合っている。

「しっかし、すごいねー。この部屋。さすが二人の新居。想像以上だ」

貴人が、部屋を「すごい」と言ったのも、もう今日何回目だろう。

「全部紗雪のコーディネートだよ。俺は一切手も口も出してない。テーマは森だっけ？」

僕の言葉に、紗雪は得意気に「うん」と頷《うなず》いた。家具は焦げ茶色の木の材質のもので全て統一して、クッションやソファのカバーなど、布製のものは全部深緑で揃えてある。天井からは、葉っぱをモチーフにした飾りまでぶら下げてある。かなりの気合いの入れようだ。

「とりあえず今は、森。またそのうちテーマ変えると思うから、そのときはガラッと模様替えするけど」

紗雪の言葉に貴人が呆れ顔をした。

「お金かかってしょうがないじゃん、それ」

「そういうことに使うお金は惜しまないの、私は。ずっと同じなの嫌なんだもん」

「髪型もしょっちゅう変えるもんね、紗雪。すごいなぁ。私なんて、一度も髪染めたことないし、パーマもかけたことないよ」

朋美の言葉に、「嘘！」と僕と貴人の声がハモった。今時それはちょっと驚きだったけれど、いきなり叫んだのは失礼だったか。

「だから、そんなにきれいなんだ。全然傷んでないもんね」

僕は慌ててフォローを入れた。実際、朋美の肩までの黒い髪は、さらさらで本当にきれいなのだ。

「いや、でも偉いと思うよ。親からもらった大事な体なんだから、傷付けちゃだめだよね。やっぱり」

貴人の言葉に、朋美は恥ずかしそうに顔を赤らめた。カウンターで僕と話しているときにも、よく見せた表情だ。でもさっき僕がきれいと言ったときには、見せなかった。恋愛感情としてのそれかどうかはともかく、僕に持っていてくれていた好意が、紗雪の言うとおり今は貴人に移っているらしい。

「貴人、それ私への嫌味？　どうせ私は耳に八つも穴が開いてるわよ。体も髪も傷付けまくりよ」

紗雪が大げさに口を尖《とが》らせて見せた。キッシュとカレーの皿が空になったので、僕は重ねてキッチンまで運ぶ。

「マジで？　八つも開いてるんだっけ？　何で偶数なの？　ピアスの穴は奇数じゃないといけないんだよ」

「なにそれ。いけないって、何？」

「人間の体にはさ……」

「ああ、そういう話？　じゃあいい。理由はやっぱり要らない。面倒くさい」

「なに？　私、聞きたい」

三人の話す声は、キッチンまでよく響いた。

駅までの坂を四人で並んで下った。もう十二時をまわっていたけれど、この辺りは昼はカフェ、夜はバーになっている店が多くて、この時間でもまだまだ明るい。

「テーマパークみたい」

朋美が独り言のように、ぼそっと呟《つぶや》いた。「え、なにが？」と紗雪が言うと、「この街」と言って、朋美は立ち止まった。周りを、街を、眺めている。

「きれいすぎて、建物が全部オシャレで、実在する街って言うよりもテーマパークみたい。生活感が全くないって言うか、不自然って言うか。私の家の辺りは古すぎて、それはそれで嫌なんだけど。でも、私はここには住めないなー。紗雪や治樹さんみたいに、オシャレな人しか住んじゃいけないところだよね」

悪気はないのだろうけれど、実際住んでいて、職場もここからすぐの僕たちに対して、「生活感がない」とか「不自然」だとかいう言葉は確かにちょっと失礼だと、僕も思った。けれど、隣の僕にしか聞こえないように、「私にはこれが自然なのよ」と言った紗雪の口調に、いつもより更に刺《とげ》があったのが、気にかかった。

「朋美ちゃんの家と俺の家、結構近いよね。二駅ぐらいでしょ？」

「うん。でも、私の家の辺りのほうが、多分ずっと古いと思う」

二人には、紗雪の声は聞こえなかったようだ。会話は別の話に流れていっている。

「お邪魔しました。楽しかった」

改札前で、朋美がそう言って手を振った。

「こちらこそ。また店にも来てね」

そう返事しながら、僕も手を振った。紗雪は「じゃあね」とだけ、小さく言った。

「そろそろ行ったほうがいいんじゃない？」

「うん、ご馳走《ちそう》さまでした。あ、そうだ。治樹さん」

体を動かしかけた貴人が、僕の方に向き直って、おもむろに右手を差し出した。

握手を求められているのはわかったので、とりあえず僕も右手を差し出した。すると貴人は僕の手を強く握って、「よろしく」と真剣な顔で言った。

「紗雪ちゃんをよろしくね。結婚パーティーのとき、言いそびれちゃったから」

「なんなの、大げさに。それになんで貴人が私のこと、よろしく、なの。あんた私の親？」

紗雪が隣で悪態を吐いた。

「なに？」

帰り道、紗雪の話に、僕は上の空だった。

「明日《あした》入荷する新作のベッドがね。超かわいいの。天蓋《てんがい》付きで……。治樹、聞いてる？疲れちゃった？休みの日なのに、今日も料理作らせちゃったもんね。しかも四人分」

「ああ、ごめん。大丈夫。疲れてないよ」

店の常連客の語りたがりの男が、僕が結婚すると知ったとき、笑いながら話したことを思い出していた。

――結婚式で、握手を求めてくる男がいたら、そいつは花嫁の元カレだよ。彼女を幸せにしてやってくださいって思いで、新郎に握手を求めるんだよな。

まさか、そんなわけはない。紗雪や貴人とは、中学のときから途切れることなく付き合っている。そんな近くで、二人になにかあったら、気が付かないほど僕は鈍くないはずだ。

そう自分に、言い聞かせた。

通りかかった店から、聴いたことのある音楽が流れて来た。紗雪と仲良くなるきっかけになったバンドの曲だ。高校生になったらバイトをして、そのお金であのバンドのライブに絶対に一緒に行こう。そう二人で盛り上がったっけ。けれど、紗雪が中学を卒業する直前に、バンドは解散してしまった。元々、ごく一部の人たちの間だけで人気のあるバンドだったのだ。

「ね？　私たちには、ここが自然よね？」

紗雪がそう言って、聴こえて来る音楽に合わせて、鼻歌を歌った。

僕は紗雪の手を握った。自然に紗雪は握り返してくれた。僕は素直にそれを、嬉しいと思った。

僕たちの結婚はカムフラージュなんかじゃない。たとえ他の夫婦とその形は少し違っていても、僕は自分の「奥さん」をちゃんと愛しているし、紗雪だって僕をちゃんと愛してくれていると思う。

♧

聴き慣れたメロディが頭に響いてきて、目を覚ました。携帯が鳴っている。寝転がったまま、枕元にあるはずの携帯を手探りで探したけれど、なかなか見つからない。耳障りな電子音だけが鳴り響いている。「癒《いや》し」の曲ばかりを集めたCDの、一番気に入った曲を着信音にしているのだが、やはり全然違う。CDではヴァイオリン演奏なのだ。

仕方なくベッドから体を起こした。携帯は床に転がっていた。早くしないと切れてしまう。急いで拾い上げて、通話ボタンを押すと同時に、「もしもし」と言った。すぐに寝起きとわかるような、はっきりしない声になってしまった。

「もしもし貴人君？　朋美ですけど。もしかして寝てた？　起こしちゃったかな」

電話の向こうから遠慮がちな声がする。やっぱりばれた。目覚まし時計を確認した。正午前だ。

「あー、うん。でも、こんな時間まで寝てる俺が悪い。むしろ起こしてくれてありがとう」

笑いながらそう言うと、朋美は安心したような声で、「ほんと？　よかった」と言った。

「で、なんだった？」

「別に用事はなかったんだけど、なにしてるかなって。せっかく日曜日で天気いいのに、今日どこにも出かける予定がなくて。紗雪は土日休みじゃないし。それで、貴人君もしかしてヒマじゃないかなぁって思って」

ベッド脇のカーテンを開けた。いきなり陽が差し込んで来て目を細めた。確かに天気がいい。こんな日に昼まで寝てしまった。勿体《もったい》ない。

「そっか。ごめん。えーと俺今日はちょっと。約束してるわけじゃないんだけど、実家に顔出そうかと思ってたんだよね」

「そうなんだ。全然気にしないで。もしよかったら、って思っただけだから」

「うん。ごめん」と言ってから、数日前にも夕食に誘われたけれど、次の日早朝会議があるからと断ったことを思い出した。

「朋美ちゃん、今日は一日ヒマ？　時間はっきり決めてないけど、夕方には俺戻ってくるつもりだから。もしそれからでもよかったら、夕食一緒に食べない？」

「本当？　私は一日予定ないから大丈夫だけど、いいの？　実家に行くならゆっくりして来たいんじゃない？」

「実家って言ったって、すぐそこだから、いつでも帰れるし。来週さ、母親が誕生日なんだ。当日は平日だから行けそうにないから、今日ちょっと顔出そうと思っただけだから」

俺の言葉に、「え、じゃあ」と心配そうな声を出した。

「お母さん誕生日なら、尚更《なおさら》ゆっくりして来たほうがいいんじゃないの？　私のことなら本当に気にしないで」

「いや行くって伝えてあるわけじゃないし、多分俺の分の夕飯ないから。付き合ってよ」

「本当？　じゃあ私は適当にどこかで買い物でもしてるから、時間の見当ついたら連絡くれる？」

「わかった。悪いね」

「ううん。ありがとう。嬉《うれ》しい」

この二つの言葉。「ありがとう」と「嬉しい」を、まだそんなに付き合いが長いわけじゃないのに、朋美の口から何度も聞いたことがある気がする。丁寧な子だ。

「でも、予定変わってやっぱり実家でご飯食べてくることになっても、全然構わないからね。連絡さえしてくれれば」

さらに最後はこんな風に締められた。気遣いのできる子でもある。

電話を切ったと同時に、大きなあくびが出た。アルコールの匂いが、微《かす》かに口の中に広がった。休日出勤した昨日、同じ部署の先輩たちに誘われて、帰りに二軒飲み屋をはしごした。俺はお酒がまったくと言っていいほど飲めないので、一軒目の最初の一、二杯で勘弁してもらって、二軒目は付き合っただけだったけれど。二日酔いというほどでもないが、まだ体に酒が残っているらしい。

大きく伸びをして、ベッドから出た。冷蔵庫を開けて、富士山で取れる天然水のペットボトルを取り出した。少しだけ口に含ませて、ゆっくりと喉《のど》に流し込む。近所のスーパーには置いていないので、インターネットで買っている。送料も含めたら結構な金額を使っているから、大事に飲まないといけない。

喉をつたった水が体に染み渡っていくのを感じると、やっぱりこれじゃないとダメだ、と思う。全身が浄化されたような気分になるのだ。これを飲むようになってから、俺は水道水が飲めなくなった。

「残り物の温め直しで悪いけど」と言いながら、母親はテーブルに、五目ごはんと、サバの味噌煮《みそに》と、お吸い物を並べてくれた。漬け物もある。実家に帰ったらなにかあるだろうと思って、なにも食べずにまっすぐ来たのは正解だった。毎日外食だから、たまにはこういう食事が嬉しい。

「悪いね。いただきます」

手を合わせる俺に、「まったくもう」と母親は言った。

「帰って来るって言っておいてくれれば、もっとちゃんとしたもの作れたのに」

「いやいや、十分ちゃんとしたものです。ありがとう。嬉しいです」

朋美を見習って、丁寧にお礼を言ってみた。

「こっちこそ、ありがとう。忙しいだろうに、買いに行ってくれたのね」

俺が渡したプレゼント。高級というほどではないが、それなりに名前の通っているブランドの手袋を、母親ははめて、こちらに向けて見せた。

「似合うんじゃない」

「本当？　派手じゃない？」

手首のあたりに、一本紺色のラインが入っているだけのシンプルなデザインだ。ただ地の色が、かなり明るい水色なのだ。

「手袋ぐらいだったら、それぐらい明るくていいんじゃないかな」

「そうね、大事に使わせてもらうわ。ありがとうね」

そう言って母親は手袋を取って、入っていた箱に丁寧に戻した。

「仕事はどう？　慣れた？」

「まぁ、まだ勉強しながらって感じかな。でも、みんなよくしてくれるから、転職したのはよかったと思うよ」

大学で同じ陸上部だった八木《やぎ》先輩に紹介してもらって、ＯＡや情報関連機器のリース会社に営業として入社してから、二か月と少し。契約はまだ一件しか成立させていない。それも、先輩が知り合いの会社に口を利いてくれて取れた契約だ。新人なんだから、まだ数字に関してはそれほど気にしなくてもいいと先輩は言ってくれるけれど、契約を取れないのに給料をもらうという状態が、自分の中で何だか腑《ふ》に落ちない。もっと頑張らないと、と日々思っている。

「それはいいことよね。環境がいいのが一番だから」

母親が安心した顔で、そう言った。

「お水、飲む？」

「水よりお茶がいいな。ある？」

「淹《い》れればあるわよ。緑茶でいい？　私も飲みたいわ。お湯沸かすわね」

母親は立ち上がった。

「お父さん、何時頃帰って来るのかしら。貴人が来るってわかってたら、出かけなかったわよ、きっと。貴史《たかふみ》たちは遅くなるって言ってたから、すれ違っちゃうかしらね。明日《あした》も仕事だし、そんなに遅くまではいられないんでしょう？」

カウンターキッチン越しに、母親は俺に話しかける。父親はゴルフに、同居している兄夫婦は、奥さんの実家に帰っているらしい。

「うん。夕食も戻って食べるよ。友達と約束してるから」

「あら、そうなの？　お父さんだけなら夕食までには帰って来るから、食べていけばいいじゃない。まぁ、でも約束しちゃったんじゃしょうがないか」

ヤカンが音を立てて、水蒸気を口から吹き出し始めた。母親が火を止める。

「約束したって、女の子と？」

急須《きゅうす》にお湯を注ぎながら、母親は聞いた。さりげなさを装っているつもりらしい。

「女の子だけど、友達だよ」

苦笑いしながら、俺は答えた。実家に帰ってくると、いつもこうやって遠まわしに、「結婚はしないのか？」「彼女はいないのか？」と、訊《たず》ねられる。俺だって、結婚願望がないわけじゃない。本当に好きだと思えて、なお且つ明るく平和な家庭が築けそうな相手と出会えたら、いつかしたいとは考える。

紗雪の顔が頭に浮かんだ。でも「明るい」はともかく、「平和な家庭」は、紗雪からは想像しにくいと、ひっそりと苦笑いしてしまった。

「そうだ、今日会う子、元々紗雪ちゃんの友達だった子なんだ。俺、紗雪ちゃんが結婚したって話、したっけ？」

知らされたのがちょうど転職前だったから、慌しくしていて言っていなかったかもしれない。というより、紗雪と治樹の結婚を聞いた時は、少なからず俺は動揺してしまっていたので、親に話して聞かせる余裕なんてなかった気がする。

「そうなんだってね。この間スーパーで紗雪ちゃんのお母さんに会って聞いた。結婚パーティーがあったんでしょ？　行ったの？」

「うん。相手も俺がよく知ってる先輩だし」

四年前に我が家はこの建て売りを買って引っ越してきたが、以前は紗雪の実家と同じマンションで一階を隔てただけだった。ここと、そのマンションは目と鼻の先の場所なので、紗雪とは今も実家同士が近所なことには変わりない。

「紗雪ちゃんのお母さん、もうずっと会ってないな。元気だった？」

母親が差し出してくれたお茶を受け取りながら、俺は訊ねた。

「うん、元気そうだったわよ。久しぶりに会うと、やっぱりお互い子供がどうしてるって話になるでしょう？　それで、紗雪ちゃんが結婚したんだって聞いたのよ。なんか、元々知ってる男の子ではあったけど、結婚は急だったんだって？　お母さんも驚いている感じだったわよ」

友達を呼んでの結婚パーティーはしたけれど、親や親戚《しんせき》が出られるような式はしなかったの。本当に昔から親に対して愛想がないというか、冷たい子なのよね。紗雪の母親は、苦笑いしながら、そう俺の母親にこぼしたと言う。

「紗雪ちゃんの気持ちもわからないでもないから、相槌《あいづち》打ちにくかったけどね。あの子も、妹さんのこととかで、色々思うところはあっただろうから」

母親が渋い顔をしながら、お茶を啜《すす》る。

「紗雪ちゃん家《ち》って、今、どうなの？　お父さんとお母さんは仲良くしてるのかな。小春《こはる》ちゃんは？」

紗雪の二つ年下の妹は、小春という。

「小春ちゃんは、お勤めには出てるみたいよ。お父さんとお母さんは、どうなのかしらね？　そんな込み入ったこと聞けなかったわよ」

「まぁ、そうだよね」

俺もお茶を啜った。だいぶ冷ましたつもりだったけれど、まだ熱かった。猫舌なのだ。

父親の勤めている会社の社宅から、紗雪の実家と同じマンションに引っ越してきたのは、俺が小学校四年生のときだった。上の部屋に住んでいる紗雪の家の事情は、本人に会う前から、俺の耳にも入ってきていた。小春という名前の下の娘は、学校でいじめられていて不登校。両親はよく怒鳴りあいの喧嘩《けんか》をしている。引っ越し早々、井戸端会議で母親がそんな情報を仕入れてきた。

「あんた達は、いじめたりなんかしないわよね。仲良くしてあげるのよ」

母親は俺と兄貴に、そう言い聞かせた。

ある日、学校から帰って、同じマンションの最上階に住んでいる友達の家に向かっているときだった。俺の住んでいる六階から七階までの階段の途中で、女の子に会った。彼女は階段に腰掛けて、足元に雑誌を広げて、それを覗《のぞ》き込みながら、自分の髪の毛をいじっていた。

「こんにちは」

俺は彼女に声をかけてみた。見たことがない子だったので、話に聞いていた、不登校の女の子だろうと思った。

「……こんにちは」

彼女は雑誌から顔を上げて、俺の方を見た。片手で自分の髪の毛を一束摑《つか》んだまま。

「こんなところで、何してるの？」

彼女はしばらく返事をしなかった。無表情のまま、黙って唇を噛《か》んでいた。やがて長い沈黙のあと、投げやりな口調で、「編みこみ」と、小さな声で言った。意味がわからなくて、今度は俺が黙ってしまった。彼女はそんな俺を見て、やはり無表情のまま、こう言った。

「三つ編みはできるんだけど、編みこみは難しくて。練習してるの」

彼女が言うことが、髪の毛の結い方についてのことだということは、わかった。でも俺が聞きたかったのは、何でこんなところに一人で座っているのか、ということだったので、方向の違う答えが返ってきて、子供心に拍子抜けしたのを覚えている。

「一番上の階の、光一《こういち》、知ってる？　今から俺遊びに行くんだけど、一緒に行かない？　小春ちゃんだよね？　六年生の、京子《きょうこ》ちゃんとか博美《ひろみ》ちゃんも来るってさ」

俺の言葉に、女の子はまた少し黙った後、「行かない」と、短く言った。

「前に何度か行ったことある。ツイスターとか、人生ゲームして遊ぶんでしょ。どっちも好きじゃないの」

はっきりと断られて、俺は困ってしまった。その場を立ち去っていいものかどうか迷ったのだ。黙っていると、再び女の子のほうが口を開いた。

「誘ってくれてありがとう。私は行かないけど、あんたは行ってきなよ。それと、私は小春じゃなくて、紗雪ね。小春は妹」

女の子はそう言って、足元の雑誌に目線を戻して、また髪の毛をいじりだした。俺は階段に足をかけた。

「どうして、こんなところにいるの」

「どうして、家に入らないの」

そう聞いてみたかった。けれど、多分それは聞いてはいけないんだということは、まだ小学校四年生だった俺にも簡単にわかった。紗雪の家からは、怒鳴り声どころか、物が壊れるような音まで聞こえてくることが、よくあった。

そのあと遊びに行った先の家で、集まっていた友人たちから、紗雪の家の新たな情報を聞いた。

「紗雪ちゃんのお父さんとお母さんは、フリンのリャクダツアイで結婚したの」

「それをからかわれて、小春ちゃんは学校に来なくなったの」

「紗雪ちゃんは平気みたいだけど、いつも一人でいるの」

家に帰ってから、俺は兄貴に、フリンとリャクダツアイの意味を訊ねた。なんとなく、両親に聞いてはいけない気がしたのだ。兄貴は「誰から聞いたんだ、それ」と困った顔をした。俺が事情を話すと、「うーん」と唸《うな》ってから、兄貴は言った。

「多分、その子のお父さんは、お母さんと結婚する前に、別の人と結婚してたってことだよ。で、その子のお母さんが、取っちゃったんだろうな」

人に言わないほうがいいぞ。と、兄貴は最後に付け足した。

紗雪とは、それからよく同じ状況で階段で出くわした。紗雪はいつも子供向けのファッション雑誌を読んでいた。愛想は良くなかったが、俺が話しかければ無視することはなかったので、いつも通りすがりに一言二言、言葉を交わした。

たった一度だけだけど、紗雪のほうから先に声をかけてきたこともある。「ねえ。編みこみできるようになったのよ」と、突然得意気の顔を向けてきた。いつも無表情だったのに、そのときだけは一瞬にやっと笑顔を見せてくれた。それを見て、俺もつられて笑い返してしまったことを、よく覚えている。笑うとかわいいじゃん、と思ったことも。

『ごめん！　今最後の乗り換えしたところだから！　あと、十五分ぐらいで着くと思う』

何回目かのメールを、朋美に送った。

母親に引き留められて、帰って来た父親に、コーヒー一杯だけ付き合って、やっと実家を出られた。予定より随分、朋美を待たせてしまった。向こうはもう、俺のアパートの最寄り駅に着いているらしい。

『大丈夫。適当に時間潰《つぶ》してたから、気にしないで』

そう言ってくれてはいるが、悪いことをした。時計を確認する。俺が着く頃には、九時を過ぎてしまう。

「ああ、もう、そんなに急がなくてもよかったのに」

ホームからの階段を駆け下りて、改札も走って抜けてきた俺に、朋美は笑ってそう言った。

「いや、ホントごめん。どうしよう？　なにが食べたい？」

どうしてこの駅にしてしまったんだろうと、後悔した。この辺りは住宅街なので、夜が早い。女の子が好きそうな洋食屋やカジュアルイタリアンの店は、そろそろオーダーストップの時間だ。

「今から入っても嫌がられないのは、居酒屋かラーメン屋ぐらいかなぁ。でも、朋美ちゃんも、そんなにお酒飲まないよね？」

「そうね。あんまり」

「じゃあ治樹さんの店に行く？　お酒頼まずに長居しても、あそこだったら嫌がられないし」

「そうねぇ。でも、家と反対方向だし、今からだと、帰りが遅くなっちゃうよねぇ」

朋美は腕時計を見ながら言った。確かにここから治樹の店までは、電車で三十分弱かかる。

「俺がよく行く中華料理屋だったら、深夜までやってるから、今からでも平気なんだけど」

「そうなの？　じゃあ、そこにする？」

「いや、でも、すごく小さくて汚い店だよ。味はおいしいんだけど、女の子が行くようなところじゃないよ」

「でも、貴人君、よく行くんでしょ？　私も行ってみたい。おいしいなら尚更《なおさら》」

朋美はそう言って、俺の袖《そで》を少し引っ張った。でも、目が合った途端、すぐに離した。

別に怒ったつもりはなかったのだけれど、険しい顔でもしてしまっていただろうか。

「朋美ちゃんがいいなら、いいよ。その道真っ直ぐ行ったらすぐなんだ」

できる限りの優しい声で、俺は言った。

「うん。そこでいい。っていうか、そこがいい。行ってみたい」

朋美は明るい声でそう言って、俺の後ろを付いてきた。


「らっしゃ！　……まぁー、どうもー」

お水を差し出しながら、中華料理屋のおばちゃんは不自然に明るい声を出した。

軽く頭を下げながらお水を受け取った朋美を見て、にやっと笑って今度は俺の方を見る。

「素朴そうでいい子じゃないのー、あんた」

多い時は週に二回は来るこの店のおばちゃんとは、すっかり顔馴染《かおなじ》みなので、一応客なのに、いつもこんな軽いノリで話しかけられる。仕事帰りに寄ると、「いらっしゃいませ」の代わりに「お帰んなさい」と言われるときもある。

「素朴って言われちゃった。私、地味だからなぁ」

ラミネートさえしていない、いい加減縁がもう擦り切れている厚紙のメニューを見ながら、朋美は苦笑いした。メニューはもちろん、おばちゃんの手書きだ。

「いい意味で言ってると思うよ。自然体でいいわね、ってことだと思う」

「ありがとう。貴人君に言われると、素直に受け取れるなぁ」

「俺だと、って？」

俺の声は、おばちゃんの「らっしゃ！」という大きな声にかぶせられて、消されそうになった。建て付けの悪いサッシの扉が、ギシギシ音を立てながら開こうとしている。別の客が入って来たのだ。おばちゃんの「いらっしゃいませ」は、最初と最後がほとんど聞き取れない。「らっしゃ！」と聞こえる。

「貴人君が自然体だから。化粧をきっちりしてる人やオシャレな人に、自然体でその方がいいじゃないって言われると、ちょっとバカにされてるみたいな気がしちゃうのよね」

朋美は首をすくめてみせた。

「身だしなみとして、女の人は多少の化粧は必要なんだろうけどさ。基本は何もしないのが一番だよ。人間は自然に近い状態でいるほうが、本当の意味のきれい、に近づけると俺は思う」

朋美は嬉《うれ》しそうに笑って、コップの水を一口飲んだ。料理はおいしいけれど、俺はここの水はカルキ臭くて飲めない。

「そういう考え方、私も好き。あ、でもさっきのバカにされてる気になるって、紗雪のことじゃないからね。会社の人とか地元の友達とかだから。紗雪はそういうこと言わないから」

なにやら焦って早口になっている朋美に、「うん。わかるよ」と俺は頷《うなず》いた。

「ユキ姉なら、そんなの人それぞれだからいいんじゃない、って言いそうだよね」

紗雪の口調を真似してみたが、朋美はあまり反応しなかった。短く頷いただけだ。

「注文しなきゃね。何がお勧め？」

メニューと俺の顔を、交互に覗《のぞ》き込む。麻婆《マーボー》飯と中華飯と鶏《とり》の唐揚げを頼んで、取り分けることにした。

「庶民的って言ったら悪いかな。なんか、親しみやすい感じでいいね、この店」

朋美はそう言って笑った。俺もそういう雰囲気が気に入っているので、その言葉は嬉しかった。

麻婆飯と中華飯が運ばれてきた。

「取り分けのお皿ちょうだい」

俺がそう言うと、おばちゃんはまたにやっと笑った。

「はいよ。仲良しでいいねー」

朋美が、おばちゃんの言葉に恥ずかしそうな顔をした。

おばちゃんは、取り分け皿を俺寄りに置いたが、朋美はすっとそれを取って、麻婆飯と中華飯をそれぞれ取り分けてくれた。「ありがとう」と、俺は丁寧にお礼を言った。

朋美はまず麻婆飯を一口食べて、「本当だ、おいしい」と明るい声で呟《つぶや》いた。猫舌の俺は、もう少し冷めないと食べられない。

「貴人君たちの、実家あたりって、どんな感じの町なの？」

「ん？　そうだなぁ。家から歩いて行ける距離に二つ駅があるんだけど。一つの方は、駅前に雑貨屋とか古着屋とか多くて、結構賑《にぎ》わってるかな。俺はもう一つの駅の方を使うことが多かったんだけど」

「紗雪と治樹さんは、古着屋さんのある駅を使ってたんじゃない？」

「当たり。あの二人は、よく行ってたと思う」

さっき実家で父親の帰りを待っている間に、母親に買い物に付き合わされ、久々にあの町に足を踏み入れた。

店の入れ替わりなどは多分あるのだろうが、町一帯が醸し出している雰囲気は、昔とほとんど変わっていなかった。ゴミゴミしていて落ち着かないので、俺はあまり好きではない。あの辺りにはいい思い出がない。

中学三年のとき、当時付き合っていた同じクラスの彼女に連れられて、買い物に行った。彼女は背伸びしたオシャレをしたがるタイプだったのではしゃいでいたが、陸上に明け暮れていた俺には、古着や雑貨の価値が全然わからなくて、あまり楽しめなかった。どの店の店員にも見下されたような接客をされて、不快だった。そして何より、彼女がそんな俺をかばってくれるのではなく、呆《あき》れていたのが、一番嫌だった。

「ねえ、あれ辻先輩と藤原先輩じゃない？　貴人君仲よかったよね？　声かけなくていいの？」

帰路につきかけたとき、彼女にそう言って袖を引っ張られた。見ると、さっき俺たちも入った店で、紗雪と治樹が買い物をしていた。ジャケットを見ている二人に、俺にはバカにしたような態度を取っていた店員が、楽しそうに話しかけていた。

「別にいいよ。早く行こう」

二人に気がつかれないように、俺はその店の前を早足で通り過ぎた。

中学に入ってから、紗雪は小学校のときのように、「いつも一人でいる」のではなくなった。一番よく見かけたのは、治樹との2ショットだったけれど、他の男の子たちの輪の中に交じっていたり、校則違反の服装で目を付けられている女の子と一緒にいるのを見かけた。それでも人気者の女の子たちのグループには、やっぱり入ることができないんだと思い、俺は校内で紗雪に、わざと大きな声で話しかけたりしていた。自分で言うのもおかしいが、中学から本格的に陸上を始めていた俺は、校内では有名人だったのだ。そんな俺と仲がいいと分かれば、紗雪も人気者のグループに入れてもらえるんじゃないかと思っていた。

けれど、俺には感じが悪かった古着屋の店員と楽しそうに喋《しゃべ》っている紗雪を見て、もしかしてとんでもない間違いをしていたんじゃないかと、そのとき初めて思った。紗雪は人気者のグループに組み込まれることなんて、望んでいなかったんじゃないのか。既に中学を卒業していた紗雪が、高校でどう過ごしているのか、俺にできることはないだろうか。相変わらず俺は少し上の位置からそんなことを考えていたけれど、紗雪はとっくに、自分の居場所を見つけていたんじゃないのか。

「いい匂い。レモンかけるね」

朋美の声で、我に返った。唐揚げのお皿に添えられたレモンを取って、搾ろうとしている。止めようとしたけれど、遅かった。俺は唐揚げにレモンはかけない。

「東京っていうと、渋谷のスクランブル交差点が一番イメージ強かったの。テレビでよく映るから。だから、こっちに来るまでは、東京はどこもあんな風だと思ってたのよ。どこに行ってもあんなに人がいっぱいいて、大きなビルが立ち並んでるんだと思ってた」

「そんなわけないじゃん。引っ越してくるまで、一回も来たことなかったの？」

口に入っていた中華飯を飲みこんでから、俺は聞いた。

「修学旅行が東京だったから、来たことはあったけど。でも、国会議事堂と皇居にしか行かなかったし、ずっとバスで移動だったから、町を歩いたりしなかったのよ」

「へぇ。修学旅行、東京だったんだ」

「うん、中学のね。東京と、あと日光も行った。小学校の頃は京都と奈良で、高校は広島とかあっちの方。貴人君は？」

「小学校は、静岡だったかな。浜名湖に行った気がする。中学と高校は、俺、修学旅行行ってないんだ。どこだったんだろう」

唐揚げを一個頬張った。熱さと酸っぱさで味がよくわからない。

「え、どうして？　どうして行かなかったの？」

「陸上の練習で。一日も休みたくなかったから」

「そんなに本格的にやってたのね」

「まあね。……昔の話だけど」

ギシギシと、サッシ扉が開く音がした。そこに「らっしゃ！」とおばちゃんの合いの手が入る。朋美が笑った。

「いらっしゃいませ、って全然言ってないよね。どう聞いても、らっしゃ、だよね」

「日光ってさ、東照宮も行った？　見ザル聞かザル言わザル、の。どうだった？　俺行ってみたいんだよね。あそこ、パワースポットだから」

俺は朋美に訊《たず》ねてみた。

「えー、覚えてない。だって行ったの中学のときだもん。パワースポットってなに？　よく聞くけど、いまいちどういうものかわかってないの」

「癒《いや》しのエネルギーが満ちてる場所なんだ。宇宙からの力とか、地球や人の持ってるエネルギーが高い場所で、そういう場所に行くと波動エネルギーを吸収できるんだよね。確か日光は風水的に……」

そこまで言って俺は口を閉じた。こういう話は、興味のない人は大抵少し聞いただけで、眉《まゆ》をひそめて不快な顔をする。

「うちのお母さんが、パワーストーンっていうのを知り合いにもらって、肩こりが治ったと言ってたけど。それと似たような力のこと？」

朋美は俺の顔を覗き込んだ。眉をひそめてはいない。

「そ、そうそう。パワーストーンは正のエネルギーを出して、負のエネルギーを吸収してくれるんだよね。パワースポットも、同じような効果があって、体も精神も浄化してくれるんだ」

朋美が不快な顔をしないので、俺はもう少し説明してみた。

「浄化？　神社とかお寺に行くと、なんかこう、体も心も引き締まる感じがするよね。私、あの感覚好きなんだけど。神社やお寺だったら、どこでも感じられるの？」

「うん、神社やお寺は、大抵どこでもパワースポット的な要素は持ってるから。そうそう、引き締まる感覚あるでしょ？　誰にでもあると思うのにさ、こうやって説明しようとすると、みんな嫌な顔するんだよね。お参りなんかは、みんなしてるはずなのに。正月とかに」

朋美は頷《うなず》いた。

「確かにそうね。お参りは当たり前にするのにね。日光は、どんな感じだったかな？　それ聞いたらもう一回行ってみたくなっちゃった。ちゃんとあの感覚、味わってみたいな」

「じゃあ、一緒に行く？」

嬉《うれ》しくなって俺は勢い込んで聞いた。休みの日に時々そうやって近場のパワースポットめぐりをしているが、いつも一人なのだ。

「本当？　いいの？　一緒に？」

朋美はレンゲを持ったまま、驚いた顔をして止まっている。

「うん。もちろん。来週末は予定ある？」

「ないけど……。でも日光って、栃木でしょ？　ここからだと、どうやって行くの？」

「電車で二時間ぐらいじゃない？　十分日帰りできる距離だよ。レンタカー借りてドライブにしてもいいし」

「あ、そうよね、日帰り。うん」

朋美はそう言って、レンゲを下ろして水を飲んだ。

「だったら、ドライブしたいな、私」

「じゃあ来週行こう。土曜日でいい？」

朋美が頷く。俺は唐揚げを口に放り込んだ。熱くはなくなっていた分、レモンの酸味が口いっぱいに広がるのを、嫌というほど味わった。

ちょうど紅葉が見ごろな時期だったこともあって、思った以上に、日光東照宮は賑《にぎ》わっていた。

「観光地だから混んでて当たり前よ。早く行こう」

久々の運転で、着いた時点ですでに疲れかけていた俺と違って、朋美は着いた途端にハイテンションだった。

「こんな橋渡ったかなぁ。全然覚えがないや。中学生の時だもんね。あ、ねぇねぇ、この位置から見ると、紅葉越しに門が見えてきれいだよ」

境内に入る前から、はしゃぎまくっている。楽しんでくれているのは、嬉しいことだった。段々と俺もつられて、元気を取り戻してきた。

境内は人で溢《あふ》れ返っていて、真っ直ぐに歩けないほどだった。三猿像の前で、みんな立ち止まって記念写真を撮るので、その辺りから渋滞になっている。正面からサルを見られる位置に行くまでに、かなりの時間がかかった。

「思ってたより小さいね。サル」

俺が言うと、「そうね」と、朋美は返事した。

「ここに来たら、やっと、来たことある場所だって思い出した」

外国人観光客のグループが、サルと同じポーズを決めて写真を撮っている。明るい笑い声が飛び交っていた。

「朋美ちゃんもやったら？　撮ってあげるよ。携帯のカメラだけど」

「えー、いいよ。恥ずかしい。でも、なんか微笑ましいね」

外国人グループを見て、朋美は笑った。

「こんなに混んでるのに、みんな楽しそう。いいパワーが溢れてる場所だからかな？」

「うん、関係なくはないと思うよ。正のエネルギーは、周りの波動を調和させるだろうから……」

「見えなーい」

俺の真後ろから、かわいらしい声が聞こえた。振り向くと、女の子が背伸びをしたり、上半身を傾けたりしながら、サルに向かってカメラを向けていた。大学生ぐらいだろうか。

「ここ、どうぞ。もう、どくから」

俺は女の子に、自分が立っていた場所を譲ってあげた。俺の背で余計に邪魔になっていただろう。

「いいんですか？　すみません。ありがとうございまーす」

女の子は満面の笑みを俺に向けて、お礼を言った。連れらしい近くにいた二人の女の子たちも、「ありがとうございます」「どうも」と、口ぐちに言う。

「感じいい子だったね。かわいいし」

朋美が彼女たちのほうを振り返りながら言った。サルの前を抜けたら、人が散ってだいぶ歩きやすくなった。

「そうだね、感じよかったね」

「やっぱり女の子は、ああいう小さくて細い子のほうがかわいい？」

朋美の言葉に、俺も彼女たちのほうを振り返ってみたが、もう見えなくなっていた。小さくて細い子だっただろうか。一瞬見ただけだったから、ちゃんと覚えてなかった。俺からしたら、大抵の女の子はみんな自分より小さい。

「ほら私、背高いし、太めだし。身長はあったほうがいいとか、痩《や》せすぎより、ぽっちゃりのほうがいいとか言ってくれる人もいるけど、私より小さい子や細い子に言われると、嫌味みたいに聞こえちゃって」

「ああ、俺は痩せすぎはどうかと思うけど朋美ちゃんは太めでもないと思うな。背は、高いかなぁ？　俺自分が高いから、小さい子より、並んで歩くには朋美ちゃんぐらいあったほうがいいけどな。下見て、首疲れなくてすむし」

喋《しゃべ》りながら、途中から妙な感覚を感じていた。同じような会話を、ついこの間も朋美としたような気がする。

「本当？　じゃあ、私と貴人君はバランスいいかなぁ」

朋美は俺の顔を見ながら早口でそう言って、言った直後、急いで目を逸《そ》らした。そしてまた、慌てた素振りで口を開く。

「具体的にパワーみたいなものは感じ取れないけど、紅葉はきれいだし楽しいし、気分いいよ、私。こんな程度の感じ方でもいいのかな？」

「うん、それでいいと思うよ。パワーとかエネルギーって、人間一人一人が持ってるから、日常生活の何てことない場面でも、実は放出したり吸収したりしてるんだよ。少しずつ自覚していって、意識的にコントロールできるようになっていくといいんだって」

裏の参道に出て、人が更に少なくなったのを確認して、俺は立ち止まった。目を閉じて深呼吸をしてみる。朋美も、隣で俺の真似をしていた。

「ヒーリングルーム　タテカワ」に初めて行ったのは、二年前。その頃俺は、家電メーカーの社員で、陸上部に在籍していた。長距離を専門に走っていたが、入部して三年、可もなく不可もなくの成績しか残せていなかった。

ある日のランニング中、右膝《みぎひざ》に突然、刺すような強烈な痛みが走った。俺は練習を中断して、すぐに病院に行った。ところが、どこにも負傷は見当たらないと言われた。こんなに痛むのにそんなはずはないと、次の日の朝一で別の病院に行ったが、同じことを言われた。膝には何も起こっていないと。整体師のところにも行ったが、結果は同じだった。

困り果てていたところに、部員の一人から、「ヒーリングルーム　タテカワ」を紹介された。その部員の友人が同じような状態だったとき、そこに行ったら、あっさりと治ったというのだ。ヒーリング、という言葉を俺はこのとき初めて聞いた。その部員の友人によると、「心と体に、癒《いや》しを与えて治す」というような民間療法だという。宗教がらみでもないし、変なグッズを買わされたりもしないというので、ダメ元で一度行ってみることにした。練習に出られないので、部内の目も厳しくなってきていたところだった。料金も、聞けばそれほど高くなかった。

病院のような建物を想像して行ったのに、「ヒーリングルーム　タテカワ」は、小ぢんまりとしたマンションの一室だった。手書きの汚れた表札を見て、やっぱり帰ろうかとドアの前で、かなり悩んだ。でも、はるばる埼玉まで来たんだし、とりあえず様子だけでも窺《うかが》ってみよう。そう思って、やっと思い切ってチャイムを押した。「はいはい」と間延びした声が中からした。しばらくして開けられたドアの向こうに立っていたのは、白衣を着ているということ以外には、「治療」をする人間らしい箇所を一つも見つけられない、小柄の冴《さ》えないおっさんだった。

一見狭そうな部屋に見えたが、家具がないせいか、室内は開放感があった。ワンルームの部屋の真ん中に、ベッドが置かれていた。一つしかない部屋の照明は、緑がかったような妙な光を発していて、決して室内を明るくするのに役立ってはいなかった。

俺の症状を聞いたおっさん先生は、「とりあえず横に」と言って、俺をベッドに寝かせた。そして、そっと俺の右膝に、手を当てた。

少しの間、先生はなにもしゃべらず、ただただ俺の膝の上に手を置いていた。不審に思い始めたころ、不思議なことが起こった。右膝が、ほおっと温まってきたのだ。手を置かれているから、体温が伝わったという温まり方とは違う。自分の体が脈打っているのを、体の中を血がめぐっているのを、その温まった右膝を通して、はっきりと俺は感じた。

「体と心はつながっているからね」

ずっと黙っていた先生が、突然ぽつりと呟《つぶや》いた。

「どこも悪くないのに痛むのは、走りたくないんだという心の訴えを、体が代弁してくれているんじゃないかな。あなたの心が、認めようとしないから」

何を言っているんだ？　起き上がろうと思って首を浮かせたら、口に何かしょっぱいものが入ってきて、驚いた。俺はいつの間にか泣いていたのだ。

先生が俺の体をそっと押した。また俺は寝かされた。

「本当はもう、あなたは走りたくないんだ。でも、あなたは責任感が強いし、優しい。だから今まで自分が走ることを応援してくれてきた人たちのことを思うと、走りたくないということを認められないでいる」

目を閉じてみた。涙があふれて、頬をつたった。今度は自分が泣いているということが、はっきりとわかった。

「人を思う気持ちは大事です。でも、無理はいけない。このままじゃあなたが壊れてしまう。まず、自分を大事にしてあげなさい。聞いてあげましょう。話してみなさい。今まで辛《つら》かったんでしょう？　ずっと我慢をしてきたんでしょう？」

先生はゆっくり俺の体を抱き起こした。右膝が、いや、膝だけじゃなくて、体全体が軽くなっていた。そう気付いた直後から、自分でも驚くぐらいの沢山の言葉が、俺の口からどんどんあふれ出した。あんなにも喋ったのは、後にも先にもあのときだけだと思う。

子供の頃から、走るのは得意だった。運動会の徒競走では、いつもぶっちぎりで一等だった。

自然の流れで、中学では陸上部に入った。顧問に長距離ランナーの素質があると褒められて、少しいい気になって練習に力を入れたら、すぐに校内で一番になり、区の大会でも簡単に優勝できるようになってしまった。陸上部が強い高校から推薦入学の誘いが来て、俺よりも両親の方が喜んだ。

高校に入り、出場する大会の規模と周りの期待はどんどんと大きくなっていったが、反比例して、俺の自信は小さくなっていた。それまでと同じ練習量では勝てなくなってきた。

期待に応《こた》えるために、遊びやアルバイトに精を出す同級生たちを横目で見ながら、俺は練習に出来る限りの時間を費やした。修学旅行にも行かなかったし、友達からの遊びの誘いも、全部断った。結果、何とか都大会、全国大会でもそれなりの成績を残し、大学も陸上の推薦で入ることができた。

大学での成績は、あまりパッとしなかったが、人一倍練習だけはしたのが評価されて、何とか陸上部を持っている企業に推薦してもらい、入社することができた。

けれどその頃にはもう、陸上を続けていくことに対して、疑問を感じ始めていた。走ることを生業《なりわい》とできるほどの能力は自分にはない。このまま陸上を続けても、仕方がない。とっくにそう気がついていた。

でも、それまでに沢山のお金を出してくれた両親のことを思うと、やめたいとは言いだせなかった。やめてしまったら、自分には何も残らないんじゃないかという恐怖もあった。いつも練習ばかりしていたので、陸上以外のことは、何も知らない。「走っている姿を見て好きになった」と言い、近付いてきてくれた女の子は何人かいたけれど、みんな最後は、去って行った。「最近の遊びとか流行《はや》りものとか、何も知らないから、つまらない」。みんな同じような言葉を口にして。

「僕は走るのを、やめてもいいんですか」

泣きながら、俺は先生に訊《たず》ねていた。

「やめなさい、と言うことは私にはできません。決めるのはあなたです。ただ、一つ私が言えるのは、あなたの体も心も、すでに悲鳴をあげている。今、あなたの体と心は、負のエネルギーでいっぱいになっている。このままでは、人として壊れてしまいますよ、ということです」

退部届を出したのは、一週間後だ。あんなに痛かった右膝は、嘘のようにすっきり治っていた。

会社に居づらくなった俺を救ってくれたのは、大学の陸上部で二年上だった八木先輩だった。先輩は卒業前に足を壊したのをきっかけに陸上をやめて、情報関連機器のリース会社に営業として就職していた。楽な仕事ではないが、厳しい練習に耐えてきたお前ならできると思う。やる気のある人間を、きちんと評価してくれる会社だし。そう言って、上司に口を利いて、俺を転職させてくれた。

何か事があるたびに、俺は「ヒーリングルーム　タテカワ」に足を運ぶようになっていた。風邪がぐずぐずと治らないとき。食欲がなくて体重が減ったとき。仕事がうまく行かなくて、落ち込んだとき。

先生はいつも、宇宙に溢《あふ》れているパワーや、人が持っているエネルギー、そしてそれの上手な使い方など、興味深い話をしてくれた。

一番俺が反応したのは、俺が非常に強い、正のエネルギーを持っている人間のはずだと言われたことだった。円満な家庭で、親に愛されて育った人間は、必ず正のエネルギーを持っているというのだ。

「じゃあ逆に、円満でない家庭で育った人からは、負のエネルギーが出ているんですか？」

「そうだね。歪《ゆが》んだ感情が渦巻いている場所にあるエネルギーは、必ず、負だ。まっすぐではない愛、嫉妬《しっと》、怒り、憎しみ」

「負のエネルギーが溢れていただろう家で育った友人がいるんです。でも、彼女は僕よりずっと強い人間のような気がします」

紗雪のことを思い浮かべながら、俺は言った。

「どうしてそう思うの？」

「家にも学校にも居場所がなかったはずなのに、彼女はオシャレをしたり、髪を可愛く結ったり、そういうことを一人で楽しんで、いつも平気な顔をしてました。途中からは友達もできたから、今は居場所がないってことはないと思うけど」

「本当に平気だったのかな？　無理をしていたんじゃなくて？　着飾るというのは、本当の自分の姿を隠そうとする行為ですよ」

それを聞いて、初めてマンションの階段で会ったとき、俺が声をかけてもしばらく黙って唇を噛《か》んでいた紗雪の姿を思い出した。

「自分のことをちゃんと癒せたら、あなたはその人のことを助けてあげたらどうですか？　負のエネルギーを持っている人を救えるのは、正のエネルギーを持っている人だけだからね」

そう言われて、俺は陸上をやめて以来はじめて、自分がやるべきことを見つけられた気がした。早く自分自身を癒して、それから紗雪のことを助けてあげる。それが俺の使命なんだと、毎日自分に言い聞かせながら過ごした。

ところが。そんなとき、紗雪と治樹が結婚すると耳にした。もちろん俺は、すぐに先生を訪ねた。

「相手の男性は、穏やかで優しい人ではあるんです。でも母子家庭で、父親の顔を知らずに育っているから、彼が持っているのは、正のエネルギーではないかもしれないんです。負のエネルギーの者同士が、一緒になってしまって、大丈夫なんでしょうか」

俺の質問に、先生は少しだけ目を伏せたあと、こう答えた。

「宇宙も地球も人間も、すべてのものはエネルギーと波動を持っていて、それを出し合って、ときに共鳴し合うのです。一番いいのは、正と負の波動が共鳴し合うことなんですが、間違って感じとってしまう人たちもいるんですよね。その二人は、マイナス同士で間違って共鳴し合ってしまったのでしょう」

「じゃあ、やっぱりよくないんですね？」

「自分と同じ、対称性のある波動をもつ相手に魅《ひ》かれることもあれば、非対称に魅かれることもある。必ずしもどちらが正しいとは言えません。負と負は掛け合わせればプラス、正、になりますから。その場合はいいことでしょう。ただ、怖いのは、負と負が掛け合わされるのではなく、足されて更に大きな負になることです。大事な友人なら、そうはなって欲しくないでしょうね」

「もちろんです。僕はその二人の結婚を、止めたほうがいいんでしょうか？」

「いや、そうとは限りませんよ。波動が共鳴し合っているところに、別の波動が入り込むと、更なる大きな歪みが起きてしまうこともあります」

「じゃあ僕は、どうすれば？　僕は先生の話を聞いて、僕と彼女が一緒にいるべきだと、助け合うべきかと思っていたのに」

苛立《いらだ》って少し責め口調になってしまった俺の言葉に、先生はしばらく黙っていたが、やがてゆっくりと口を開いた。

「私が言ったのは、正と負が一緒になるのが一番いいということに過ぎませんよ。あなたと彼女を、特に指したわけではありません。あなたの波動を彼女は感じ取らなかったわけですから、あなたにとって一番いい、負のエネルギーを持った相手は他にいるのかもしれません」

そして、こう付け足した。

「その二人のことは、近くで見守ってあげたらどうでしょう？　マイナス同士でプラスになるのを見届けるのです。ならないようなら、よりマイナスになってしまうようなら、そのときは、今度こそあなたが彼女を助けてあげればいい」

俺の説明を聞き終わってから、しばらくの間、朋美は助手席で黙りこくっていた。

「いつから、パワーとかエネルギーとかに興味を持つようになったの？」

そう聞かれたから、説明をしたのだ。もちろん、紗雪や治樹のことは話していない。右《みぎ》膝《ひざ》の痛みについてと、エネルギーや波動について教えただけだ。

「やっぱり、興味なかった？」

助手席の方を、そっと俺は窺《うかが》った。驚いた。朋美が、顔を両手で覆って、声を押し殺して泣いていたのだ。

「え、なに？　どうしたの？」

俺は慌てて、車を路肩につけた。まだ高速に乗る前でよかった。「どうしたの？」と、もう一度訊ねると、朋美は消え入りそうな声で言った。

「私の体と心には、負のエネルギーが溢れてるんだわ」

「どういうこと？」と、俺が聞くより早く、朋美は堰《せき》を切ったように話し出した。先生のところに初めて行ったときの、俺と同じように。

父親に長い間付き合っていた愛人がいて、最後は自分と母親を捨てて出て行ってしまったということ。今までそれを誰にも言えなかったこと。紗雪に話してみようと思ったことはあるが、離婚という言葉を口にした時点で、よくあることだと簡単に流されたこと。

声を震わせて泣いている朋美に、言ってあげるべきだろう言葉はあった。あったけれど、俺はそれを口にするのとは違う行動をとった。

肩を抱き寄せて、両手で抱きしめてやると、朋美は俺の腕の中で一瞬体を震わせた。けれどそれは一瞬で、すぐに俺の胸に体を預けてきた。目の前で女の子が泣いていたら、男がしなければいけないことは、やっぱりこれだと思う。

どれぐらいの間そうしていただろう。俺はじっと、朋美が泣きやむのを何も言わずに待っていた。

やがて「ごめん」と、朋美は顔を上げた。「うん。大丈夫?」と言いながら、俺は朋美が体勢を戻すのを手伝ってやった。

「どうする?」

俺は聞いた。

「もう出発できる?」

そういう意味だったつもりだ。けれど、涙目の朋美は俺の顔を見て、こう言った。

「私、ラブホテルは、嫌」

一瞬意味がわからなかった。意味がわからなくて、俺は頭の中で朋美のその言葉を、何度も繰り返してみた。何度目かのときに、その言葉は何故か、全然違う言葉に姿を変えた。

「あなたの本当の相手は、他にいるかもしれません」

水が飲みたい。富士山の天然水だ。あれを流し込んで、この胸やけを早く取っ払ってしまいたい。全身を浄化させたい。

「あれ、貴人、朋美ちゃん。来てたんだ」

裏口から厨房《ちゅうぼう》に入ってきた治樹が、カウンターの俺と朋美の顔を順番に眺めて言った。

「せっかく来たのに、また治樹さんに会えないかと思った」

隣で朋美が笑う。

「ああ、ごめん。買い出し行ってた。なに飲む？　どうした貴人、顔色悪いぞ」

治樹が俺の顔を覗《のぞ》き込んだ。

「長い間、運転させちゃったから。ごめんね、私、ペーパーだから。首都高がすごく渋滞してて、貴人君、運転疲れもあって酔っちゃったの。レンタカー今返してきたところで、この近くだったから、治樹さんの店で休ませてもらおうと思って」

朋美が治樹に説明をしている。

「大丈夫かよ。自分の運転で酔ったのか？　ジャスミン茶でも淹《い》れる？」

「ありがとう。久々に運転したから疲れた」

宇都宮の駅前のホテルに泊まって、今朝チェックアウトしたあと、結局夕方までまた観光をした。金曜日の夜も残業していたし、泊まるのは想定外だったから、体力のコントロールに失敗してしまったらしい。走るのをやめてから、どんどん体力が落ちている。

「私、ちょっとお手洗い行ってくるね」

朋美が席を立った。

「どこか行って来たの？　わざわざレンタカー借りて……」

「おー、治樹！　居たなら言えよ！　久々に来たのに、会えないかと思ったよ。お前、結婚したんだって？」

俺の後ろのテーブル席から、声が上がった。俺と朋美が入って来た時には、すでに出来上がっていて、盛り上がっていた男四人組だ。

「ちょ、おまえら……。ごめん、ミキちゃん。貴人にジャスミン茶淹れてやって」

バイトの女の子に俺を託して、治樹は厨房を出て、俺の後ろのテーブルに駆け寄って行った。

「なんで教えてくれなかったんだよー。奥さんってどんな人？」

「いや、ちょっと。そういう話は今度……」

後ろから聞こえてくる治樹の声は、久々の友人に会って盛り上がっているというよりは、戸惑っているように聞こえた。めずらしい。いつも穏やかで落ち着いているというのが治樹の印象なのに。

目の前にグラスが置かれたのと同時に、俺の肩に後ろから手がかかった。

「こんにちはー。あ、こんばんは、か」

へらへら笑った短髪の男が立っていた。後ろの四人組の一人らしい。完全に顔が酔っ払っている。

「どうも」

「おい、こら。おまえ、なに声かけてるんだよ。貴人、そいつ無視していいからな」

治樹が声を荒らげた。治樹のこんな声を聞くのは初めてだ。

俺はジャスミン茶を一口飲んだ。こんなに癖のある味だっただろうか。匂いに、一瞬頭がくらっとした。

「治樹の仲良しさん？」

酔っ払った男が、相変わらずへらへら笑いながら俺に聞いてきた。「仲良しさん」とは、また妙な言い回しだ。

「違う、そいつは……」

治樹が、男の腕を引っ張る。

「幼なじみなんですよ。奥さんとも俺、古い付き合いで」

俺は酔っ払っている男に向かって言った。男は俺の言葉に、一瞬真顔になった。

「へえ、そうなんだ。幼なじみさんね。そっか、ごめんね、急に声かけちゃって。悪い治樹、俺大人しくしてるわ」

再びいやらしく笑って、男はテーブルに戻って行った。なんだというのだろう。

朋美がトイレから戻ってきた。

「朋美ちゃん、注文は？　なに食べる？」

厨房に戻った治樹が、気を取り直してといった感じで訊《たず》ねた。

「なににしよう。貴人君は？　少しなら食べられる？」

朋美が注文をしている間、俺は神経を後ろのテーブルに集中させていた。さっきより小声になっているが、紗雪の話をしているのがわかったからだ。

「雑貨屋の店員って言ってたかな。小さくて、細っこい感じの子だよ。子、って言っても三十歳だって言ってたけど」

「三十歳って。もう、おばちゃんじゃん」

「いや、でもなんか体つきが子供みたいな子でさ」

「紗雪、もう部屋の模様替えしたんですか？　すごいなー。私なんて、そういうことに疎いから。引っ越してきてから、一度も模様替えなんてしてない」

隣の朋美と治樹の会話と、後ろからの会話が頭の中で混ざる。

「体つきって。どこ見てんだよ、おまえ」

「お金かかってしょうがないよ。同じものずっと使い続けるほうが、偉いと思うけどな」

「そうですか？　確かに物持ちはいいほうなんです、私」

嫌な感覚に襲われた。昨日も感じた気がする。なんだろう？　今のは、朋美と治樹の会話から感じた。

——私なんて、……だから。

俺も朋美に、そんな言いまわしをされたことがある。何度もだ。自分からそんな言い方をしたら、そりゃ聞いた相手は、そんなことないと否定するか、その方がいいと逆に褒めるかするだろう。そんなことをうっすら考えながら、聞いていた気がする。そして自分も直後、やっぱり否定するか逆に褒めるかの行動を取って、そしてそれを聞いた朋美が嬉《うれ》しそうな顔をして、なんだか妙な気分になって——。

「でも、いいよな。たとえ……でも、かわいい子が家の中にいたら明るくなるよね」

「そうそう。かわいいのが一番っすよね、やっぱり。男でも女でも」

「かわいい女なんて会ったことねぇよ、俺」

後ろのテーブルは、盛り上がってきたのか、声がまた少し大きくなっている。

隣の朋美の顔を見た。恥ずかしそうに微笑んでいた。どうしてだ？　ああ、さっき治樹に褒められたからか。私なんて――という振りをして、そのほうが偉いよと褒められて。

恥ずかしそうだった朋美の笑みが、満足気な笑みに変わったのを、一瞬だけれど俺は目に留めた。治樹は後ろを向いてしまっているので、気がついていないようだった。

既視感を覚えた。つい最近だ。同じものを見た。今朝だ。今朝、ベッドで。

目を覚ましたら、隣で寝ていた朋美と目が合った。朋美は恥ずかしそうな笑みを浮かべながら、言った。

――私たち、付き合うってことでいいのよね？

そして次の瞬間、ほんの一瞬だけれどその笑みは満足気なものに変わった。

頭がくらくらした。どうしてだろう。さっき聞いたばかりの言葉が、何度も頭の中で繰り返されている。

「でも、いいよな。たとえ……でも、かわいい子が家の中にいたら――」

なんだって？　なんて言った？

「たとえ偽装結婚でも、かわいい子が家の中にいたら」

偽装結婚？　なんだって？　誰が？

頭が痛い。気持ちが悪い。浄化したい。体を。全身を。心も。

「貴人、大丈夫か？　あれ、ミキちゃん、これ酒入れたの？」

「えー、ジャスミン茶割りじゃないんですか？」

「貴人君、大丈夫？」

「おーい、治樹。梅酒ロック！　追加！」

ああ、うるさい。うるさい。うるさい。うるせぇな。

おまえら、みんなうるせぇんだよ！

自分が、声を出してしまっていたらしいことには、しかも結構な大声を出してしまっていたらしいことには、しばらくしてから気がついた。

朋美も治樹も、バイトの女の子も、そっと振り返って見てみたら、テーブルの四人組も驚いた顔で、いや、怯《おび》えた顔で俺の顔を見ていた。

「……貴人君？」

朋美が、弱々しい声で俺の名前を呼んだ。さっきまでの笑顔は、どこにもなくなっている。

右膝《みぎひざ》が痛んだ。刺すような、強烈な痛みだ。

◇

駅からマンションまでの間に、二つ坂を上る。今日は久々に残業なしであがれたから、私が治樹に夕食を作ってあげよう。一つ目の坂を上っている間、私はそんなことを考えていた。二人していつも帰りが遅いので、夕食は大抵、治樹が持って帰って来る店の余りもので済ませているのだ。済ませていると言っても、店で出しているものだから、味も見た目も完璧《かんぺき》なものだけれど。

冷蔵庫に何が残っていたっけ？　でも使えるものがなくても、今日は買いに行く時間だってある。何を作ってあげようか。二つ目の坂を上り始めたときには、あれこれと献立を思い浮かべていた。

部屋の電気が点《つ》いていることに気が付いたのは、二つ目の坂の真ん中あたりだった。上り切ったところにあるマンションに、私と治樹は住んでいる。四階の一番左端の部屋だ。早足になった。治樹の店の閉店時間まではまだだいぶある。帰ってきているわけがない。消し忘れて出かけてしまったのだろうか。いや、治樹が出勤するのは昼過ぎだ。昼間から電気なんて点けないはずだ。

玄関のドアに、鍵《かぎ》がかかっていなかった。まさか泥棒じゃないわよね。おそるおそる、私はドアを開けた。

治樹のスニーカーが置いてあった。そして隣には、女物の靴。リビングの方から、話し声が微《かす》かに聞こえた。治樹の声だということはわかった。でも、なんて言っているのかまではわからない。

尚子さんだろうか。急いでブーツを脱ぎながら、最初はそう考えた。でも、すぐに違うと気が付いた。尚子さんは、エスニック風のものしか身に着けない。置かれていた靴は、なんの柄も飾りもない、スタンダードな黒いローファーだった。サイズはそこそこ大きめ。だから治樹のお母さんでもない。あの人は私より更に背が低い。それ以外で、治樹が家に上げる女なんて。もう一人しか残っていない。

リビングのドアを開けた。思った通りだ。治樹と朋美がこちらを向いた。

「おかえり」と治樹が、

「おかえりなさい。ごめんね。勝手にお邪魔しちゃってて」と、朋美が言う。

この間私が買ったばかりの、白いハート形のラグマットに、二人は腰を下ろしていた。顔をしかめてしまいそうになるのを、必死にこらえた。おかげで、「ただいま」と言うまでに、不自然な間を空けてしまった。

「どうしたの？　治樹、店は？」

朋美の目が腫《は》れぼったい。さっきまで泣いていたということが、すぐにわかる。

「どうしたの？　なにがあったの？」

もう一度、私は訊ねた。なにがあったのなら、私はこの状況を許せるだろう。私のいない、私と治樹の部屋で、泣いている朋美を治樹が慰めていたという状況を。

「大変だったんだよ、貴人がさ……。でも紗雪、お腹減ったろ？　とりあえずなにか食べる？　店早く閉めたから、余ったものいっぱいあるからさ」

治樹が腰を浮かしかけた。

「後でいいよ。気になるから話して」

「でも寒かったでしょ？　コーヒーぐらい飲んだら」

立ち上がった治樹と入れ替わりに、私は素早くラグの上に腰を下ろした。このラグに三人は座れない。

「朋美ちゃんも飲む？」

「あー、どうしようかな」

「一緒に淹《い》れるよ。俺も飲むから、三人分」

「じゃあいただきます。ありがとう」

既に一杯飲んでいるらしく、朋美の横にはコーヒーカップが置かれていた。独り暮らしだったときに私が使っていたカップだ。治樹が自分のカップを朋美に使わなかったことに、私は心底安心した。治樹は、結婚してから二人お揃いで買ったカップの自分の方を使っていた。そして私へのコーヒーは、それの相方に淹れてくれた。そのことに、今度は自分でも呆《あき》れるぐらい喜んだ。

「貴人と朋美ちゃんが、店に来てくれたんだけど」

私が場所を取ってしまったので、治樹はクッションを持ってきて、それに座って話し始めた。

貴人と朋美が、デートの帰りに店にきた。貴人は車に酔っていて体調が悪そうだった。そこにバイトのミキちゃんが、間違えてお酒を飲ませてしまった。そうしたら貴人が、突然店の中で、大声で怒鳴り散らした――。

治樹が説明をしている間、朋美はずっと俯《うつむ》いて黙っていた。治樹の話はもちろんちゃんと聞いたけれど、私はその朋美の姿が気になって仕方なかった。どうして、当然のように治樹に説明をすべて委《ゆだ》ねているのだろう。

「怒鳴ったって、大丈夫だったの？　他のお客さんとかは？」

「ああ、それは大丈夫。マモルとコータと、あと紗雪は会ったことないけど、文也さんの店によく来てる二人組。そのグループしかいなかったから。貴人もすぐにヤツらに謝ってたし」

朋美の方を気にしながら、治樹は話した。マモル君とコータ君は私も知っている。結婚パーティーにも来てくれた。マモル君がゲイでコータ君がバイセクシャル。いや、逆だったかも。とにかく、治樹のそういう仲間内だ。

体調が悪いからと言って、貴人はその後すぐに帰ったという。朋美を送ると言っていたが、朋美は動揺してしまっていて、そのまま店に残ったらしい。そして、見兼ねて治樹がここに連れてきたんだそうだ。

「お酒、飲んだんでしょう？　貴人、お酒飲むとおかしくなるのよ。陸上やってるときは絶対飲まないようにしてたから、それで飲めなくなったんだって。体調も悪かったなら、イライラして思わず叫んじゃっただけじゃない？　すぐに謝ったんでしょ」

そんなことで、泣いたりしないで。そんなことで、私の治樹を巻き込まないで。治樹から見えないように、俯いている朋美を私は睨《にら》みつけた。

「おかしくなるって？　どんな風に？」

突然、朋美が顔を上げたので驚いた。

「おかしくなるって言うか、わけのわからないこと言い出したりとか……。いわゆる酔っ払いって感じよ。よくあるでしょ、そんなの」

慌てて朋美から目を逸《そ》らして、私は治樹の方に向き直った。

「紗雪、貴人と二人で飲んだことなんてあるの？　いつ？　僕、いなかったよね」

治樹が私の方に視線を向けた。長い前髪の隙間から、右目だけが覗《のぞ》いている。治樹の右目は斜視だから、どこを見ているのかわからないけれど。多分、いや、間違いなく、私の顔をじっと見ている。

「一緒に飲んでたんじゃなくて、会社の人と飲んだ後に、なんか酔っ払って電話してきたことがあっただけ。いつだっけ？　もう忘れちゃった。一年、いや、もっと前かな」

治樹が動揺している。朋美の前なのに、さっき自分のことを僕と言った。人前での治樹の一人称は「俺」で、「僕」は私と二人のときにしか言わないのに。つられて私も動揺して、少し嘘を吐いてしまった。本当は電話してきたのではなくて、貴人は会いにきたのだ。

「なに話したの？　わけのわからないことって？」

治樹はまだ私の顔を見ている。どうしたんだろう。貴人と私の仲を疑っているかのような聞き方だ。妬《や》いてくれているのだろうか。それなら悪い気はしないどころか、むしろ嬉《うれ》しいけれど。でも、尚更《なおさら》本当のことは言えなくなる。

「会社の愚痴とか、悩みとか、別に誰でも言うようなことよ。あ、あとよく言ってるパワーがどうとか。そういうことを、酔った勢いでワーっとね。だから、酔っ払いの典型だってば。別に心配するようなことじゃないって」

「そうよね」

いきなり朋美が、はっきりとした口調で言った。

「私、貴人君がそんなにお酒に弱いって知らなかったから、びっくりしちゃったけど。別に大したことじゃないわよね、うん」

自分に言い聞かせるように、朋美はしきりに頷《うなず》いている。

「今後は、飲ませなければいいんだし」

その言い回しに、顔の筋肉が一瞬反応してしまった。「飲ませなければいいんだし」なんなのだ、その自分のものみたいな上からな言い方は。

「治樹さん、ごめんね。迷惑かけちゃって。紗雪もごめん。急にお邪魔して。私、帰るから」

立ち上がりかけた朋美を制して、私は聞いた。

「付き合いだしたの？　貴人と」

朋美は中腰の状態で止まって、恥ずかしそうに少し下を向いた。「紗雪と治樹さんにはちゃんと話さなきゃと思ってたんだけど。こんなことになっちゃって、変な感じの報告になっちゃったね」

再びラグの上に座り込みながら、朋美は言った。さっきまでの沈んだ表情はもうどこにもなくなっている。

「もう寝たの？」

私の言葉に、「え、ちょっと、紗雪」と治樹が慌てた。同性愛者というと、セックスの話ばかりしているイメージが何故か世間ではあるけれど、そんなことはない。少なくとも治樹は、そういう話はむしろ嫌う。

私の問いに、朋美は返事をしなかった。一瞬驚いた顔をしたあと、顔を赤らめて私から視線を逸らした。私はそれを肯定と受け取った。

きっと、順番が逆だ。付き合い出して、それから寝たのではなくて、寝たから付き合うことになったのだろう。貴人のいつものパターンだ。見てくれも人当たりも悪くないので、昔から結構モテる。誰にでも愛想がいいから、相手が自分に気があることに気が付かずに、いつの間にかからめとられている。でも真面目だから、関係を持ったら、きちんと付き合おうとする。

「帰るなら、私、駅まで送って行くよ」

私はさっき脱いだばかりのジャケットを、また手に取った。

「いいよ。紗雪疲れてるでしょう？」

「そうだよ。俺が送って行くから」

朋美と治樹に、「いいってば」と言って、私は立ち上がった。

「私が送っていく。治樹、気を利かせてよね。そういうことなら、久々に朋美とガールズトークしたいじゃないの」

自分の口から出た言葉に、自分で笑ってしまいそうになった。ガールズトークだって。朋美とそんな話なんてしたことないのに。ああ、結婚の話だったらしたこともあっただろうか。

そう、結婚の話。あれはいつだっただろう。あれからだ。私が朋美に対して、こんなにも嫌悪感を持つようになってしまったのは。

朋美のことは嫌いじゃなかった。いや、むしろ好きだった。見た目は私と正反対だけれど、はじめて会ったとき、朋美は私を見て嫌な反応は示さなかったし。手違いで事務職に派遣されてしまった私に、優しく仕事を教えてくれて、頼りがいがあった。

二人で過ごしていても、やはりタイプが違うから、共感し合うことは皆無と言ってよかったけれど、「違う」からと言って、朋美は私を変な目で見たり、嫌ったりしなかったからありがたかった。むしろ自分で言うのもなんだけれど、東京育ちで着飾ったり遊び歩いたりするのが好きな私を、どこか憧《あこが》れるような目線で見てくれているところがあった。

これまでの、外見で分けると私と似たタイプの友達は皆、気はいいのだけれど、自分たちが変わっていることになにかしらのステイタスを感じていることが多く、やたらそこを主張したがったり語ったりするのに、私はちょっと疲れ気味だった。だから朋美と知り合って、朋美のようなタイプや、朋美が私を見る目を新鮮に思って好感を持った。

自分のことを「太っている」とか「紗雪みたいにオシャレじゃない」とかすぐに謙遜《けんそん》するのはちょっとどうかと思ったけれど、それを除けば一緒にいて居心地は悪くなかった。私のように、子供みたいな痩《や》せぎすの体つきに、世間的には「奇抜」と言われるのであろう力業のファッションでオシャレな雰囲気を漂わせているのとは真逆で、朋美の女性らしい体つきや、着飾ったりしなくても十分にきれいな肌や髪や大きな目を持っている朋美を、隣でこっそり眺めるのも、実は好きだった。きっと本人に告げても嫌味と捉《とら》えてしまうんだろうと思ったので、一度も言ったことはないけれど。

そんな朋美に、初めて不快な感情を抱いてしまったのが、あのときだ。結婚の話をしたとき。

「相手がいないときでも、結婚だけしたいっておかしくない？」

私がそう言ったとき。朋美は初めて責めるような、呆《あき》れたような顔で、私を見た。そして半笑いしながら言ったのだ。

「人生設計ってあるでしょう、普通。紗雪はそういうのないの？」

それはつまり、私が「普通」じゃないということ。

そんなことは言って欲しくなかった。朋美にまで。もうそんな言葉は聞き飽きていた。子供の頃から。不倫略奪の家庭、愛人の子、人と違う格好をする、人と違うことを考える、変わってる、普通じゃない。聞き飽きるほど言われ続けてきた。もう沢山だった。もう聞きたくなかった。

だいたい「普通」という言葉を使いたがる人は、どういう意味で言っているのだろう。大多数？　平均？　標準？　正常？

大多数、平均、標準は譲ってもいい。確かに私が好むもの、考えることは、昔から大多数や平均や標準じゃないことが多かった。でも、大多数じゃないからと言って、何故責められたり笑われたりされなければいけないのか。

それに、結婚の件で言うと、どう考えても朋美より私のほうが「正常」に思えた。その頃から、結婚結婚と目を血走らせて、飲み会だのコンパだのに行きまくるようになった朋美は、先に結婚していく友達や同僚を見て、あからさまに不満を口にするようになっていた。

「どうしてこんなに頑張ってるのに、私は結婚に辿《たど》り着けないのかな」

自分は絶対的に正しくて、これは正当な抗議なのだとでも言いたげだった。

相手があるものなのに。相手と自分の気持ちがそろって初めて成立するものなのに。人と人との関係なのだから、頑張ったら必ずいい結果がもらえるなんてわけはないのに。そんなこともわからずに、自分の方が「普通」だと、私を笑って、責めるなんて。

どんどん膨らんでいく朋美への不信感や嫌悪感を止めたくて、私はその頃オープンしたばかりの治樹の店に朋美を連れて行った。私や治樹やその友達の輪に入れて、少しでも朋美を私が思う「正常」に戻したかったのだ。

けれど、予想外のことが起こってしまった。朋美が二重の大きな目を、とろんとさせた目つきで、つまり女の目で、治樹を見るようになったのだ。お酒も大して飲まないくせに。それまで東京のことはわからないから、紗雪と一緒じゃないとどこにも行けないと言っていたくせに。一人で治樹の店に通うようにまでなってしまった。

けれど、治樹に思いを告げたり、誘ったりという行動には出ない。きっと不安定な仕事の治樹は、結婚相手としてふさわしくないからだ。だから、真剣に思ったりはしない。

冗談じゃない。私の治樹をバカにしている。許せなかった。

そして結婚パーティーで貴人に出会ったら、今度はそのとろんとした目つきを、あっと言う間に貴人に対して向けるようになった。貴人の名刺を眺めた直後、朋美の目つきが変わったことを、私は見逃さなかった。冗談じゃない。治樹のことも、貴人のこともバカにしている。

朋美と並んで、駅までの坂を下る。

「よかったね、貴人と付き合えることになって。早く結婚できるといいね。朋美、ずっとしたがってたものね、結婚」

街灯の明かりに照らされている、朋美の横顔に向かってそう言った。この子は自分の顔をちゃんと見たことがあるのだろうか。いつも「私なんて」と愚痴ってばかりだけれど。昔風の顔立ちではあるけれど、彫りが深い朋美は、十分にきれいだ。子供みたいな小さな造りの目や鼻を、化粧で必死に大きく高く見せている私なんかよりもずっと。

「結婚？　まだわからないよ、そんなの。付き合いだしたばっかりだし。めずらしいね、紗雪がそんなこと言うの。やっぱり自分が結婚したから、感覚も変わった？」

「私の結婚パーティーのときにさ、もう既に気に入ってる感じだったもんね、貴人のこと」

朋美の質問は無視して、私は言った。

「……うん。私、あのとき一人だったから、話しかけてくれて、いいなとは思ったけど」

「結婚相手にもちょうどいいよね、あいつ。次男だし、私よく知らないけど結構大きな会社なんでしょ？　お酒もタバコもギャンブルもやらないし」

「ねぇ、紗雪」

言葉を遮られて、体に緊張が走った。さすがに意地悪すぎただろうか。怒り出すだろうか。そう怖がっている一方で、怒ってくれないかとも、私はどこかで思っていた。これ以上、私が朋美に意地悪をしないように、私のことを止めてくれないだろうか。

でも次に朋美が私に口にした言葉は、私が望んだものではなかった。まったく。

「紗雪のお父さんって、紗雪のお母さんとは再婚なんだって？」

私は立ち止まった。なんなのだろう、急に。どうして私の両親の話なんて、急にし出すのだろう。

「治樹さんも、お父さんがいないんだってね。私、二人の家の事情知らなかったから、今まで酷《ひど》いことや無神経なこと言ったりしてないかなって、不安になっちゃって。特に、紗雪に。ほら、私の家は紗雪の家と反対で、お父さんがお母さんと別れて、別の人と結婚したから」

私はまだ立ち止まったままだった。固まってしまっていた。なんなのだろう、この子。なにを言い出すのだろう。

マンションに帰ってくると、治樹はリビングのベランダで、背中を丸めて座ってタバコを吸っていた。寒そうだ。別に部屋の中で吸ってもいいと私は言うのに、せっかく紗雪が家の中をきれいにしてくれているのに壁が黄ばんで悪いからと言って、治樹は必ずベランダで吸う。

治樹は優しい。私にだけだったらいいのに、といつも思う。他の人に、朋美になんて優しくしないで欲しい。ちょっと貴人に大声を出されたぐらいで、いい歳して泣いてしまう朋美なんてほっておけばいい。大声や怒鳴り声なんて、私は子供の頃、毎日のように聞かされていたけれど。でも一度も泣いたりなんてしなかった。

「お帰り。ちょっと待ってて、ご飯準備するから。座っていいよ」

リビングに入ってきた治樹が言う。自分でやるからいいよ、と言いかけて止めた。治樹に甘えたかった。ダイニングテーブルの椅子に私は腰掛ける。

「ありがとう」

「どうだった？　朋美ちゃん大丈夫そう？」

「うん、大丈夫よ」

治樹は朋美の心配なんてしなくていいのに。私のことだけ、考えてくれていればいいのに。

「もう今日の貴人の話はしてなかったから、大丈夫なんじゃない？　私ね、紗雪は悪くないからねって言われちゃったわよ」

「ふっ」と、口から笑いが漏れてしまった。

「悪くない？　なにが？」

「略奪愛の夫婦の家に生まれたからって。子供には何の罪もないよ、だって。だから、紗雪は悪くないよって」

今度ははっきりと声を出して、私は笑った。止まらなくなりそうだった。

「別に、罪を背負って生きてなんかないんだけど、私。なんで許されてるんだろうね？そんで、なんで許す立場なの、あの子。あの子の家と私の家は、全然関係ないでしょう」

声が震えてしまった。そのことに、また自分で笑ってしまう。治樹が、お皿を持ってこちらにやってくる。私は笑いを抑えるのに必死になった。

「あの子の家って？」

サーモンのサラダと、イカのフリッターを治樹は差し出してくれた。

「朋美はお父さんが愛人作って出てったんで、お母さんと二人で東京に来たんだって。なんとなくは気づいていたけどね。一緒に働いてたとき、昼休みに休憩室でみんなが見てたドラマが不倫の話で、あの子すっごく不快そうな顔してたから、わかりやすかったの」

治樹はもう一度キッチンに戻って、今度はパエリアを持って来てくれた。どうしよう。全くお腹が減っていない。こんなに食べられるだろうか。

「だから、愛人とか不倫とかは私は許せないけど。でも子供に罪はないから、だって。優しい顔して言ってくれちゃってさ、許してくれちゃって、私のこと」

治樹のお母さんが、どうして未婚のまま治樹を産んだのかは知らない。治樹もちゃんと聞いたことはないらしい。でもきっと私の母親と同じで、家庭のある人と恋愛をして、でも治樹の母親は略奪はしなかったのだろうということは、なんとなく二人とも予想している。

「いただきます」と手を合わせて、私は箸《はし》を取った。治樹は私の向かいに座った。

「紗雪、家のこと話したことあるの？」

そして、私にそう訊《たず》ねてきた。

「ないよ。貴人から聞いたんだって。でも、そのことで貴人君を責めないでって。朋美が貴人に家の話をして動揺して泣いちゃったから、その流れで私の家の話にもなったんだって」

治樹の家の話にもなったらしいけれど、そのことは言わずにおいた。

いくらでも使ってくれたらいいと思う。あんた達の愛を深めるために、私の話が役に立つのなら、いくらでもダシに使ってくれたらいい。

イカのフリッターに齧《かじ》り付いた。噛《か》み切れなくて、力を入れたら舌を思い切り噛んでしまった。

「別に責めないわよね。わざわざ言わなかっただけで、隠してたわけじゃないもの。でも、そんな話ぐらいで動揺して泣く？　三十近くにもなって、離婚とか不倫ぐらいで。大体、一緒に住んでるのに、十年も愛人がいたことに気が付かなかったって、朋美もお母さんも鈍すぎると思わない？」

「止めろよ」

治樹の声に驚いて、箸を止めた。大きな声じゃなかったけれど、その分低くて、よく響いた。慌てて、「ごめん」と口にしようと思ったけれど、声にならなかった。治樹が怒っている。命令口調で話すのなんて初めて聞いた。怖くて顔があげられない。睨《にら》まれていたらどうしよう。

「紗雪、最近、朋美ちゃんに冷たいよな？　前はさ、真面目でいい子なんだよって、よく楽しそうに話してたのに。……どうして？」

どうして？　どうしてって。朋美が治樹のことを、あんな目で見るからだ。私のことを呆《あき》れ顔で笑ったり、罪はないなんて上から言うからだ。朋美のせいだ。私だって、こんな意地悪な気持ちになりたくなんかないのに。

口の中に、鉄の味が広がっていく。さっき舌を嚙んだときに、切ったらしい。

「ごめん。……ごめんなさい。言い過ぎた。八つ当たりだったと思う。朋美に酷いこと言っちゃった。急に家の話なんかされたから、びっくりしちゃったの。昼休みにね、お母さんからメールがあったの。それで、ちょっと昼間から憂鬱《ゆううつ》だったから疲れてたの、私。ごめんなさい」

早口でそうまくし立てて、私はおそるおそる顔を上げた。

「お母さん？　なにかあったの？」

治樹は私を睨んではいなかった。心配そうな顔をしてこちらを見ていた。よかった。心からホッとして、私は急いでバッグから携帯を取り出した。メール画面を開いて治樹に見せる。

『小春がまた仕事辞めちゃって家にいるの。時間に都合つくときでいいから、治樹さんと一緒に顔出してくれない？　小春にいい刺激になると思うから。もちろん、私もお父さんも、あなたたちに会いたいし』

「そっか。小春ちゃん、また……。いいよ。紗雪、次の休みいつだっけ？　尚子さんに店頼めるか聞いてみるから、行こうか。結婚の挨拶《あいさつ》以来、一度も顔見せてないから気になってたんだ」

「本当？　ごめんね。悪いけど付き合ってくれる？」

私の親は治樹が同性愛者であることを知らない。隠して結婚した。治樹はそのことに少なからず罪悪感を持っている。実家になんて、本当は私が行きたくない。このメールだって、無視するつもりだった。でもこれで、さっき怒られたことを誤魔化せるのならそれでいい。

「もちろん。紗雪、冷めるよ。早く食べちゃいなよ」

治樹は口許《くちもと》を少しだけ緩ませた。よかった。笑ってくれた。

「うん。ありがとう」

お腹は全然減っていないけれど、残さずにちゃんと全部食べよう。治樹が作ってくれたものだから。

なんだってする。私は治樹に嫌われないためなら、なんだって——。

「料理で治樹さんに勝てるわけないから、いつも作ってる適当なものばっかりにしちゃった。ごめんなさいね」

母親がそう言いながら、テーブルに料理を運ぶ。私も手伝った。茶碗《ちゃわん》蒸しに、豚の角煮に、焼きナス。

「あんなこと言ってるけど、料理の本見直したりしてたんだよ。昨日から」

治樹に酌をしながら、父親はそう言って笑う。父親のコップでは、既に治樹が注いだビールが泡を立てている。

「だよね。こんなちゃんとしたもの出てきたことないもんね。子供のときに」

私の言葉に、「そんなことないわよ」と母親がキッチンから否定する。

「僕は和食はあまり得意じゃないんで、嬉《うれ》しいです」

父親に大げさに頭を下げながら、治樹が言う。

「お姉ちゃんたち来るからって、ちゃんと言ってあったのに。小春ったら出かけちゃって。本当にごめんなさいね」

乾杯をした直後に、母親はまたそう言った。もう歳だろうか。今日、それを言うのは三回目だ。「いえ、そんな」と、治樹も隣で困っている。

「今回は、職場に合わない人がいるから辞めたって言ってたけど」

溜《た》め息《いき》をつきながら、母親が言う。

「どこの職場にも合わない人なんていているんだよ。まったく」

父親は肘《ひじ》をついて、ビールを啜《すす》る。

「そうだけど。そうやって上から言うのはよくないって、いつも言ってるでしょ？」

「それは不登校の子供相手にだろ？　小春はもう大人だぞ」

わざとらしく私は咳払《せきばら》いをした。治樹の前で止めて欲しい。父親と母親は、バツが悪そうに顔を見合わせた。

小学校の三年生の頃から小春は不登校になった。中学も高校も、少し行ってはまた家に籠《こ》もることを繰り返した。学生でなくなってからも、その癖は直らなかった。アルバイトも仕事も、行き始めてはすぐに辞める。二十八歳で既に、いくつ仕事を変えただろう。

この家は、小春を中心にまわっている。小春が学校に行かなくなったり、仕事を辞めると、こうやって両親が対処法について言い争いを始めるのだ。昔は、怒鳴り合うことも少なくなかった。ときには物が飛んで壊れることもあった。それが私に当たったことも。

「出かけたってどこに？」

茶碗蒸しをスプーンで掬《すく》いながら、私は聞いた。

「どこかは知らないけど、多分あのいつもの男の子とよ。もう結婚してくれないかしら」

母親が答える。この間切ってしまった舌がまだ痛い。そこだけ膨らんでしまっていて、物を食べると触って、ひりひりと痛む。

「まだ付き合ってるんだ」

「彼氏なのかどうかも、はっきりしないんだけどね。でも、あなたたちもそんな感じで結婚したでしょう？　だから二人を見たら刺激されないかと思って」

私と母親の会話を聞いて、治樹が「何？」と訊ねるようにこちらを向いた。

「高校の同級生の男の子と、腐れ縁みたいに付き合ってるのよ。ほら、あの子高校には一番まともに通ったから」

父親は興味がないのか、ないふりをしているのか、治樹が持ってきた洋風肉じゃがを食べながら、「うまいな。さすがだな」と唸《うな》っている。

あの小春と長く付き合えるなんて、一体どんな男の子なのだろう。子供の頃から、小春は私にとって未知の生き物だ。学校に苛《いじ》められるから行けないのに、両親が怒鳴り合っている家には平気な顔して籠もっていられるのが、不思議で仕方なかった。私は家にいたくなくて、いつもマンションの階段で、本を読んだりしていた。

「母さんも飲むか？」

「あ、じゃあ少しだけ」

父親が、母親にビールを注いでいる。

わからないと言えば、この両親もわからなかった。そんなにケンカばっかりしているのに、どうして別れてしまわなかったのだろう。一つの家庭を壊してまで一緒になった意地なのだろうか。子供心にそう思っていたけれど、散々怒鳴り合った日でも、夜になるとちゃんと一緒の寝室で仲よく寝ていた。もう一つの意味の「寝る」の日も少なくなかった。

「追い出せばいいのよ。いい加減」

変なことを思い出してしまって、誤魔化すために、慌てて私は口を開いた。

「あの子、もう二十八よ。どうして当然のように親に養ってもらってるわけ？　親を養ってもいい歳でしょう？　私も好き勝手ばっかりやってるから、言える立場じゃないかもしれないけど」

勢いで言ってしまったので、途中から小声になってしまった。

「好き勝手だなんて。こうやって、いい人と結婚してくれただけで、紗雪は十分親孝行してくれてるさ。なあ、母さん」

「そうよ。後は、早く孫の顔でも見せてくれたら言うことないけど。ねえ？」

小春のことはかわされて、挙げ句にこちらに話を向けられてしまった。治樹が隣で強張《こわば》っているのが、気配でわかる。

「孫って。やめてよ、急に老けこんだことを」

「この間、スーパーで貴人君のお母さんに会ったのよ。貴人君のお兄さんの奥さん、今妊娠中なんですって。知ってた？　お祖母《ばあ》ちゃんになるのよ。いやぁね、って言いながら、嬉しそうでねー。ちょっと羨《うらや》ましくなっちゃって」

早く話を逸らさないと。治樹が困ってしまう。

「ねえ、貴人と言えば最近、私の友達と付き合いだしたのよ」

「あら、そうなの？　友達って？」

「前に少しだけ勤めてた会社の友達。お母さんは会ったことないと思う。……治樹、タバコ吸いたいんじゃない？　お父さん、灰皿貸してあげて」

「え、いや。いいよ」

治樹は慌てて、顔の前で手を振った。

「そうか。治樹君、吸うんだっけ？　じゃあ私も便乗して」

父親が笑いながら立ち上がる。父親の禁煙は、小春の学校や仕事と同じだ。始めては止めを、昔から延々繰り返している。

「ちょっとお父さん。吸うの？」

「一本だけ。治樹君、ここじゃうるさいから、ベランダまで行こう」

「あ、じゃあ」

遠慮がちに治樹は立ち上がった。戻ってくるまでに、孫の話をぶり返さないように、会話を別のところに流してしまおう。

エレベーターがなかなかやって来ないので、階段で一階まで降りることにした。

「昔、よくここに座って一人で本読んでた。貴人がよく通ったのよ。上の階の子のところに遊びに行くのに。あいつ、必ず一回私の隣に座って、なにか話していったのよね」

うちは七階。貴人の家は、六階の真下の階だった。

「貴人らしいね」

治樹は微《かす》かに笑いながらそう言って、すぐにまた遠慮がちに口を開いた。

「貴人と朋美ちゃんが付き合うこと、紗雪、前はあんまりよく思ってなかったみたいだけど、もういいの？　さっきお母さんに話してたよね」

治樹の口調は、なんだか落ち着かない。この間も、貴人の酔った姿について話したときには動揺していた。まさか貴人が、治樹にあのことをしゃべったりしたのだろうか。いや、まさか。いくら貴人でも、そこまでバカじゃないだろう。

「貴人と朋美が付き合うのが、嫌だったんじゃないの。ほら、私、朋美は治樹のことが好きなんじゃないかなって思ってたから。結婚するとき、少しは朋美に悪いなって気持ちもあったのよ。なのに、あっさり貴人の方に行っちゃったから、なによ、心配したのに、ってね。ちょっとイラっとしちゃっただけ。もう平気。祝福してるよ」

大丈夫だろうか。これで誤魔化せただろうか。私はおそるおそる治樹の顔色を窺《うかが》う。

「あー、なんかそうだって言ってたね。僕は勘違いだって言ったのに」

治樹は笑った。大丈夫そうだ。

「子供の話、ごめんね。居づらかったでしょう？　そのうちね、病院に行ったら、私不妊症だったみたいって言おうかと思ってるの。そうしたら、もう何も言えなくなるから、楽でしょう？」

治樹が急に足を止めた。「どうしたの？」と、私は振り返って、少し上の段にいる治樹を見上げた。

「実際、それで悩んでる人もいるんだから。楽ってのは、失礼だよ」

顔をしかめながら、治樹は言った。

どうしよう。また、治樹を怒らせてしまった。どうして最近、私はこうなのだろう。

「ごめん。本当だ。ごめんなさい」

文也さんと尚子さんは、バイセクシャル同士の夫婦だ。結婚したのは、子供が欲しかったからだという。でもなかなかできない。どうやら尚子さんが、子供ができにくい体らしい。

「ああ、うん。大丈夫。そんなに謝らなくても。怒ってないよ」

治樹は、私の段まで降りて来てくれた。

「まだ結婚したばっかりだから、もうちょっと先でもいいかと思ってたんだけど。紗雪、子供欲しい？　いつかはちゃんと話さなきゃと思ってたんだ」

今度は私が止まってしまった。今、なんて言った？　子供？　私と治樹の？

「欲しいと思うなら、絶対無理な話ではないからさ。考えるのもいいかなって」

息が止まりそうになった。心臓がいきなり速く打ち始める。それは、つまり――。子供を作るためだけだとしても、治樹が私を抱いてくれるということ。

「人工授精とか、今はだいぶ発展してるでしょう？　文也さんたちも色々調べてると思うから、相談するといいかもしれないよね」

私が立ち止まってしまったので、治樹は顔だけ振り返っている。階段の段差で、ちょうど私と治樹の顔は同じ位置にあった。

「……そうだね。その時には。……でも、まだ私、子供はちょっと考えられないかな」

動揺と失望を悟られないように、治樹の顔からゆっくりと目線を外した。階段を降りて、再び治樹と並んで歩く。

「そうだよね。まだしばらく、二人でいたいよね」

隣の治樹に聞こえないように、そっと息を吐いて私は呼吸を整えた。

治樹と夫婦でいられるだけで、ずっと一緒に暮らしていけるだけで、私は十分なはずだ。二人でいたい。その言葉だけで十分だ。バカな期待はしちゃいけない。多くを望んでなんていけないのだ。


エスプレッソのカップが、まるでオモチャみたいに小さく見える。添えられている貴人の手が大きいからだ。

今日こそは治樹に夕食を作ってあげようと思って職場を出たところで、待ち伏せていた貴人につかまった。それで今、カフェで向かい合っている。話があるという。わざわざ職場に来るということは、治樹に聞かれたくないということだ。嫌な予感がする。

「で、なに？　あんた覚えてないかもしれないけど、前に家に来た時みたいに、わけのわからない話をしだすなら、すぐに帰るからね。こないだも治樹の店で暴れたらしいし」

「違うよ。あんなことはもうしないよ」

貴人は苦い顔をした。酔っていたけれど記憶はあるということか。

酔っ払った貴人が、一人暮らしをしていた私のアパートを突然訪ねてきたのは、一年ぐらい前だった。お酒臭くて嫌だなと思ったけれど、お茶ぐらい淹《い》れてやるかとあげてやった。ところが、部屋にあがるやいなや、貴人は血走った目で、わけのわからないことをまくし立ててきた。

紗雪ちゃんは昔からマイナスのパワーに囲まれている。俺は助けてあげたかったんだけど、陸上をやめてから自分もプラスのエネルギーを持っていない。いじめとか家庭環境に屈しなかった紗雪ちゃんの方がもしかしたら強いのかもしれない。だから、今度は俺を助けて欲しいんだ――。

もう細かいことは忘れてしまったが、目の焦点が合っておらず怖かった。そしていきなり、腕を摑《つか》んできた。そのまま押し倒されそうになって、私は思い切り貴人を突き飛ばして抵抗した。

貴人はまだ何か言いかけていたけれど、先にこちらが大声を出して追い出した。

それ以来、二人になることもなかったし、たまに電話やメールはしてきても、そのときのことには一切触れていなかったので、酔っていて、もう記憶は飛んでしまっているのだと思っていたのに。もう二度と同じことをしなければ、あのときの話を蒸し返したりしなければ、忘れてあげようと思っていたのに。

「この間、治樹さんの店に行ったときのことなんだけど……。あ、そうだ。俺、ちょっと酔っちゃって。治樹さん怒ってない？　また改めてちゃんと謝りに行こうと思ってるけど」

「大丈夫よ。治樹はいつまでも怒ってたりなんかしないわよ。話って、それ？」

治樹より私の方が怒っている。おかげで朋美がやってきて、帰り道にはあんな話をされた。

「違う。ああ、いや、でもあの時の話。あれからずっと気になってるんだ。……あのさ。聞き間違いかもしれないんだけど」

貴人が歯切れが悪いなんてめずらしい。なんなのだ。

「後ろで治樹さんの友達グループが治樹さんと紗雪ちゃんの話をしてるのが聞こえて。……偽装結婚、とか言ってたんだよな」

決心したというように、貴人は途中から私の顔を真っ直ぐに見て言った。一瞬で、私の体は固まった。

「……は？　何？　偽装結婚？」

コーヒーカップに添えた手が震えている。もしかして声も上ずっただろうか。貴人に気がつかれないように用心しながら、私はゆっくりと手をテーブルの下に隠した。

「わけわかんない。どういうこと？　私と治樹がってこと？　なにそれ」

焦ってはいけないと思うのに、ついつい早口になってしまう。

「いや、俺も最初は聞き間違いだとか、そんなわけないと思ったんだけど。でも、気になって。二人はずっと仲はよかったけど、付き合ってるわけじゃなかったのに。なのに急に結婚したから不思議だったんだ。……あ」

急に貴人は言葉を止めた。顔は私の方を見ているけれど、その目は何かを考え込むように空を見つめていた。

「なに？」

「紗雪ちゃんに、時々彼氏がいたことは知ってたけど。治樹さんの彼女の話って、一度も聞いたことないな」

私はゆっくりと息を吐いた。動揺していることを、気付かれてはいけない。

「恋人ならいたこと、あるわよ。専門学校の頃。あんたが知らないだけよ」

嘘は言っていない。彼女がいたことはないけれど、恋人ならいた。

「そうなの？　会ったことあるの？」

「うん。髪が長めで、小柄でかわいい顔してた」

全部、男の人にしては、だけれど。

「あとね、子供の頃機械に挟んだとかで、どっちかの手の指が二本なかったの、その子」

「へえ、大変そうだね。でも治樹さんなら優しく接しただろうけど……っていっても、過去の話か。そうか、彼女いたのか」

貴人に言われて我に返る。本当だ。今する必要なんかない過去の話だ。思い出して、つい感情がこもってしまった。

「それ以来恋人はいなかったけどね。だからよ、きっと。コータ君たちは口が悪いから、お前このままじゃ結婚できないぞって、治樹よくからかわれてた。で、急に元々仲のいい私と結婚したから、ふざけて偽装だなんて言ったんじゃないの？」

苦しいだろうかと思ったけれど、貴人は「そっか。そうだよな」と頷《うなず》いた。単純で、ありがたい。

あとでコータ君たちに、きつく言わないといけない。治樹はカミングアウトしている人が少ない。だから、治樹の店をそういう溜《た》まり場にしないように。ましてや他の客に変に話しかけたりしないように、ちゃんと言ってあるはずなのに。

「治樹さんと紗雪ちゃんはさ、ちゃんと愛し合って結婚したんだよね？」

貴人の言葉に、隣のテーブルの女の子が、こちらに神経を集中させたのがわかった。偽装結婚という言葉が出たあたりから、ちらちらこちらを窺《うかが》っていた。一応、知らない顔だけれど、この辺りで働いている子かもしれない。もっと職場から離れた場所を選ぶべきだった。

「当たり前でしょう。変なこと言わないでよ」

ちゃんと、愛し合っている。そう自分にも言い聞かす。だって治樹は、貴人とのことで妬《や》いてくれている風もあるし、私との子供のことも考えてくれている。他の夫婦とは形は違っていても、私のことを愛してくれているに決まっている。

「本当だよね？　俺さ、紗雪ちゃんのこと、治樹さんだったら任せられるって思ったから。治樹さんだから、俺は紗雪ちゃんのことあきらめ……」

「そういうこと言ったら帰るってば」

貴人がこちらに身を乗り出してきたので、慌てて声を張って制した。

貴人にだって彼女ぐらいこれまで何人もいたことがあるから、ずっと私のことだけを思い続けているわけではないのはわかっている。でも貴人は、なぜだか昔から、私のことをちょっと他の女の子とは違う、特別な感情で思ってくれているようだ。それぐらい、私にだってわかる。だから最初、貴人と朋美が仲良くなるのが嫌だったのだ。朋美と貴人が近付いて、私への片想いを朋美に話されて、ややこしいことになったりするのが嫌だったから。

でも今は、とっとと朋美にからめとられて、結婚でもなんでもしてくれと思う。朋美が、二度と治樹を女の目で見ないためにも。貴人が、あのときのように私への思いをまた急に爆発させたりしないためにも。二人が上手《うま》くいってくれれば、私には相当都合がいい。

「朋美と付き合いだしたんでしょ？　だったらそういうことは言わないで。朋美にも私にも失礼でしょ？　私たち、友達なのよ。治樹にも妙なこと言わないでよ。絶対よ」

貴人が叱られた子供のような顔をした。あと一押しだ。

「貴人のこと嫌いになりたくないから言ってるのよ。あんたは私の大事な幼なじみなんだから。ね？」

あからさまに急に優しくはせず、言い過ぎて少し反省しているというような、バツの悪そうな声で言ってみた。案の定、貴人は安心した顔になって私を見つめた。

ほら、大丈夫だ。貴人ぐらい、子供の頃から弟のような貴人ぐらい、私はいくらでも操れる。

治樹との生活を守るためなら、私はなんだってする。十六年もかけて、やっと治樹を手に入れたんだから。

向かいのシートに座っている女子高生たちが、私を見て小声で何か言っている。若い頃からそんなに化粧してたら肌が傷むわよ、と言いたくなってしまうような、派手なべったりとした化粧をした、そっくりな二人組だ。

「結構もう年いってるよね？　あの茶髪はどうなのよ」

「私は他の人とは違うのよって、思ってるんじゃないの？」

「やだー。そういうの痛い」

途中から、はっきりと何て言っているのか聞き取れた。わざと聞かせようとしているのかもしれない。私の赤に近い茶色い髪と、服装を見て笑っている。今日はピンクベースの混紡のニットコートに、右と左で配置の違う、三色ストライプのブーツを履いている。確かに目立つだろうとは思う。

右の女の子と目が合った。睨《にら》んだつもりはなかったのに、向こうがこちらを睨みつけてきた。あなたが変な格好してるからよ、悪口言われて当然よ、とでも言いたげな、責めるような目つきだ。

大多数、標準、平均じゃないからといって、どうして人は笑ったり、責めたりするのだろう。

――紗雪ちゃん家《ち》って、普通じゃないんだって。不倫の略奪愛の家なんだって。

教室のどこかから、よくそんな声を聞いた。わざと私に聞こえるようなボリュームにしているのは明らかだった。

私が不倫の略奪愛の家に生まれた子なのは事実だ。でも私の母が壊したのは、その子たちの家庭なわけじゃない。なのに、どうしてそんな言われ方をしなければいけないのか、わからなかった。

私とまったく同じことを言われた小春は、泣いて、学校に行かなくなった。

「そんなことで笑ったり苛《いじ》めたりする子なんて、仲良くしなければいいだけじゃない」

そう言った私を、きっと睨みつけて、小春は大声で叫んだ。

「私はお姉ちゃんみたいに強くない。人と違うのがカッコいいなんて思わない」

強くないことを、どうして威張るのかもわからなかったけれど。人と違うのがカッコいいと、私が思っているだなんて。同じ家に住んでいたのに、小春は私のことをまったくわかっていなかった。

私はただ、自分が好きなもの、好きだと思うものに、いつも忠実だっただけ。たまたまそれが、大多数、標準、平均から、外れることが多かっただけ。

中学に入ったら、「人と違うことがカッコいい」と思う子達が、勘違いして私に寄って来るようになった。髪を染めたり制服をいじったりして、校則違反する女の子。禁止されている、ライブハウスやクラブハウスに出入りする男の子。気のいい子たちだったので、それなりに愛想よくはしていたけれど。私はわざわざ悪いことをして目立ちたいわけじゃなかったので、なにかが違うと思っていた。

私が好きだと思うものを、同じように好きだと思う人に出会えたらいいのに。いつも私はそう思っていた。

だから体育館裏の草むしりをしていたとき、治樹が私の好きなバンドの曲を、鼻歌で歌っているのを聞いたとき、どれだけ嬉《うれ》しかったか——。

私はあっという間に治樹を好きになった。でも好きだったから、すぐに気がついてしまった。私が治樹を好きなのと、治樹が私を好きなのとは、種類が違うことに。私が治樹を思うように、治樹が思っている相手は男の子だということに。

たまたま今好きなのが、男の子なだけかもしれない。そのうちに女の子を——いや私以外の女の子なんて好きにならなくていい——私のことを好きになってくれる日が来るかもしれない。そう思って、私はずっと友達として、治樹のそばから離れずにいた。でも無理だった。治樹は男の子しか好きにならなかった。同性愛者なのだ。

専門学校に入った治樹に、男の子の恋人ができたと知って、さすがに私は、もう治樹を諦《あきら》めなければと思うようになった。私と付き合いたがってくれる男の子がいると、それに応《こた》えるようになったのはその頃からだ。

彼らと一緒にいて楽しいと思うこと、好きだと思うことは確かにあった。でもセックス、いやセックスだけじゃなくて、キスも、私はどうしても楽しむことができなかった。手をつないだり、唇を触れ合わせるだけのキスならなんとかできたけれど、舌をからめられた途端、嫌悪感が走った。

　本当に好きな相手じゃないからだ。治樹じゃないからだ。そう思った。

　貴人が、「偽装結婚」について聞きに来た日の夜、帰ってきた治樹に、私はキスをねだった。結婚してから、機嫌が悪くなければ、治樹はキスまでならしてくれる。ただし、唇を触れ合わせるだけのキス。舌はからめてくれない。この間切ってしまった私の舌は、まだ傷の部分が腫《は》れていて、物に触れると、ひりひり痛む。でも治樹の舌にだったら。触れられて痛んだとしても、きっと気持ちのいい痛みになるはずだ。

　アセクシャル、という言葉は一番最後に付き合っていた男の子から聞いた。性的欲求がない人。極端に薄い人。セクシャルマイノリティの一種だと、彼は言った。私がセックスを断り続けることに、彼はもういい加減辟易《へきえき》していたので、なにか理由をつけて自分を納得させたかったのだと思う。

　私が、そのアセクシャルかどうかなんてどうでもよかった。治樹とならセックスできる自信はあるけれど、どうせそれは叶《かな》わないのだから、同じことだ。ただ――。

　私が本当のことを伝えたら――治樹のことを好きなんだと伝えたら、治樹はきっとすぐに私の傍《そば》からいなくなってしまう。だから私は友達として、一緒にいるしかないと思っていた。

　でも、もしかしたら。私も治樹と同じ、アセクシャルというセクシャルマイノリティなんだと伝えたら――。

私は別の方法で、治樹とずっと一緒にいることができるかもしれない。そう思った。

文也さんと尚子さんの店は、治樹の店の駅から、更に二駅先にある。

コータ君とマモル君が、今日も店で溜《た》まっているかどうかはわからない。いなかったら、文也さんたちに呼び出してもらえばいい。

貴人に声をかけたことや、偽装結婚という言葉を口にしたことを、治樹に伝えて怒ってもらおうかと思ったけれど、治樹では、ダメだ。優しいから、きっとキツい言い方はできずに、なあなあで終わってしまう。だから私が言ってやる。感じが悪いと思われたって、嫌われたって構わない。治樹以外の人間になんて、どう思われたって私は構わない。

店の前に着いたとき、携帯が鳴りだした。職場からだ。ドアから少し離れた位置に立って、出た。

「もしもし？」

「紗雪ちゃん？　お休みの日にごめんね。あのさ、来月の入荷予定リストがみつからないんだけど。知らない？」

受話器の向こうから、店長の声がする。

「もしかしたら在庫管理表と一緒にファイリングしてませんか。昨日、由美《ゆみ》ちゃんが触ってたから。あの子、前もやったでしょう？」

「あり得るなぁ。ちょっとそのまま待ってて。すぐ探す」

受話器から雑音が聞こえ始めた。すぐに見つかるだろう。私は店の入り口に手をかけた。

一瞬、鏡を見ているのかと思った。ガラス張りのドアの向こうに、私と同じような髪型をした女の子が、同じように携帯を耳に当てて立っていた。左利きなのだろうか。携帯を持つ手が私と逆で、向かい合っているから、私とぴったり対称になっている。

向こうがドアを開けると思って、私はドアから手を離して待っていた。

なのに彼女は、いつまでもドアを開けなかった。口が動いているから、電話の相手と会話をしているのだろうけど、だったら尚更《なおさら》ドアを開けて早く店から出ればいいのに。ジャケットのポケットに手を突っ込んで、困ったような顔で私を見ている。

男の子だと気がついたのは、喋《しゃべ》ったときに動いた喉仏《のどぼとけ》が見えたからだった。男の子にしては髪が長めだったし、目が大きくて可愛らしい顔をしていたから、女の子に見えた。ドアを開けたらすぐ、向こう側には段差があるので、私よりは少し低い位置に立っているけれど、それでも男の子にしては小柄だろう。

彼が開けないので、仕方なく私がドアを開けた。彼は少し体を反らした。

「紗雪ちゃん？　あった、あった。言った通りだったよ。全く、由美ちゃんは……」

店長が電話口に戻ってきた。

すれ違いざまに、彼は私に「ありがとう」という意味で、ポケットに入れていた方の手を出して、小さく振ってみせた。私はそれを見て、携帯を落としそうになった。

一瞬見えた彼の手は、人差し指と中指が極端に短かった。

男の子にしては髪が長め。小柄。かわいらしい顔つき。そして、指。

「紗雪ちゃん？　もしもし？　聞こえてる？　あったよー」

店長の声に返事することもできず、去っていく男の子の後ろ姿を、私はただ茫然《ぼうぜん》と見つめていた。

♡

昼休み、お弁当を食べ終えた後、マガジンラックから情報誌を一冊取って、コーヒーを注いで席に戻った。お弁当箱をバッグにしまって、情報誌をパラパラめくりかけたところで携帯が鳴った。

『今日会社の人と、食事に行こうと思うんだけどどいいかしら？　急にごめんね』

母親からメールだった。珍しい。毎日きっちり同じ時間に帰ってきて、夕食を準備しておいてくれる人なのに。

「あれ？　ないねー。いつもここにささってるのに」

マガジンラックの方から、声がした。同じ課の後輩の女の子二人組が、ラックの前に立っている。

「もしかして、これ？　どうぞ」

二人に向かって声をかけた。

「そうそう、それです。いいんですか？　ありがとうございまーす」

言いながら二人は近づいてきて、私の向かいの席に並んで座った。真剣に読むつもりはなかったから、構わない。二人に情報誌を渡して、母親にメールの返信をした。

『いいよ、めずらしいね。楽しんできて』

「あ、秋本さん。私、忘年会の幹事で出欠取ってるんですけど。来られます？　来週の金曜の夜」

向かいに座った後輩の一人が顔を上げる。もうそんな時季か。母親も忘年会なのかもしれない。

「そっか。もう十二月だものね。でも、ごめん。その日は用事があるから、欠席でお願い」

嘘だった。用事なんて特にない。

「あら、残念。わかりました一」

残念がっているようには聞こえない口調でそう言って、後輩はまた情報誌に視線を戻す。

入社してすぐの年は、紗雪と一緒に参加した。「やっぱり若い子からのお酒がおいしいから」と、おじさん連中に酌を求められて、笑顔をひきつらせていた紗雪を思い出す。次の年には紗雪はもう退職していた。目の前の二人組が来たのは、確かその次の年だ。私は酌をしなくてもよくなったけれど、同時に居場所もなくなって、その年以来参加していない。

『今日、夕食付き合ってくれない？　お母さん、外で食べてくるらしくて』

貴人に、そうメールを送信した。

「ここ、ここ。雰囲気良さげじゃない？　でもこういう雑誌に載っちゃうぐらいだから、クリスマスはもう予約いっぱいかなぁ」

「でも、クリスマスは平日だしさ。その前の週末の方がよくない？　だったら、空いてるかもよ」

「そっちの方が混んでるよ。みんな考えることは一緒で」

後輩二人組は、情報誌を見ながら盛り上がっている。レストランの記事らしい。そういえば、クリスマスデート特集とかなんとか、表紙に書いてあった。

「秋本先輩はクリスマスの予定決めました？」

私の視線に気がついて、一人が顔を上げた。

「ううん、まだ。彼氏と行くの？」

「彼氏、今いないんですよー。でも、誘ったら男友達が誰か一人ぐらい、連れて行ってくれるかなーって」

「やっぱり、クリスマスに一人は淋《さび》しいもんねぇ。あ、プレゼント特集もあるよ。このチョーカー、かわいくない？」

携帯が鳴った。貴人からメールの返信だ。

『いいよ。待ち合わせどこにする？』

彼氏ではなく「男友達」に、「連れて行ってもらう」なんて、私にはあり得ない発想を、平然と彼女たちは口にする。二人に「お先に」と愛想笑いして、立ち上がった。

私には「彼氏」がいる。この子たちより、勝っている。

貴人とは、お互いの職場の中間の駅で待ち合わせた。ホームからの階段を降りている途中で、下の柱に寄りかかっている貴人を見つけた。背が高いから、人混みの中でも目立つ。途中で、向こうも私を見つけたようで、手招きをされた。手を振るならわかるけど、手招き？　と思いながらも、足を速めた。

「電車、来てる。急ごう」

挨拶《あいさつ》もなしに、いきなりそう言われて戸惑った。でも貴人はもう、隣のホームへの階段を上りかけている。慌てて私も後に続く。

途中から手を引っ張られた。閉まりかけの扉に二人で乗り込む。

「ヒールだったね。足、大丈夫？」

動き出した電車の中で、貴人が聞く。

「ああ、うん。大丈夫」

私は返事した。私の家と貴人の家に続いている路線の電車に乗せられた。待ち合わせた駅は繁華街があるので、何となくそこで食事をするものだと思っていた私は、戸惑っていた。

貴人の家のある駅で降りた。連れて行かれたのは、いつもの中華料理屋だ。「らっしゃ！」とおばちゃんの声が響く。

「お帰りなさい。外、寒かったでしょ？　今日は何にする？」

おばちゃんが水を持ってきた。「ありがとうございます」と言いながら、私は受け取った。マフラーを取りながら、貴人はメニューを眺めている。

「いつものでいい？　麻婆《マーボー》飯と中華飯と、鶏《とり》の唐揚げ」

まだ返事をする前に、注文されてしまった。「はいよ」と、おばちゃんが返事をした。

私はコートを脱いで、畳んで隣の椅子に置いた。

この間、帰りに落ち合ったときも、この店だった。味もおいしいし肩肘《かたひじ》張らなくて済むので、嫌いではない。でも、なにも毎回ここじゃなくてもいいんじゃないかと思う。貴人とは、ここと治樹の店にしか行ったことがない。

「お母さん、外食？」

「うん。多分、忘年会じゃないかな」

「ああ、そっか。もうそんな時季だよなあ」

コップの水を一口飲んだ。外は寒かったけれど、電車に乗るのに走ってから、ずっと口が渇いている。

「俺も来週から、得意先との忘年会三昧《ざんまい》になるんだよね」

「うちの営業さんたちもそう言ってた。大変だね。……忘年会ってことは、貴人君、お酒飲むの？」

話の途中で、はっと気がついて、おそるおそる訊ねてしまった。先日のようには、二度と怒鳴られたくない。私がいないところでだって、悪酔いしてはまずいだろう。

「飲まないよ。元々好きじゃないし。もう絶対飲まないって決めた。この間は悪かったって」

「そうよね。ごめん。この間も、バイトの子が間違えたからで、貴人君が進んで飲んだわけじゃなかったしね」

貴人が顔をしかめたので、慌てて私はそう言った。

「はい。お待ちー」

鶏の唐揚げを、おばちゃんが運んできた。嫌な空気を壊してくれて、助かった。テーブルを離れる時に、おばちゃんはエプロンの端を、私のコートに引っかけた。落っこちそうになって、慌てて私は手で押さえる。背もたれのない小さな丸い椅子で、さっきから安定が悪い。

テーブルに視線を戻すと、唐揚げが二切れなくなっていた。貴人が自分の分を、既にお皿に取り分けている。

「水、お代わり入れておくわねー」

おばちゃんがやってきて、私のコップに水を注ぐ。自分の分の唐揚げにレモンをかけながら、「どうも」と私はお辞儀した。

「あんたって、全然水飲まないわよね」

おばちゃんが、貴人のコップを見て言う。そういえばそうだ。一口も飲まずに、残されている。

やってきた麻婆飯と中華飯を取り分けながら、「ねぇねぇ」と、できるだけさりげなく私は口を開いた。

「クリスマス、どうする？」

「どうするって？」

小皿を受け取りながら、貴人は言う。

「え、だから、どこか出かけるとか……」

「クリスマスって平日じゃない？　確か」

貴人は携帯を開いた。待ち受け画面をカレンダーにしているのだ。

「うん。やっぱり平日。年末だから、忙しくて帰りも遅いかもしれないし」

「じゃあ、その前の週末とかは？」

「ごめん。そこは実家帰らなきゃいけないんだ。兄貴の奥さんが妊娠しててさ。安産祈願に帯を巻くらしい。知ってる？　そういうことするんだって。祖母《ばあ》ちゃん家《ち》まで行くから、お前も一緒に来いって言われててさ」

麻婆飯を、しつこくふうふうしながら、貴人は言った。「そう」と呟《つぶや》いて、私は中華飯を口に入れた。溜《た》め息《いき》を吐きそうになる。

「朋美ちゃん、もしかしてクリスマスとか、そういうイベントにこだわる方？」

貴人が私の顔を覗《のぞ》き込んだ。その言葉に面食らって、私はすぐに言葉が出てこなかった。

「別に、すごく高いレストランに連れて行って欲しいとか、そんなことは思ってないけど。でも、デートぐらいはしたいかなぁ。仕事や用事なら、仕方ないけどね」

苛立《いらだ》ってしまった気持ちは一生懸命隠して、逆に少し甘えた声を出してみた。

「そっか。ごめん。なにかで埋め合わせするよ。朋美ちゃんは、そういうのこだわる方って、覚えておく」

貴人は、また引っかかる言い方をする。

「こだわってるわけじゃ……。だって、普通じゃない？　クリスマスにデートは」

あの後輩たちみたいに、彼氏じゃない人におごってもらったりプレゼントをもらったりなんて図々《ずうずう》しいことは思っていない。でも、彼氏とだったらデートやディナーぐらいは普通するはずだ。こだわっているわけでも、贅沢《ぜいたく》を言っているわけでもないと思う。

「そう？　そういうのは気恥ずかしいって子もいたよ、昔の彼女で。紗雪ちゃんなんて、私クリスチャンじゃないしクリスマスなんて興味ないって、よく言ってたし。ま、今は仕事で、クリスマス用の飾り付けしたりはするんだろうけどね」

「昔の彼女」という言葉を出したことに驚いた。二十九歳なんだから、何人か「昔の彼女」がいるだろうということぐらい、想像もしているし、納得もしている。でも、今の彼女の私に、そんなことは言わなくてもいいんじゃないか。

それに、また紗雪の話だ。紗雪がきっかけで知り合ったとはいえ、もう何度も二人きりで会っているのに、未《いま》だに必ず紗雪が話題に上る。

「紗雪は、そりゃぁね。あの子は変わってるもの」

貴人にとって大事な存在だということはわかっているので、これまでは紗雪の話になっても、必ず彼女を褒めるような発言をしていたけれど。今の流れは色々と腹が立ったので、ちょっと嫌な言い方をわざとしてしまった。

貴人は特に気にする風もなく、麻婆飯を食べていた。反応されなかったことに、ホッとして、同時にまた少し苛立った。

気づまりな食事を終えて、外に出た。

「寒くない？」

貴人が自分のマフラーを外して、私に差し出した。

「ありがとう」

受け取って、首に巻いた。こういうところは優しい。悪い人ではないのだ。


その後、貴人のアパートに行った。

「泊まってもいい？」

玄関で靴を脱ぎながら聞いた。明日《あした》は土曜日だ。この間も中華料理屋、アパートと同じコースで来たけれど、次の日が平日だったので、お茶を飲んで、セックスをしたあと、帰った。

「お母さん、いいの？」

「メールするから」

「うん。じゃあ、いいよ」

貴人がコーヒーを淹《い》れてくれている間に、『今日は泊まるね』と、母親にメールした。友達の家に、と書こうかと思ったけれど、嘘を吐いているようで止めた。だからと言って、彼氏の家に、と堂々と言うのも恥ずかしかった。『了解』と、短い返事がすぐに返ってきた。母親も出かけていた分、気兼ねしない。私と違ってお酒が好きだし、今日みたいに飲み会などの機会があるなら、どんどん出かければいいと思う。私も出かけやすいし、人より苦労したのだから、きっとそれぐらい許される。

こんなに早く、貴人と関係を持てるようになると思わなかったな。セックスをしながら、考えた。紗雪と治樹の結婚パーティーで出会ってから、まだ三か月も経っていない。男の人と知り合う目的の飲み会に参加するのには、もう疲れていたところだった。男の人を紹介してもらえるほど親しい友達は紗雪しかいなかった。でも紗雪の知り合いたちは、私が付き合える人種の人たちじゃない。そう思って絶望しかけていたところに、貴人が現れた。

もう三十歳は目の前なのだ。地元の友達も、会社の先輩も、そしてまさかの紗雪まで結婚してしまったし、私には後がない。だから絶対に、私はこの人を逃してはならないと思った。

体育会系で人懐っこくて爽《さわ》やかだから、きっと明るい女の子が好きだろうと思って、積極的に自分から彼を誘ったりメールしたりしてみた。でも決して、馴《な》れ馴れしいとか、図々しいとかは思われないように、引くときは引いたり、なにかしてくれたり誘いに応じてくれたりしたときに、きちんとお礼を言ったりするのは怠らなかった。少しずつ確実に、距離を詰めようと思った。

なのにあの日光に行った日に、父親の不倫や両親の離婚を思い出してしまうような話をされて、動揺して、なしくずし的に関係を持ってしまった。ちゃんと付き合うと決める前にセックスをするのは、私のそれまでの常識にはなかったので心配したけれど、その後ちゃんと、貴人は付き合ってくれている。結果的によかったからいいのだと自分を納得させている。

あとは、どれぐらいで結婚話が出てくるだろうかということ。付き合うまでが早かったから、結婚までも早くても、大丈夫だろうか？　例えば、こちらから話を出してみようか？　お兄さんに子供が生まれるぐらいだから、きっと親からも結婚について聞かれていたりするだろう。でも、もっとちゃんと付き合って、お互いを知ってからの方がいいだろうか。悪い人ではないし、紗雪も言っていた通り、結婚相手として条件には何の問題もない。この間、怒鳴ったことは気になるけれど、もうお酒は絶対飲まないと言っていた。

隣で寝ていた貴人が動く気配がして、半分眠りかけていた私は目を開けた。暗がりの中、裸のままの貴人が、キッチンに向かって行くのが見える。

冷蔵庫のドアが開けられた。ワンルームなので、光がベッドまで届いて、私は目を細めた。ペットボトルを取り出して、貴人は喉《のど》を鳴らして飲んだ。

「お水？　嫌いなわけじゃないのね」

私は寝転がったまま話しかけた。

「ああ、ごめん。起こした？」

貴人がこちらを向いた。暗くて、表情はよく見えない。

「富士山の天然水なんだ。これ飲むようになってから、水道水が飲めなくなって。全然違うんだよな。やっぱり、人間は自然に還《かえ》らないとダメだと思うんだよね」

こういう話だと饒舌《じょうぜつ》になる。私だって、ダイエットにヨガをやったりするし、生理痛のときに漢方薬を飲んだりもする。陸上をやっていた人だから、人より自分の体や健康状態に敏感だと思ったので、パワーだとかエネルギーだとか言うのも、そういうものの延長に過ぎないと思って、適当に話を合わせていた。けれど、あまりに語られると、疲れているときだと辟易《へきえき》してしまう。寝ぼけているふりをして、「そう」と、私は曖昧《あいまい》に返事した。

「全身が、浄化される気になるんだよな。これ飲むと」

今度は返事をしなかった。

浄化。私とセックスをしたあとに、浄化って。それじゃあ、まるで私が汚れているみたいじゃないか——。

お昼ごはんを食べに、会社を出ようとしたときだった。

「朋美ちゃん。今からお昼？　お弁当じゃないなら一緒にどう？」

隣の課の優子《ゆうこ》先輩に、呼びとめられた。

「いいですよ。今日は寝坊しちゃって、お弁当作れなくて」

先輩のお勧めのパスタ屋に行った。最近ご無沙汰《ぶさた》していたが、優子先輩とは一時期よく飲み会に一緒に行っていた。先輩の友達数人もいつも一緒だった。順番に伝手《つて》を使って、男の人を紹介する会だったので、いよいよ私が次の飲み会相手を探して来なければいけなくなったが、東京に知り合いが少ない私は、それができないので、申し訳なくて距離をおくようになった。

「朋美ちゃんって、今、彼氏いるの？」

注文を終えた後、先輩は私にそう聞いた。

「何ですか、急に。いますけど」

課が違うので、先輩とは仕事の話はほとんどしたことがない。だから、時々話すと必ずこういう話になる。予想していたとはいえ、多少照れつつ私は答えた。

「え、本当に？　いるんだー。どんな人？」

「えー？　先輩こそ、どうですか？」

「うん、実はね。私、結婚するの」

「本当ですか？　いつ？　相手、どんな人なんですか？」

驚いて、大きな声を出してしまった。隣のテーブルのOL二人組が、こちらを見て顔をしかめている。「すみません」と小声で言って、私は乗り出してしまっていた体を、元に戻した。

同年代の友達の結婚は焦るけれど、先輩は私より五つ上の三十四歳だ。一緒に行ってい た飲み会でも、いつも付き合いに発展しなかった同士なので、素直におめでとうと思えた。

「私も最近は飲み会はご無沙汰してたの。彼とは、友達の結婚式で会ったんだ。新婦の幼なじみだった人なんだけど」

運ばれてきた和風ペペロンチーノを、フォークでくるくるさせながら、先輩は言った。

「そうなんですか？　私が今付き合ってる人も、全く同じですよ。新婦の幼なじみで、結婚式で声かけてくれて」

紗雪がその新婦だとは言わなかった。先輩と仲良くなったのは、紗雪が退職したあとだ。多分、お互い覚えていないだろう。

「そうなんだ？　嬉《うれ》しい偶然だね」

同い年で、大手の家電メーカーに勤めている人だという。

「それで、本当に急なんだけど。今週の土曜日、結婚パーティーするの。式やパーティーとかそういうの、恥ずかしいしやらなくてもいいかと思ったんだけどね。彼の友達が、レストランでの気軽なパーティーならいいでしょ、って仕切ってくれて」

カルボナーラを食べながら、私は相槌《あいづち》を打った。紗雪と治樹のパーティーもカジュアルなものだった。偶然が続く。

「会社の他の人たちとは、プライベートではあまり付き合いないし、面倒だから教えてないんだけど。朋美ちゃんだけにはやっぱり来て欲しいかなって思うようになって。飲み会に一緒に行ってた子たちも来るし」

今度の土曜日は休日出勤すると、貴人は確か言っていた。

「お邪魔していいなら、行かせてもらいます。今、私が付き合ってる人と、出会い方が同じで嬉しいし、お祝いさせてください」

「来てくれる？　嬉しい。でも、本当に偶然ね。朋美ちゃんは、その人と結婚話は出てないの？」

先輩は、からかうような顔で私を見た。

「まだ知り合って、三か月ぐらいなんですよ。それに、基本的にはいい人なんですけどね。ちょっと時々、どうかなぁって思うところがあって。昨日も色々考えてたところなんです」

「私もまだ、出会って半年経ってないわよ。三か月のときに、結婚するって決めたの」

「え、そうなんですか？　意外ですね。先輩って、もっと段階とか手順とか、冷静に考えるタイプかと思ってました」

そう言ってしまってから、慌てて、「でも」と私は付け足した。

「違ったからって、悪いって意味じゃないですよ」

「いいの、いいの。自分でもびっくりしてるのよ。その友達の結婚式で、あんまり知ってる人いなくて、一人で淋《さび》しい思いをしてたのね。友達の結婚自体も正直、素直に喜べなくて。そこに彼が声かけてくれたの」

あまりにも偶然が続き過ぎている。全く私と一緒だ。心臓が速くなってきた。

「結婚って、きっとタイミングが大事よね。だからすぐ決めたの。そりゃ、合わないかなって思うところも色々あるわよ、私たちだって。腹が立つことも、正直あるし。でも、それは誰と付き合ってても絶対あることだしね。そう思ったら、最初のインスピレーションを信じようって思って」

ちょっと恥ずかしそうに、先輩は笑った。そして、最後に付け足した。

「正直、後もなかったしね」

携帯が鳴った。「すみません」と言いながら、チェックする。貴人からメールだった。

『クリスマスの前の週末なんだけど。日曜日の午後からだったら、何とかなりそう。まだ予定入れてなかったら、どこか行かない？　行きたいところある？』

文面を読み終えて、しばらくしてから勢いよく携帯を閉じて、顔を上げた。

「先輩と話せてよかった。絶対、パーティー行きます。幸せになってくださいね」

「何、急に。朋美ちゃん、顔が笑ってるわよ。彼からメール？」

残り少なくなっているペペロンチーノを、フォークに巻きつけながら先輩は笑った。先輩の言うとおりだ。誰と付き合ったって、どうかと思うところや腹の立つところの一つ二つあるのが当たり前だ。なにを迷いかけていたのだろう。私も最初のインスピレーションを信じよう。

治樹と紗雪の結婚パーティーで、最悪な思いをしていたところを、助けてくれたのが貴人だった。あのときこれまでに感じたことのない、特別な思いを私は感じたのだ。誰かと手をつないで、あれほどまでにあたたかみを感じたことなんて、今までになかった。

先輩の結婚パーティーには、黒いドレスで行った。専門学校の謝恩会用に買って以来、結婚式やパーティーで、ずっと着ているものだ。着なかったのは、紗雪と治樹のパーティーのときだけだ。

「この間買ったの着ないの？　橙色《だいだいいろ》のやつ」

家を出る時に、母親に聞かれた。

「うん。あれは秋の色だから。もう冬だし、今日は室内のパーティーだから、こっちの方がいいかと思って」

実はかなり悩んではいた。先輩と新郎の出会いが、私と貴人が出会ったときと同じシチュエーションなので、ゲン担ぎで紗雪たちのパーティーで着ていたドレスにするべきかとも思ったのだ。でもあのドレスは着こなしも難しく、会場でいたたまれない思いをしたのも確かだった。

「そうかもね。それに、あんたはやっぱり黒が似合う気がするし」

黒が似合うというのは、褒め言葉だと取っていいのだろうか。

パーティー会場は、紗雪のときよりもずっと小さなイタリアンレストランだった。縦長のテーブルがいくつか並べられていて、サイドに椅子が置かれている。席は自由だと言われたので、とりあえず女性二人組の隣に腰を下ろした。反対隣には、やがて男性三人組が座った。

新郎新婦は、入場のときだけ拍手で迎えられたけれど、後は結婚式らしきことはせず、自由に歓談する形を取っていた。席と席との間が、隣と肩が触れ合うぐらい狭かったので、料理を取り分けあったりしているうちに、近くの席の人たちとは、自然に会話をすることができた。やはり紗雪の友達とは違って、真面目そうな人たちが多くて、奇抜なファッションの人たちはいなかった。

「ドレス、お似合いですね」

飲み物を取りに席を立った時に、一人の男性に話しかけられた。新郎の友人だろう。メガネをかけていること以外、特にこれといった特徴はないけれど、品のいい印象の人だった。

「ありがとうございます。地味ですけどね、真っ黒で」

「地味じゃなくて、シンプルですよ。シンプルが一番だと思います。それに、華やかでも、似合ってないと意味ないですから」

男の人は、いたずらっぽく笑って、少し離れた新婦の友人グループに視線をやった。五人のうち二人がピンク、一人が水色のドレスを着ていた。どちらもかなり明るい色だ。ピンク色の一人とは、一緒に飲み会に行ったことがある。先輩と確か同い年だった。三十代半ばになったら、私は絶対にピンクは着ないだろう。

男の人が、また何か口を開きかけたところで、「それでは」と司会の男性が、マイクを持って、喋《しゃべ》り出した。

「今からブーケプルズを行いたいと思います。独身の女性は前に出ていただけますか？」

何だろう。初めて聞く言葉だった。司会者が名前を呼びあげていく。私の名前も呼ばれた。反応していたら、男性に「行ってらっしゃい」と言われたので、前に出た。

司会者の説明によると、ブーケトスの代わりのセレモニーらしい。前に出てきた女性全員に、リボンが配られた。一本だけ、新婦のブーケにつながっているという。

「合図があったら、引っ張るの。狭い会場のときは、ブーケトスじゃなくて、最近はこっちの場合が多いわよ」

隣に立った女の人が、勝手がわからなくて戸惑っている私に教えてくれた。

司会者が、「では、さんはい！」と合図を出す。隣の人のやるのを見ながら、ワンテンポ遅れて、リボンを引っ張った。くいっと、何か手応《てごた》えがあった。

「朋美ちゃん！　やった！」

先輩が、私に向かって叫んだ。会場から拍手が上がる。私が引いたリボンの先には、白い花で作られたブーケがつながっていた。

「おめでとうございます。新婦とはどういったご関係ですか？」

司会者が私にマイクを向ける。

「え？　えーと、会社の後輩で……」

「そうですか。結婚のご予定は？」

「あ、いえ」と、しどろもどろになった。結婚式には何度も出ているけれど、ブーケを取ったのは初めてだった。

「彼氏、いるんですよ。私たちと同じ出会い方してるの」

先輩が、新郎の顔を見ながら、会場全体に聞こえる声で言った。「おお」という声や、拍手が上がる。みんなが私を見ていた。緊張してしまって、何がなんだかわからない。

「おめでとうございます。次は、あなたが幸せになる番ですね」

司会者が、言う。

次は、私が幸せになる番？

上の空のまま、席まで戻った。ドレスを褒めてくれたメガネの男性が近づいてきて、隣に座った。

「よかったですね、ブーケ。彼氏、いらっしゃるんですね。僕は、残念だけど」

「え？」と、私は彼の方に顔を向けた。

「お近づきになれたらな、と少し期待してたんですけど。……でも、おめでとうございます。幸せになってくださいね」

男性は、穏やかな口調でそう言って、去っていった。

パーティー会場を出て、貴人に電話をかけた。ドレス姿を見てもらいたかったし、何よりブーケを取ったことを教えたかった。けれど、何度かけても留守電だった。

かけ直してきてくれることを期待しながら、とりあえず自宅に向かう電車に乗った。途中、治樹の店のある駅を通る。思い立って、そこで降りてみた。

治樹にドレス姿を見てもらいたかった。きっと、彼なら褒めてくれる。

「朋美？」

改札を抜けた瞬間、後ろから名前を呼ばれた。振り返ると、そこに紗雪が立っていた。

「紗雪」

改札を通り抜けて、紗雪は私に近寄ってきた。何だか、いつもと感じが違う。グレーのコートの下から、黒いワンピースが見える。両方とも無地だ。紗雪がこんな地味な格好をしているのは初めて見た。赤に近い髪が、浮いている。

「めずらしいね。紗雪が黒い服なんて」

挨拶《あいさつ》するのも忘れて、私はそう言ってしまった。

「そう？　たまには着るわよ。朋美こそ、真っ黒ね。どこか行ってきたの？」

私の体の上から下まで、紗雪は視線を移動させた。私はコートも黒だったので、服がわかりにくくて、目を凝らしたせいかもしれないけれど、紗雪の視線は挑戦的なものに思えてしまった。

「うん。隣の課の佐藤優子先輩、覚えてない？　彼女の、結婚パーティーだったんだけど」

紗雪は首を傾げた。

「覚えてないなぁ。で？　今から治樹の店？」

「う、うん。貴人君と合流できないかと思って、着信残しておいたの。それまで治樹さんのお店で待たせてもらおうかと」

早口に、私は言った。紗雪の口調が、咎《とが》めているように思えたからだ。さっき、治樹にドレスを見てもらいたいと思ったことが、見透かされているような気がして、慌ててしまった。

「そう、私も治樹の店に行くところなんだ。じゃあ、一緒に行こう」

紗雪が歩き出す。「うん」と小さく返事して、後に続いた。身内が仕事場にいるのはよくないから、結婚してからは店に行かないようにしていると、前に言っていた覚えがある。でも、そんなことは聞けなかった。有無を言わせない雰囲気が、漂っていた。

紗雪と私が一緒に店に入ってきたのを見て、治樹はほんの一瞬だったけれど、口許《くちもと》を歪《ゆが》めた。もしかしたら、眉《まゆ》もひそめていたかもしれない。

「いらっしゃい」

治樹の声は抑揚がなく、あまり歓迎されていないように思えた。

紗雪がさっさとカウンターの席に座ったので、流れで私もその隣に座った。

「あれー？　今日はお二人お揃いの格好なんですねー。朋美さんのドレス、素敵です。紗雪さんが黒着るのって、初めて見たかも。でも似合いますねー。ね、店長」

確かミキちゃんというバイトの女の子が、私と紗雪を順番に見ながら言った。治樹も一瞬ずつ、私と紗雪に視線をよこした。そして、「ああ、似合うね」と呟《つぶや》いた。どちらに言ったのかわからなかったし、私にだとしても、期待していたのよりずっと温度の低い褒められ方になってしまって残念だった。

「合わせてきたんですか？」

ミキちゃんが、おしぼりを差し出しながら聞く。

「まさか」と、紗雪が間髪を容れずに答えた。

「今、そこで偶然会ったの。朋美は結婚式帰りだって。ねぇ、もしかしてその花、ブーケ？」

私のバッグから、半分顔を見せているブーケを顔で指して、紗雪は聞いた。

「え？　ブーケもらったんですか？　すごいじゃないですかー。見せてください」

ミキちゃんが興奮気味の声を出す。私は崩さないようにそっとブーケをカウンターに置いた。

「丸くないんだ。アシンメトリーよね」

紗雪がブーケを覗《のぞ》き込む。確かに、弓なりの曲線で、あまり見たことのない形だ。

「クレッセントって言うんですよ。三日月って意味なんですけど。ビバーナムがもうこんなにきれいに咲かせられるんだ。かわいいなぁ」

　よくわからない単語をミキちゃんが発した。

「昼間、花屋で働いてるんだ、この子」

　私の視線に気がついてか、治樹が説明をした。ビバーナムというのは、メインで使われている白い花の名前だと、その後、ミキちゃんが教えてくれた。

「ブーケもらったら、その人が次の花嫁になれるんでしょ？　やったじゃない、朋美。この勢いで、貴人にプロポーズしちゃえば？」

　紗雪が笑った。なんだか私はホッとした。会話の内容はともかくとして、さっき駅で会ってから、初めて紗雪が笑った気がしたから。

「なに言ってるのよー。プロポーズって、私から？」

　ホッとして、いつも紗雪と話していたときのノリでこちらも返すことができた。

「女の人からプロポーズ、いいと思いますよー。ねえ？」

　ミキちゃんと紗雪が、笑い合っている。

　その隣で、治樹は無言でシェイカーを振っていた。そしてやがて、器用な手つきで、グラスにオレンジ色の液体をゆっくりと注ぐ。仕種《しぐさ》や身のこなしは、しなやかで、どこか女性的なのに、指だけが骨ばっていて、やはり男性だと思わされる。ふと、この人はどんなセックスをするのかと考えてしまった。

　まだ三回しか寝ていないけれど、貴人と私のセックスの相性は悪くないと思う。外見と性格を裏切らず、貴人のセックスは優しいけれど、粗さもある。でもきっと治樹なら、もっと繊細なんだろう。

「朋美」と声をかけられて、我に返った。紗雪がこちらを見ていた。治樹は後ろのテーブルの客に、グラスを運んでいた。

「なに？」と紗雪の方に体を傾けた。紗雪は、さっき私が想像していたことの答えを知っている。そう思ったら、さっき紗雪が私にしたように、上から下まで紗雪の体をつい盗み見てしまった。

「プロポーズはともかくさぁ」

声をひそめて、紗雪は私に耳打ちをした。子供の頃、教室で仲良しの女の子と、よくこうやって内緒話をしたことを思い出した。

「貴人、ああ見えて、何事も受け身のやつなんだ。陸上も、今までの彼女もね。って、昔の彼女の話なんてして悪いけど。とにかく、全部周りに勧められて、ステージ用意してもらってから初めて行動に移すの。悪い意味じゃなくてね。自分も薄々、俺はこうした方がいいんだろうなって思ってても、誰かにきっかけもらわないと踏み出せないやつなのよ」

治樹がカウンターに戻ってきた。紗雪は治樹から隠れるように、更に私に体と顔を近づける。

「だから、朋美がリードしてやって」

小声で、ゆっくりとそう言って、紗雪はカウンターの上に置いたままだったブーケを、両手で大事そうに持ち上げた。そして、「はい。幸せになってね。絶対」と、今度は治樹やミキちゃんにも聞こえる声で言いながら私に差し出した。

「ねぇ、ミキちゃん。ビバーナムの花言葉って、なに?」

「えーと確か、私を見て、とか、そんな意味だったような」

「私を見て? そんな花言葉もあるの? 花言葉って愛とか友情とか単純な言葉ばっかりなのかと思った」

紗雪とミキちゃんがまた隣で盛り上がっていたけれど、あまり頭に入ってこなかった。

幸せになってね。絶対。

次は、あなたが幸せになる番。

その二つの言葉が、繰り返し頭に響いている。最初の言葉は、司会者から言われた言葉だったはずなのに。何故か紗雪の声で、私の頭には響いてきた。


部屋のドアを開けるとすぐに、壁のドライフラワーが目に入った。「出かけるの?」と、テレビを見ていた母親が聞く。「うん。夕食いらない」と、私は答える。

「この間言ってた、彼と?」

母親は、顔をこちらに向けた。「うん」と私はまた答える。

「そう。行ってらっしゃい。そのうち、お母さんにも会わせてちょうだいね」

母親はそう言って、柔らかく笑った。

この間、治樹の店で随分待ったけれど、結局貴人とは会えず仕舞いだった。諦《あきら》めて家に帰ってくると、私がもらってきたブーケを見て、母親がびっくりするぐらい喜んだ。

「花嫁さんからもらったの？　次の花嫁になれるんでしょ？　嬉《うれ》しいわねー。滅多にないことよ」

興奮してまくし立てて、それから少しの間を置いてから、聞いた。

「ねぇ、朋美。結婚を考えてる人はいないの？」

最近、外食が増えたから、きっと感づいていたんだろう。外泊だってした。

「いたら、お母さんは、安心？」と訊ねたら、「当たり前でしょ」と、力を込めて母親は言った。でも、すぐに今度は俯《うつむ》いた。

「あんたには、苦労させちゃったから。離婚に巻き込んで、こんな見知らぬ土地に連れて来ちゃって……。私はもう死んでいくだけだからいいけど、あんたはまだまだ人生長いから、いい人と一緒になって、ずっと幸せに生きていって欲しいのよ」

「大げさね」と、私は笑った。まだ、五十代半ばじゃないか。でも、きっと本音なんだろうとも思った。だから、そのあと話したのだ。貴人と付き合っているということを。

母親の顔は、みるみる明るくなっていった。そして話を聞き終えた後、紗雪と同じように、ブーケを大事そうに手に取って、言った。

「これ、枯れちゃう前に、ドライフラワーにしちゃいましょうよ」

その言葉を聞いて、私は決心した。今日、私は貴人に言うつもりだ。プロポーズは大げさでも、付き合っていくなら、結婚を前提に考えて欲しい、と。

「混んでるよなぁ、きっと。日曜日だし、クリスマス前だし」

待ち合わせの駅の改札で顔を合わせるなり、貴人はそうぼやいた。でも、私が顔を見上げると、すぐに「ごめん」と頭を下げた。

「ちゃんと行くよ。朋美ちゃんの行きたいところにって、約束だもんね。この間も、電話出てあげられなかったし、今日も結局夕方からになっちゃったし」

ショッピングやアミューズメント施設が入っているビルの、展望台に行く約束をしていた。でも、実はそれほど行きたかったわけじゃない。先輩とパスタを食べていた時に入った貴人からのメールで、「どこに行きたい？」と訊ねられたので、会社に帰って後輩たちが見ていた情報誌のデート特集のページを見て、その中のお勧めデートコースの一例を、そのまま告げた。夜景がきれいだと書いてあったので、クリスマスっぽくていいと思った。行きたい場所があったのではなくて、「クリスマスにデート」が、したかった。

そんなに混むなら別のところにする？　と切り出しかけたけれど、貴人がもう歩きだしていたので、地下鉄の階段を上がったら、もうそこは目的のビルのテラスになっていた。

イルミネーションに目がチカチカして、瞬《まばた》きをする。

「既に入り口から混んでるね」

ちょっと申し訳なくなって、貴人に向かって苦笑いした。

「うん。はぐれないようにね」

貴人はそう言って、自然に私の手を取った。紗雪たちのパーティーで、初めて会ったときのことを思い出した。あのときも、こんなふうに、ごく自然に私の手を取ってくれた。私はそれで、貴人のことを意識したのだ。幸先《さいさき》がいい。私の決心がいい方向に実を結ぶ気がする。

「しかし、カップルばっかりだなー。俺らもだけど」

貴人が笑う。

「……ねぇねぇ、こういうところに、男の子二人で来たりする？」

「え？　来ないでしょ？　女の子同士はあるかもしれないけど。大体、男って、デートスポットじゃなくたって、あんまり二人で遊んだりなんてしないよ」

「でも、今……」

貴人の手を引っ張って、グロテスクなオブジェのある方を指差した。

「あ、見失っちゃった。さっき、あの辺りに男の子二人連れがいたんだけど」

「んー？　背の高い女の子じゃない？　それか、仕事で来てるとか。とにかく寒いから中に早く入ろう」

貴人が早足になった。慌てて私も続く。

ビルの中の、展望台行きエレベーターの列に並ぶ。テーマパーク並みの行列ができていた。ちょっと面倒だなと思ったけれど、自分が行きたいと言った手前、ここまで来て帰りたいとも言えない。

「さっきの二人、絶対どっちも男の子だったよ。スーツじゃなかったから、仕事でもないと思うし。普通にオシャレな男の子たちだったけど……。手もつないでた」

行列に並んでいる間に、貴人に言ってみた。

「本当？」

「うん。一人は痩《や》せてて黒っぽいジャケット着て、髪が長めだった」

「手をつないでたなら、同性愛者のカップルかもね」

声のトーンを落として、貴人は言った。

「え、そうなのかな。でも、普通の人たちだったよ。テレビで見るような、そういうタレントさんたちと全然違って」

エレベーターが一台下りてきた。列が動く。

「同性愛者は外見ですぐわかるわけじゃないみたいだよ。陸上やってたときに、同僚が合宿先で仲良くなった男に口説かれたって聞いたけど、見た目では全くわからなかったって言ってた。テレビに出てるような人たちは、キャラクターが際立ってたほうがいいだろうし、特別なんじゃない？」

「そうなの？　だったら、さっきの二人もカップルだったのかなぁ。えー、でも同性愛者って本当にいるのね。信じられない」

テレビや小説の中だけのものだと思っていた。でも、実際自分の身に振りかかるまでは、不倫、愛人、離婚もそうだと思っていたっけ。

三十分並んで、やっとエレベーターに乗れた。先頭で乗り込んだので、一番奥に押し込まれた。壁がガラス張りになっていた。高所恐怖症ではないけれど、動き出したら少しお尻《しり》のあたりが寒くなった。貴人にそっとしがみついた。

先に乗ったのに、エレベーターから降りるのは、一番後になった。

「なんか、損してるよね」

ガラス窓の方に駆け寄るカップル達を見て、貴人が口を尖《とが》らせた。笑いながら、「そうね」と頷《うなず》こうとした瞬間、視界いっぱいに光と闇が、同時に入りこんできた。それが一瞬で広がって、私は少しふらついてしまった。

「きれーい」

前に立っているカップルの女の子が、鼻にかかった声を出した。

きれい――。確かにきれいだった。

闇の中に、溢《あふ》れんばかりにちりばめられた光は、オレンジだったり、白かったり、青かったり。さまざまな色が混在していた。

でも、どうしてだろう。光よりも、私の目は、闇の方に向いてしまう。高層ビルの窓の蛍光灯のあかり、高速道路を走る車のヘッドランプ、ホテルのテラスのイルミネーション。それらが発している光は眩《まばゆ》いが、背後に横たわる闇に吸い寄せられそうになる。酔ったような感覚が私を襲う。

目の前のカップルが動いた。貴人が私の腰に手を廻《まわ》した。気がついたら、窓際に立っていた。今、私、自分の足で歩いたのだろうか。

「東京タワー」

貴人が、右の方を指差した。オレンジ色の塔が、確かに貴人の指の先にある。あれが、東京タワー。写真で見たことあるものと違う。何だかおかしい。いや、きっとおかしいのは私の目だ。オレンジの塔は、二本にも三本にも見える。焦点が合ってない。

「俺の会社はあの辺り。いっぱいビルが並んでるとこ」

今度は左の方を、貴人が指差す。視線を移動させたら、少し酔いが収まった気がした。

「治樹さんの店は、あの辺り。ほら、店の近くの駅に飾られてるイルミネーションが見えるだろ？　あの辺が、紗雪ちゃんと俺の実家。あんまり明るくないけど、電車の高架が走ってるの、見える？」

焦点は合ったけれど、今度は心臓が速く脈を打ち出した。何だか息苦しい。

「うん。ねえ……私の家は？」

声も、震えている。

「朋美ちゃんの家？　ちょっと見えないかなー。治樹さんの店の、もっと向こう。うーん、隠れちゃってるね、ビルに。あの辺りはあんまり明かりもないしな」

貴人はそう言ったけれど、私には見えた。紗雪と治樹の住んでいる辺りの光の向こうに、闇が。私の居る場所が。

「貴人君」

声が出ていたかどうかわからない。

「私と結婚して」

まただ。私、ちゃんと喋《しゃべ》れているだろうか。でも、言わないといけない。私はあんな暗いところに居たくない。自分で好んで居るわけじゃない。贅沢《ぜいたく》なものなんて、なにも望んでいなかったのに。普通の幸せが欲しかっただけなのに。それなのに——。

でも、まだ間に合うはずだ。誰かが私を連れ出してくれたら——。

「……結婚」

貴人が呟《つぶや》いた。「そう、結婚」と言いかけて、私は途中で止めた。貴人が、どこか遠くを見ている。顔はこちらに向いているけれど、私を通り越して、どこか遠くの方に視線をやっている。

「偽装、結婚って」

もう一度貴人が呟く。今、何て言った？　結婚ではなくて、偽装結婚？

「偽装結婚を、する理由って、何？」

やっと貴人が私と目を合わせた。そう思った瞬間、体ががくんと揺れた。酔いがまた襲ってきたのかと思ったけれど、すぐに貴人に体を揺さぶられたのだと気がついた。

「紗雪ちゃんが……。紗雪ちゃんが！」

貴人が、虚《うつ》ろな目で声を震わせた。紗雪？

なんだって今、こんな状況で紗雪の話が？

「紗雪？　なに言ってるの？　ねぇ、貴人君、今、私が言ったこと聞いてた？　私、結婚……」

「そんなことより！」

また体が、さっきよりも大きく揺れた。大声が、耳と頭にきんと響いた。そんなこと？　今、そんなことって言った？

「朋美ちゃん！　さっき見たカップルって、あいつらのことだろ？　ほら、今、エレベーターの方に行く……」

貴人が、今度は私の腕を引っ張った。声が大きいので、周りのカップルが皆、貴人に注目している。貴人が指差す先には、確かにさっき私が見た、男の子同士のカップルがいた。でも、それがなんだって言うのだ。今、私はプロポーズをしたのに、そんなこと？　プロポーズが、そんなこと？

「あの髪の短い方は治樹さんの友達だ……。日光に行った日に店にいた……。酔っ払って俺に話しかけてきて……」

呟きながら、貴人は私の腕をゆっくり放した。そして、男の子同士のカップルの方を、睨《にら》みつけた。その目は見たことがあった。治樹の店で、大声を出した直後の顔と同じだった。

「ちょっと、貴人君……。ねえ、なに言ってるの？」

私はおそるおそる、貴人の腕に手を伸ばした。

「紗雪ちゃんが！」

貴人がそう叫んで、私の手を勢いよく振り払った。「っつ！」と、声にならない声を出して、私は目をつぶった。また怒鳴られる。

「おい、ちょっと待て！」と、貴人が向こうで叫ぶ声が聞こえた。おそるおそる目を開けた。エレベーターに乗り込もうとしているカップルを、追いかける貴人の後ろ姿が目に入った。追い付く寸前のところで、エレベーターのドアが閉まる。「くそっ！」という貴人の声が、フロア中に響いた。

笑う膝《ひざ》を押さえながら、やっとのことで貴人のところまで駆け足で向かった。

「行かなきゃ」

私に気がついて、貴人は振り返った。目が虚ろだ。

「どこに？　ねぇ、なんなの？」

膝だけじゃなく、私は声も震えている。

「紗雪ちゃんだ。紗雪ちゃんのところに」

貴人は息を切らしている。なんなのだ。この人はなにを言っているのだ。偽装結婚？　治樹さんの友達？　紗雪？

周りのカップルたちが、私たちの方を窺《うかが》っている。警備員の制服を着た人が近づいて来る。自分の顔が赤くなっていくのがわかった。注目されているからか、それとも――。

「貴人君、ねぇ、ちょっと……」

「紗雪ちゃんが、大変なんだよ！」

今までの中でも一番の大きな声を貴人に出されて、私の膝は崩れ落ちた。

カップルや制止する警備員を振り払いながら走って行く、貴人の後ろ姿が目に映っていた。崩れ落ちたまま動けずに、私はその様子を、ただじっと見ていた。顔がどんどん熱を帯びていくのがわかる。注目されている恥ずかしさではなく、怒りのせいだということに、その頃にはもう気がついていた。

私がプロポーズしているのに。そんなことより、紗雪が？　紗雪が大変？

「朋美！　帰ってきたの？」

どこからか声がした。聞き覚えのある声だ。朋美というのが、自分のことだと気がつくのに、少し時間がかかった。さらに遅れて、ようやく母親の声だと気がついた。

目の前に、古いアパートが建っている。小さな青白い街灯の光に照らされて、ひっそりと。ここが、この建物が、私の帰る場所なんだろうか。

バタンという音がした。車のドアが閉まるような音だ。そこでようやく、さっきの母親の声が、建物からではなく、私の背後から聞こえてきたことを思い出した。

後ろを振り返る。黒い大きな車が停まっていた。その脇に、母親が立っている。そして母親の隣には、知らない男が立っていた。

「娘さん？」

男が言った。私にではなく、母親に向かって。

「朋美さんですよね？　はじめまして、タカハラと言います。すみません。今日は外でお食事なさると聞いていたので、お母さんを今、お借りしようかと思っていたところで……」

今度は私に言っている。暗がりの中で、男が私に向かって、微笑んだのがわかった。五十、いや、六十歳ぐらいだろうか。誰？

私の問いに答えるかのように、男は言った。

「私、朋美さんのお母さんと、結婚を前提にお付き合いさせていただいている者でして」

次は、あなたが幸せになる番。

幸せになってね。絶対。

誰が言ったんだっけ、これ。ああ、そうだ。紗雪だ。

——そんなことより！

——紗雪ちゃんが！

——紗雪ちゃんのところに。

——紗雪ちゃんが、大変なんだよ！

貴人の声が、頭に響く。

壁に、ドライフラワーがかけられている。なんて言ったたっけ。この花。クレッセント。アシンメトリー。違う。ビバーナムだ。

「ビバーナムの花言葉って何？」

「私を見て」

私を見て。私を見て。私を見て。

これは、誰が言ったんだっけ？　私？　違う。紗雪だ。いや、違う。やっぱり私？

耳障りな電子音が、頭に響いた。携帯が鳴っている。うるさい。

携帯を、ドライフラワーに向かって投げつけた。鈍い音がして、携帯は床に転がり落ちた。

「もしもし？　もしもし？　朋美？　紗雪だけど」

どこからか、声が聞こえてくる。

「ねぇ、もしもし？　聞こえてる？」

紗雪のせいだ。全部、紗雪のせいだ。いつも紗雪が、私をこんなに惨めにさせる。

「治樹、知らない？　治樹がいないの。店にもいなくて、家にも帰ってこないの」

紗雪のせいだ。全部、紗雪のせいなんだ。

♤

パソコンを立ち上げて、インターネットの検索ページを開いた。「野菜」と「仕入れ」と、この辺りの土地の名前をキーワードに打ち込んで、検索ボタンを押す。五万件以上のページがヒットした。業者らしきページに見当をつけて、順番に開いていく。

取り引きしている野菜の仕入れ業者が、来月から価格を上げさせてくれと言いだした。不景気でどこも大変なのはわかるけれど、いきなりほぼ一・五倍の値上げは酷《ひど》いと思う。

「お前が優しそうだから、つけ込まれるんだよ。配達時間遅れても怒ったりしないだろ？　なめられてるんだよ」

オーナーの文也さんに、そう叱られた。他の業者の価格を調べて突き付けろ。値上げするなら別の業者にすると言えば引き下がるはずだ、と。それで開店前の今、こうやって他業者の価格を調べている。

何件目かに開いたページは、この辺りに住む主婦のホームページだった。業者からまとめて野菜を買って、仲間うちで分け合っているらしい。主婦同士のコミュニティのリーダーをしているらしく、育児相談や夫の愚痴について話し合っている掲示板が設けられていた。子供が言うことを聞かない、夫の帰りが遅い。そんな書き込みが、何百件と寄せられている。知らない人間同士でこんなことを話し合って、果たして悩みは解決するのだろうか。

ジーンズのポケットに入れていた携帯が震えた。紗雪からメールだ。

『腕時計忘れて行ったでしょ？　私、今日休みだから後で届けに行くね』

タバコに火を点《つ》けて、煙を吐くついでに溜《た》め息《いき》をついた。確かに腕時計は忘れてきた。でも別に、なくたって仕事はできる。

最近、紗雪の様子がおかしい。仕事が休みの日や、休みじゃなくても早く上がった日など、近くまで寄ったからとか適当な理由をつけて、しょっちゅう店にやって来る。

「身内が仕事場にいるのはよくないから、あまり店には行かないようにするね」

結婚を決めたとき、自分でそう言っていたはずなのに。来たら必ず閉店まで、カウンターに座って飲んでいる。同じ家に住んでいるのだから、当然そのあと僕と一緒に家まで帰る。まるで僕が一人にならないように、見張っているみたいだ。

「別に腕時計なくても構わないから」と返信を打ちかけたが、途中で止めた。そう言っても、今度は別の理由を考えて結局やって来そうな気がする。みたい、ではない。紗雪は明らかに僕を見張っている。一昨日《おととい》お風呂《ふろ》から上がったとき、リビングにいた紗雪が慌てて僕の携帯から手を離すのを見た。見られて困るものはないし、紗雪は寸前のところで誤魔化せたつもりでいるようだったので、問い詰めることはしなかった。ケンカは避けたい。ただ、紗雪がなぜ僕を見張ろうとしているのかがわからないので、どうしたらいいのか困っている。

ふと思いついて、「妻」と「様子がおかしい」と、キーワードに打ち込んで検索ボタンを押してみた。三百万件以上のページがヒットした。妻の様子がおかしいことに悩んでいる人が、こんなにも沢山いるらしい。「妻が育児ノイローゼかもしれない」、「妻が浮気《うわき》をしているかもしれない」。そんな言葉が目立つ。

「ふっ」と小さく音を立てて、自分で自分を笑ってしまった。一体何をやっているんだろう。さっき、知らない者同士で悩みを打ち明け合ってどうするんだと思ったばかりなのに。それに、自分はゲイで妻はアセクシャル。二人は幼なじみで、全てわかった上で結婚した。それなのに最近妻の様子がおかしい。全てのページを見たって、僕とぴったり同じ状況の人間なんているわけがない。

野菜の仕入れ業者のページに、画面を戻す。店の入り口辺りで人影が動いたのが、パソコンの画面越しに見えた。顔を上げる。客だろうか。準備中の札を出しているのに。磨《す》りガラスになっている、入り口の扉の上半分部分に、マッシュルームカットのシルエットが動くのが見えた。紗雪だ。タバコを灰皿に押しつけて、席を立った。開店前からやって来るのはいくら何でも酷い。一度、強めに言わないといけないかもしれない。ついでにどうしてこんな行動をするのかも聞いてみるか——。

決心して、勢いよく扉を開けた。立っていた人物が、大げさに肩をびくつかせて、僕の顔を見た。紗雪ではない。紗雪と似たような髪型をした、小柄で細身の男だった。

「治樹」

男が僕の顔を見て呟《つぶや》いた。小さな体に似合わず、低くてよく通る声だった。聞き覚えがある。忘れるわけのない声だ。

「祐輔《ゆうすけ》？」

僕の問いかけに、祐輔は多少強張《こわば》りながらも笑顔を見せて、頷《うなず》いた。

「迷ったんだけど。やっぱり、どうしても会いたくてさ。探しちゃった」

どうしてここに。なにしにここに。会いたかったって、僕に？　今さらなんで？　聞きたいことは沢山あったが、どれも言葉にならなかった。祐輔が今、僕の目の前にいる。その事実を頭が受け止めきれていなかった。黙ったまま、僕はその場に立ちすくんでいた。

祐輔は、調理師の専門学校に通っていた頃の同級生で、僕の人生で唯一の「恋人」と呼べる相手だった。

初めて口を利いたのは、入学してから一か月ぐらい経った頃、日本料理の調理実習の時間だった。作っていたのは、筑前煮《ちくぜんに》のような野菜を沢山使う料理だったのを覚えている。人参《にんじん》を切るのにまな板に集中していた僕は、ふと周りの雰囲気がおかしなことに気がついて、顔を上げた。教室中の生徒がみな、作業の手を止めて、僕と向かい合わせの作業台で人参を切っている、一人の男子生徒の方を見ていた。その生徒が、祐輔だった。

「なに？　どうしたの？」

近くに立っていた同じグループの男に、そう訊ねた。

「いや、あいつの包丁さばきがすごくてさ」

男がそう答えて、その隣に立っていた女の子が「神業だよね」と感心した声を出した。

それを聞いて、僕も祐輔の手元に注目した。確かにスピードも速く、滑らかな包丁さばきだった。切られた人参の形も大きさも、きれいに揃っている。でも、神業というほどじゃない。ある程度練習すれば習得できるレベルだった。それでも、みんな感心して見惚《みほ》れている。

調理師を目指す学校なのだから、当然料理が得意で腕に自信のある奴らばかりが集まっていると思っていたけれど、蓋《ふた》を開けてみたらそうでもなく、実は包丁も握ったことがないという奴らが結構多かった。母子家庭に育ち、仕事の帰りが遅い母親の代わりに子供の頃からずっと料理をしていた僕は、ちょっと拍子抜けしていた。

苦笑いしながら、僕は自分のまな板に戻った。けれど包丁を手にした瞬間、違和感を覚えて、もう一度祐輔の方を見た。違和感の正体にはすぐに気がついた。人参を押さえている祐輔の左手は、人差し指と中指が極端に短かった。第二関節ぐらいまでしかない。そのため、人参を他の三本の指で押さえていたのだ。

そのことに気がついた瞬間、今度は違和感と同時に不快感に襲われた。祐輔の包丁さばきに見とれているクラスメイトたちは、しきりに祐輔に話しかけている。けれど、誰も指のことについて触れようとしない。

僕は自分のまな板の上で、試しに人差し指と中指を使わずに、残り三本の指で人参を押さえてみた。やっぱり、かなり安定感が悪い。右手の包丁も動かしてみたが、いつもの半分以下の速度でしか動かせなかった。

「おい、ちょっと。藤原」

さっき話しかけた男が僕の行動に気がついて、たしなめるような声を出した。その声で近くに立っていたクラスメイトが何人か僕に注目した。そしてみんな僕の行動を見て、責めるような視線を送ってきた。

その空気に気がついたのか、祐輔が手を止めて、僕の方に顔を向けた。まず僕の手元を見て、それからゆっくり視線を僕の顔に移動させた。女の子みたいな、くりっとした大きな目が僕の顔を見つめていた。僕は、ゆっくりと口を開いた。

「三本指で押さえるの、難しいね。それなのに、さっきのスピードはすごいね」

周りの生徒たちの顔が、緊張で強張るのがわかった。でも僕には大丈夫だという確信があった。僕を見る祐輔の目や表情は穏やかで、他の奴らのように僕を責めてはいなかったからだ。

「うん。最初は大変だった。小学校の頃から包丁は使ってたんだけど、指なくなったの中学のときだからさ。慣れるまで苦労したよ」

祐輔はそう返事して、僕に笑いかけてみせた。僕も笑い返した。周りのクラスメイトたちは、おかしなものを見たかのように、戸惑った表情を浮かべていた。

「藤原君、だったよね？」

その日の帰り、駅のホームで祐輔に話しかけられた。

「さっきは、ありがとう。変に気を遣って、指のこと触れられないの嫌いなんだよな。でも聞かれてもないのに、自分から言うのもなんだしさ」

「ああ、いや」と相槌《あいづち》を打った僕に向かって、祐輔は左手を顔のそばでひらひらと振ってみせた。

「中学校のとき、掃除当番で草刈り機使ってて、切断しちゃったんだよ。みんな可哀想だからって、見て見ないふりするんだろうけど、こんな堂々と見えてるのに、見ないふりって無理があるよなぁ。そりゃ最初は落ち込んだけど、もう慣れたし。無いのは事実だから、触れないでくれってこともないんだけど」

「草刈り機に？　うわぁ、痛そう。俺も委員で草むしりよくやったけど、うちの学校は草刈り機は使ってなかったな」

「痛かったかどうか覚えてないんだよ。びっくりしたのか、痛すぎたからなのか、しばらく気を失ったみたいな状態になってさ」

電車がホームに入ってきた。「藤原君、家どこ？」と、背の低い祐輔は、僕の顔を見上げて聞いた。駅の名前を答えると、「じゃあ僕と一駅違いだ」と言うので、一緒に帰ることにした。

この頃、僕は実家を出て一人暮らしを始めたばかりだった。祐輔も長野の実家から出てきて、一人暮らしをしているという。実家は日本料理屋で、卒業して調理師免許を取ったら戻ってきて跡を継ぐように言われているが、まだ決めかねていると説明された。

「ねぇ、藤原君さ。さっき目が合ったとき思ったんだけど。えーと、なんて言うんだっけ？ そういうの」

電車に乗って、扉付近に体を並べて落ちつけたとき、祐輔がまた僕の顔を見上げて言った。

「ああ、斜視？ 生まれつきだよ」

電車の窓を鏡代わりにして、自分の顔を眺めながら僕は答えた。髪を長くして前髪で目を隠すのが癖になっていたが、美容院で寝ている間にいつもより短く切られてしまって、この頃の僕は目を出していた。

「ああ、そう、それ。右と左で、違う風に見えてるってわけじゃないんだよね？」

「程度によっては見えにくかったりする場合もあるみたいだけど、俺は全然。……堂々と聞かれたの、人生で二人目だな。やっぱりみんな、気を遣って見なかったふりするんだよなぁ」

「実際触れて欲しくないって人もいるから、難しいんだろうけどね。気にしてないのに、可哀想って思われてるのは、嫌だよな。もう一人って？」

「幼なじみの女の子」

僕が高校一年、紗雪が中学三年のときだった。その日紗雪は僕の部屋に遊びに来ていて、雑貨屋で買った安い子供向け化粧品を手にしながら、鏡を見てああでもない、こうでもないとメイクの研究をしていた。僕は隣でマンガを読んでいた。

――治樹って、目が右と左で違うでしょ？　見えにくくないの？

突然紗雪が、そう訊《たず》ねてきた。いつもと同じ口調で、あまりに淡々としていたので、何を思うヒマもなく、「うん」と僕は反射的に返事した。

――別に見えにくくないよ。

僕の返事に、「へぇ」とだけ紗雪は反応して、また鏡に向き直った。

――私の目は、片方が一重で、片方が奥二重でしょ？　アイライナーの要領が違って、面倒なのよ。リキッドより、ペンシルの方がいいかなぁ。

そして、僕にはよくわからない単語を呟きながら、またメイクに没頭した。

「好きだった？　その女の子のこと」

車内アナウンスが、次は僕のアパートの駅だと告げた直後、祐輔が僕にそう訊ねた。会話がしばらく途切れていたので、紗雪のことを聞かれているのだと理解するまでに、少し時間がかかった。

「いや。今でも仲はいいし、友達としては好きだけど。恋愛感情の好き、ではないよ」

僕のその答えにも、また妙な間を空けてから、祐輔は「そう」と返事した。

祐輔とは、その日をきっかけに仲よくなった。学校の中でも外でも、ほぼ二人で一緒に行動した。

その日はクラスメイトの男の家に、二人一緒に遊びに行った。ご飯を食べて、お酒を飲んで、麻雀《マージャン》をして、ギリギリセーフで終電に二人で飛び乗った。

車内には、僕ら以外には熟睡しているサラリーマンが一人いるだけだった。全速力で走ったので、椅子に座って電車が動き出してからも、しばらく僕らは肩で息をしていた。

「治樹、前にさ。幼なじみの女の子は彼女ではないって言ってたでしょ？　その子以外でもさ、彼女になりそうな仲いい子とか、いないの？」

祐輔がいきなり訊ねてきたのは、ようやく切れていた息が落ち着き始めた頃だった。

「なに、急に。いないよ。これだけ毎日一緒に行動してればわかるだろ。祐輔は？」

「今は、いないなぁ。僕も地元に幼なじみの女の子、いるけどね。二つ年上で、昔から姉弟《きょうだい》みたいに一緒に遊んでたよ」

前を向いたまま、僕らは会話をした。電車の窓に、並んで座る自分たちの姿が映っていた。

「へぇ。……好きだった？」

「好きだった、かなぁ？　彼女は好いてくれてた。流れで付き合ってたよ。高校のとき」

祐輔のその言葉に、僕は自分でも驚くぐらいショックを受けた。それでも何とか平静を装って、「へぇ」と、小さく返事した。

「でも、女の子とも付き合えなくはないけど。どちらかって言うと、男の子の方が好きな気がしてたから、彼女には悪いなぁと思いながらずっと付き合ってた。言えなかったし。治樹は？　女の子とはまったく付き合えない？」

次のその言葉で、僕の体は固まった。心臓の鼓動だけが、忙しく打っていた。

随分長い沈黙のあと、僕はやっと、「うん」と小さく頷《うなず》いた。僕も祐輔も、ずっと前を向いたままだった。

「そっかぁ。僕は最近、よくわかんなくてさ。男の子が好きなのか、女の子が好きなのか。考えこんじゃうことが多かったんだよね。でも、この間ふと気がついたよ。今の僕は、男の子とか女の子とかってことじゃなくて、治樹のことが好きなんだなって」

電車の窓に映った祐輔と目が合った。自分の斜視を、このときほど呪ったことはない。僕の方からは今ちゃんと祐輔と目が合っているけれど、祐輔の方は、僕の片目としか合っていない状態だろう。それがたまらなく哀しかった。今だけでも、きちんと祐輔と見つめ合いたい。そう思った。

開店前の店に祐輔を入れたことがばれたら、文也さんと尚子さんに怒られそうな気がして、駅前のコーヒーショップまで連れて行った。テーブル席は全部埋まっていたので、カウンター席に並んで座った。目の前はガラス張りで、前の道路に面している。僕らが座ったのと同時に、道路脇の街灯が一斉に点《つ》いた。駅の改札やロータリーも見渡せる。

「びっくりした？」

いたずらっぽく笑って、祐輔は僕の顔を見上げる。別れてからもう十年近く経っている。同い年だから、もう三十を超えているはずなのに、祐輔はあまり変わっていなかった。女の子みたいな童顔や、仕種《しぐさ》があの頃のままだ。それでも、僕を見る顔はどこか緊張気味だった。

「びっくりしたよ」

僕はコーヒーを啜《すす》った。

「門前払いされるかと思った。尚子さんと文也さんには事実、されたし。治樹の居場所は知ってたってあんたにだけは教えないって、怒鳴られたよ。でも、知らないって言いきらなかったってことは知ってるってことだと思ってさ。別の日に、他の客のあとを尾《つ》けて、色々聞き出したんだ。まさか、治樹が文也さんのところの従業員になってるとは思わなかったけど。さっきの店、任されてるんだってね。すごいね」

沈黙が怖いのか、祐輔はちょっと上ずった声で、一方的に喋《しゃべ》り続けた。僕は相槌も打たずに、ただ無言でそれを聞いた。

文也さん達が追い払ってくれたというのに、どうして当事者の僕はそうしなかったんだろう。店に入れないだけじゃなくて、帰ってくれと怒鳴りつけるべきだったんじゃないか。

「怒った？　ストーカーみたいだよね。そこまでして会いに来るって」

僕が祐輔の方を見ないからか、祐輔は、さっきまでより僕の顔を覗《のぞ》き込むようにしてきた。語尾はかなり震えていた。ああ、怒ったよ。とでも言ってやればいいのに、言えなかった。

「いや、別に。怒ってはいないよ」

そう口が動いてしまう。案の定、祐輔の顔がほころんだ。文也さんの言うとおりだ。僕は他人にきつく言えず優しくしてしまうから、こうやってつけ込まれるのだ。祐輔と付き合っているときだって、男とも女とも、何度か浮気された。でも、そのたびに、言いくるめられてしまって、一度も僕は、怒ることができなかった。

祐輔とは、学校を卒業してからも二年間、付き合った。僕は卒業後、イタリアンレストランに見習いシェフとして就職したが、祐輔はアルバイトを転々として、落ち着かなかった。文也さんと尚子さんの店も、祐輔のアルバイト先の一つだった。働いていた期間はわずかだったけれど、バイセクシャル同士の二人の店にはマイノリティの客が集まるので、祐輔が辞めたあとも、僕らは客としてよく顔を出していた。

祐輔は実家の両親に、例の幼なじみの彼女と結婚して、跡を継ぐことを再三催促されていた。定職につかないのは、いつか実家に帰るつもりなんじゃないかと僕はいつも不安だった。でも祐輔が、

「バイセクシャルだって彼女だって僕のこと受け入れるわけないよ」

「僕ら、マイノリティはさ。同じ者同士肩を寄せ合って生きてくしかないよね。僕の指や、治樹の斜視でさえ、受け入れない奴らばっかりだよ。世の中は」

と、何度もそう言って聞かせるので、ずっと二人で一緒にいてくれるのだと僕は信じていた。いや、必死に信じようとしていた。

けれど、卒業してから二年経った頃、ついに実家に帰ると祐輔は言い出した。祐輔が東京にやってきた彼女にカミングアウトしたら、それでもいい、受け入れる、と言われたというのだ。

祐輔の浮気や、仕事が続かないいい加減さに腹が立つなど、気持ちのすれ違いが多くなって、どのみちその頃の僕らの仲は、冷めつつあった。だから、せめて、「もう治樹とはやっていけない」と、そう言って振ってくれたらよかったのに。

「普通の道を生きられる可能性があるならさ。やっぱりそちらに行きたいじゃないか。なんだかんだ強がっても、世間からはじかれて生きてくのは辛《つら》いよ。治樹ならわかるだろう?」

別れ際に、祐輔に言われた言葉がこれだった。

「自分で肩を寄せ合って生きて行こうって言っておいてなによ、それ！　まだ治樹のことも好きじゃないからって言ってくれたほうがマシよね？　許せない」

文也さんと尚子さんの店で酔い潰《つぶ》れた僕を迎えに来てくれた紗雪は、事情を聞いて吠《ほ》えまくった。元々、キツい口調の奴だけれど、このときは飲んでいたせいもあってか、いつもより更に激しく怒った。

この時から紗雪は、文也さんと尚子さんにかわいがられるようになった。しばらく毎晩、記憶が無くなるまで飲み続け、仕事をサボりまくって遂《つい》にイタリアンレストランをクビになった僕は、数か月後、従業員として二人に拾ってもらった。調理師免許を持っていたことが幸いした。

「なにしに来てるの？　こっちに」

できるだけ無愛想な口調で、僕は隣でコーヒーを啜る祐輔に訊ねた。

「昔の知り合いが、こっちで和食屋を開いたんだ。厨房《ちゅうぼう》の手が足りないらしくて、とりあえず落ち着くまでってことで、手伝いに来てる。向こうは、ずっと居て欲しいって言ってくれてて、返事はまだ保留にしてるんだけど、多分、残ることになると思うよ。長野にはもう帰らない」

祐輔がコーヒーカップを、ソーサーの上に置いた。人差し指と中指のない左手を、そっと添える。

「帰らないって？」

実家の日本料理屋は？　奥さんは？　そう聞こうと思ったところで、遮られた。

「治樹の知り合い？　あの男の人、こっち見てる」

祐輔が、駅の方向を指差した。ロータリーの出口にある交差点で、信号待ちをしている人たちの中に、確かにこちらを見ている背の高い男がいた。貴人だ。携帯を耳に当てながら、真っ直ぐに僕の方を見ている。

「ああ。友達」と、祐輔に説明しながら、隣の椅子に丸めて置いてあったジャケットのポケットから、携帯を取り出した。案の定、震えていた。画面には「貴人」と出ている。もうそこにいるのがわかっているのに出るのもなんだなと思っていたら、向こうもそう思ったのか、切れた。「着信アリ」の文字が画面に表示された。件数が「九件」と書かれている。驚いて確認すると、貴人から四件、紗雪から五件、この一時間ぐらいの間に、交互に鳴らされていた。

信号が青になった。大股《おおまた》で貴人がこちらに向かって歩いてくる。駅を出て、単に僕の顔を見かけたから電話をかけてきたわけではないらしい。なにか用でもあるのだろうか。近づいてくる貴人は、なんだか思いつめたような顔をしている。

「ごめん。ちょっと待ってて」

祐輔にそう言って席を立ちかけたときには、貴人はもう、僕のすぐ前に立っていた。

「治樹さん。紗雪ちゃん知らない？」

貴人は息を切らしていた。そしてかなりの至近距離なのに、やけに大きな声を出した。

「紗雪？　どうした？」

貴人の大きな声で、周りの客がこちらに注目したのを横目で見つつ、僕はちょっと引き気味に返事した。まさか、また酒を飲んでいるんじゃないだろうな。

「あ、紗雪ちゃん。一緒だったんだ。ちょうどいいや二人に話があるんだ」

僕の体越しに、祐輔の方に目をやって、貴人はそう言った。

「紗雪？」

「あ……紗雪ちゃん、じゃない。向こうから見たら、似てた」

「ああ」と、僕は顔だけ少し祐輔の方を振り返って頷《うなず》いた。髪型が似ているからだ。さっき僕も間違えた。祐輔は戸惑った表情を浮かべながら、僕と貴人の顔を交互に窺《うかが》っている。

「男の人？　治樹さん、やっぱり……。指。え？　この人って……」

祐輔を見ながら、貴人は小さく低い声で、ぶつぶつ呟《つぶや》いていた。僕はもう一度、「どうした？」と口を開きかけた、その瞬間だった。

「昔の恋人？　そうだよな？　何で会ってるんだよ！　どういうことだよ！」

耳を塞《ふさ》ぎたくなるような大声で、貴人が叫んだ。貴人のすぐ後ろのテーブルの女の人が、驚いてコーヒーカップをテーブルの上に落とした。背後でも、祐輔が驚いて体を震わせるのがわかった。

「なに言ってるの、おまえ。ちょっと落ち着けよ、おい。とりあえず外、出よう」

僕の声も震えていた。大声を出されたからなのか、どうして貴人が、祐輔を僕の昔の恋人だと知っているのかと怯《おび》えたからなのかわからない。店員の若い男が、「あの……」と言いながら、こちらに近づいてくる。「すみません。出ます」と、僕は早口で彼に向かって言って、貴人の腕を引っ張った。貴人は勢いよく僕の手を振り払ったが、店の出入り口までは大人しくついてきた。

落ち着け、と自分に言い聞かせながら、店の外に出た。仕切り直そうと、貴人の方に振り返った瞬間、視界が大きく揺れた。ニットの襟首を摑《つか》まれたのだ。

「あんた、同性愛者なんだな？　そうなんだな？　紗雪ちゃんはなんなんだよ！　なんで結婚なんてしたんだよ！」

顔と顔がぶつかりそうな距離で、怒鳴られた。一つ一つの言葉が、エコーがかかったように、耳と頭に強く響く。

どうしてだ。どうして貴人が知っている？

「答えろよ！」

また頭が割れそうな大声を出されて、思わず顔をしかめて目を瞑《つぶ》った。再び目を開けたとき、すぐそこにある貴人の顔の後ろに、目を泳がせている祐輔の姿が見えた。遠近感がおかしい。貴人の顔が近すぎて、祐輔やさっきの店員や、店の入り口の観葉植物や停められている自転車が、とてつもなく遠くにあるように見える。

「答えろって！」

次の瞬間、それらが消え、衝撃を受けた。

街灯のオレンジ色の光が、眩《まぶ》しくて目を閉じた。「治樹！」と叫ぶ声が聞こえた。悲鳴のような声もいくつか聞いた。

「治樹！」

祐輔が僕の顔を覗《のぞ》き込んでいた。その角度が妙で、ようやく自分が地面に倒れて上を向いているのだということを理解した。口の中に鉄の味が広がった。それでやっと、どうやら殴られたのだということに気がついた。

「治樹、立てる？　早く！　行こう！」

祐輔が僕の体を後ろから抱き起こして、腕を引っ張った。貴人が、さっきの若い店員に後ろから羽交い締めにされていた。僕に向かって、何か叫んでいるようだったが、よく聞こえなかった。

「早く！　治樹！」

祐輔がなおも僕の腕を引っ張る。僕はされるがままに立ちあがった。「走れる？」と言って、返事も聞かずに僕の手を取って、街灯が並ぶ歩道を祐輔が走り出す。走っているという自覚はなかったが、祐輔の背中がいつまでも同じ大きさで見えていたので、僕もどうやら走っていたらしい。

祐輔が拾ったタクシーに乗せられて、連れて来られたのはマンションの一室だった。

「ウィークリーマンション。一週間単位で泊まるなら、ホテルより安くつくんだ。適当に座ってよ」

祐輔が、ふうっと息を吐きながら、一人掛けのソファに腰を下ろした。ワンルームの部屋に、ソファ以外にもベッド、冷蔵庫、テレビ、テーブルが設置されている。

「口の中、洗いたい。洗面所どこ？」

「ああ、そうだよね。その、後ろの扉の向こう」

何度漱《すす》いでも、吐き出す水から赤い色は消えなかった。水の冷たさが、口内に激しくしみる。

「なんだったの？　一体。さっきの男の子、治樹の恋人？」

なんとか出血が収まったところで、部屋に戻った。途端に、祐輔が話しかける。タクシーの中でも聞かれたが、頭が全く回転していなかったので、無視していた。

「違う。ただの友達」

短く返事して、ベッドの端に腰を下ろした。

「そうだよね。恋人だったら、彼が叫んでたこと、おかしいもんね」

あんた、同性愛者なんだな？　貴人は確かにそう言った。どうして、貴人が知っているんだろう。そして、どうして僕は殴られないといけなかったのか。ああ、そうか。紗雪を騙《だま》して、偽装結婚したと思ったのか。あいつは昔から、紗雪のことを慕っている。紗雪からも、何度も電話がかかっていた。メールも返さなかったし、今頃かなり動揺しているかもしれない。

もうとっくに店の開店時間を過ぎている。バイトのミキちゃんも困っているだろう。文也さんと尚子さんに連絡が行って、後からめちゃくちゃ怒られるんだろうな。ましてや、祐輔と会っていたなんてばれたら、尚更《なおさら》――。

「さっき、長野には帰らないって言ってたよな？　実家の店は？　奥さんは？」

祐輔がじっとこっちを見ていることに気がついて、説明を求められる前に、先手を打ってこちらから質問した。

「ああ」と、祐輔はかったるそうに返事した。

「離婚すると思う。まだ話し合い中だけど。両親は、今や僕より奥さんの方がかわいいからさ。そのうち、養子縁組でもして、奥さんに店は継がせるんじゃないかな」

「離婚？　どうして？　浮気でもしたのかよ」

精一杯の嫌味を込めて言ってやった。貴人から逃がしてくれたのは感謝するけれど、それはそれ、これはこれだ。これ以上つけ込まれてはいけない。

「してないとは言わないけど。それだけが原因じゃないよ。やっぱりさ。無理なんだよ。受け入れるって言ってくれて、奥さんも努力はしてくれたけど。やっぱりマイノリティじゃない人間には、僕らのことはわからないよ。上手《うま》くやっていけるかも、と思っちゃった僕がバカだったよ。ずーっと、ギスギスした結婚生活だった。せめて、もう解放してあげるのが、僕からの精一杯のお詫《わ》びかな」

「それで、なに？　離婚するから、俺とヨリを戻そうと思って、会いに来たの？」

口を動かすと、顎《あご》の辺りに痛みが走る。今まで人に殴られたことなんてないから比べようもないけれど、相当の力だったんじゃないだろうか。貴人のやつ。

「そこまで図々《ずうずう》しくないよ。ただ、今どうしてるのかなって気になっただけ。昔よりマイノリティもカミングアウトしやすくなったとはいえ、実際僕らにはまだまだ生き辛《づら》い社会なのは変わりないからさ。治樹には、酷いこといっぱいしたから、僕にそんなこと言う権利なんてないかもしれないけど、辛い思いしてないか、気になって……」

それまでソファにだらしなくもたれていた祐輔が、急に体を前倒しにした。僕の顔をじっと見る。

「やっぱり、幸せになっていて欲しいじゃないか。好きだった人には」

痛みを一瞬忘れて、胸が締め付けられたような感覚に襲われた僕は、本当にどうしようもなくバカだと思う。

「口、痛い？　大丈夫？」

ソファから立ち上がろうとする祐輔を、「大丈夫」と冷たく言い捨てて、制した。面食らった顔をして、祐輔は浮かしかけていた腰をゆっくり元に戻した。

「俺、結婚したんだ」

はっきりと発音するために、口を大きく開けたせいか、また顎が痛んだ。僕の言葉に、祐輔は短く「え？」と声を上げた。

「ちゃんと籍も入れた結婚なの？」

しばらくの間のあと、そう訊ねられた。口を開けると痛むので、黙って首を縦に振って返事した。

「ってことは、女の子とも、できるようになったの？」

今度は、首を縦に振ることも横に振ることもしなかった。祐輔はそれを否定と受け取ったようで、「そうだよね。治樹はゲイだもんね」と、呟《つぶや》いた。

「でも、相手はちゃんとそれを知ってるから。騙してもないし、偽装でもない」

「もしかして、例の幼なじみの子？　サユキちゃんだっけ。そういえばさっきの男、サユキちゃんがどうのって、怒鳴ってたね」

祐輔と紗雪は文也さんの店で、すれ違う程度だけれど会ったことがある。そのとき、僕はお互いを紹介した。

「でもあの子、治樹のこと好きだよね。セックスなしで辛くないのかな」

「好きって言ったって、恋愛感情なわけじゃないから……」

紗雪の事情に関して祐輔に話すのは憚《はばか》られて、僕は語尾を曖昧《あいまい》にした。

「そんなことないよ。恋愛感情だと思うよ」

妙に自信ありげな顔で、祐輔は言った。

「文也さんの店で会ったとき、すぐわかったよ。僕は治樹のことが好きだったから、この子もそうなんだなって」

意味がわからなくて、僕は黙ってしまった。そこに祐輔がまた、口を開く。

「治樹が僕の顔を見るのを、彼女見てたよ。それで、なんて言うか、すごく哀しそうな顔した。僕が自分で言うのもおかしな感じだけど、治樹が僕のこと好きだってのを、わかったんじゃないかな。わかるよね？　そういうのって。自分の好きな人のことを、好きな人と、自分が好きな人が、好きな人」

自分の好きな人のことを、好きな人。自分が好きな人が、好きな人。頭がこんがらがりそうになる。後者は確かにわかる気がする。中学のとき好きだった橋本や、高校のときに好きだった、クラスメイトの男の子。彼らがどの女の子が好きなのか、哀しいことに僕にはすぐにわかった。

一瞬、思考回路が停止した。

——治樹は、橋本君のことが好きなんじゃないの？

中学生のときに、紗雪に言われた言葉がよみがえった。そのあと、何度どうしてわかったのか聞いても、なんとなく、わかっちゃったと紗雪はいつも答えた。

僕のことが恋愛感情として好きだったから？　だから、わかったのか？　いや、でも、もしそうだとしても、そのときだけだろう。僕が同性愛者と知った後も、変わらず僕のことが好きだなんて、あるわけがない。でも、祐輔と紗雪が会ったのは、大人になってからだ。

「うまくいってるの？　奥さんとは」

祐輔の言葉で、我に返った。紗雪とは、うまくいってるとは言い難い。最近、紗雪の様子がおかしかった。なにかから僕を見張っているみたいだった。そう、なにかから——。

「祐輔。おまえ、今回帰って来て、紗雪に会った？　文也さんの店、行ったんだよな」

「え？　会ってないと思うけど。ロングヘアの金髪で、派手な子だったよね」

今の紗雪は、ショートカットで赤茶色の髪をしている。会っていたとしても、祐輔が気づいていないだけかもしれない。

紗雪の方が気づいていたら――。説明がつく。ここのところの、紗雪のおかしな行動の全てが。あれは、祐輔と僕が会わないように見張っていたのか？

「でも、さっきの男、僕を見てサユキちゃんって言ってたね。なんか、わけわからなくなってきた」

僕の方こそ、わけがわからない。紗雪が僕に恋愛感情を持っている？　いつから？　もしかして、アセクシャルというのは――。

「治樹、聞いてる？　なに考え込んでるの？　やっぱりサユキちゃんとはうまくいってないの？」

祐輔の顔が、目の前にあった。いつの間にかソファを降りて、ベッドに座る僕と向かい合う状態で、床に立て膝《ひざ》をついていた。

「受け入れるって口で言うのは簡単だけど、難しいみたいだよね。やっぱり、同じマイノリティ同士じゃないと」

紗雪がアセクシャルなら、僕たちはマイノリティ同士のはずだ。そう思ったから、結婚した。でも、もしかして、僕と結婚するための紗雪の嘘だったとしたら――。

わからない。なにが本当で、なにが嘘なんだ。誰と誰が同志で、誰と誰が——。

「痛そう、口。可哀想に、治樹」

祐輔がそう囁《ささや》いた。

可哀想に、治樹。

僕が、可哀想？　どうして——。

可哀想って思われるのは嫌だ。いつか誰かと、そんなことを話したような気がする。

ちくりとした感触が走った。口の傷が痛んだのだ。

祐輔が、僕の唇に自分の唇を押しあてていた。そして「痛い？」と優しげな声で聞きながら、舌で僕の唇をこじ開けてきた。


祐輔のマンションを出て駅に戻ったときには、飲み屋以外の店はもうほとんど閉まっている時間だった。さっき貴人に殴られたコーヒーショップも暗くなっていた。店の前にあった観葉植物は、ガラス張りの扉の内側に押しやられていた。さっき置いてあった自転車は、誰かが乗って帰ったのか、もうそこにはなかった。

ジャケットのポケットの中から、携帯を取り出した。「着信アリ　二十件」と画面に表示されていた。二十件が最大表示件数だから、実はもっとあったのかもしれない。貴人と紗雪以外に、文也さん尚子さんミキちゃん、それから実家の母親からまでもかけられている。店をサボってしまったのだから、三人は当然だ。母親には、きっと心配した紗雪が連絡したのだろう。

　手に持って画面を眺めている最中に、また新たに着信が入った。尚子さんからだ。

「……もしもし」

「なにやってるのよ！　どこにいるの？　何回電話したと思ってるの！　子供じゃないんだから、店までサボって、まったく！」

　予想はしていたし、百パーセント自分が悪いとはいえ、こうもいきなり怒鳴り付けられたら、さすがに少し落ち込んだ。

「すいません。店の近くまで戻ってきました。今、駅前です」

「ああ、そう。じゃあたっぷり言い訳聞いてあげるから、早く店まで来なさいよ。大変だったのよ、こっちは。次から次へとわけがわからなくて、もう」

「尚子さんだけですか？　他に誰かいます？」

「私だけよ。さっきまでみんないたけど、帰した」

　誰がいたのか気になったけれど、とりあえず店まで急いだ。

「閉店」の札が、扉にかかっていた。尚子さんは客用のカウンター席に座りタバコを吸っていたが、僕が扉を開けたのを見て、「ここ。座りなさいよ」と言って、席を立ち、カウンターの奥に回り込んだ。普段、僕がお酒を作ったり、料理をしたりしている場所だ。

　もうこうなったら、子供のように叱られるしかない。尚子さんが譲ってくれた席に、大人しく僕は腰をかけた。

「どうしたの？　その顔」

カウンターを挟んで向かい合った途端、尚子さんが驚いた声を出す。

「ああ、ちょっと」

「ちょっとって言う腫《は》れ方じゃないわよ。もしかして、貴人君に殴られた？」

「貴人、ここに来ました？」

「来たわよ。ものすごーく興奮して、なに言ってるんだか、よくわからない状態でね。紗雪にも色々詰め寄ってた。でも紗雪自身も動揺しておかしくなってるし……。あのきれいだけど、ちょっと地味な感じの子、朋美ちゃんだっけ？　彼女が止めてくれなかったら、大変だったわよ、本当に」

尚子さんは一気に喋《しゃべ》って、そこで一度息を吐いた。朋美まで来ていたのは、意外だった。

「まぁ、いいわ。ややこしいから順を追って話す。なにか飲む？　私も軽く飲みたいし」

尚子さんはグラスを二つ、後ろの棚から取り出した。

「でも俺ケガしてるから、アルコール大丈夫かな」

「かえって消毒になるんじゃない？　軽いもののほうがいいかしらね」

カシスオレンジが二つ、カウンターに並べられた。こんな状況で乾杯もなんだよなぁと思いながらも、一応二人でグラスを合わせた。

一口飲んでから、尚子さんは説明をしてくれた。

出勤してきたミキちゃんが、僕が店にいないと電話をかけてきた。尚子さんが駆け付ける間に、先に紗雪がやって来ていた。紗雪がかなり動揺した状態だったので、店を臨時休業にしてとりあえずミキちゃんを帰した。そこに貴人と朋美が、順番に現れた。

「紗雪は泣くわ、貴人君は怒鳴るわで、もう大変。唯一冷静だったのが朋美ちゃん。怒鳴る貴人君を止めてもくれたし」

「朋美ちゃんが？　意外だな」

自分が原因で起こっている出来事だということは棚に上げて、僕は素直に感想を言った。この間貴人がここで怒鳴ったときは、朋美はすっかり動揺してしまって、僕が家に連れて帰ったぐらいなのに。

「大人しい子だと思ったから、私も意外だった。逆に、紗雪の動揺ぶりも。……ところで、あんた、貴人君にカミングアウトしてなかったのね。ちょっとびっくりしたわ。朋美ちゃんの方は、紗雪の友達でここ数年で仲よくなったんだろうからともかく、貴人君って中学から一緒なんでしょう？」

尚子さんがタバコをくわえた。ライターが見当たらないのか、ポケットの中をいつまでも探っているので僕が火をつけてあげた。ついでに僕も一本くわえる。

「そうだけど……。でも貴人は、なんの問題もなく、真っ直ぐ生きてきたやつなんですよ。あいつの世界には、同性愛とか、そういう概念自体がないと思うんです。だからきっと、生理的に受け付けないだろうと思って、言ってないんです。俺はあいつをそういう対象に見たことはないけど、向こうには嫌な思いさせちゃうだろうから」

同性愛は、異性の方が受け入れてくれやすい。自分には関係がないからだと思う。

「ふーん。なんかそれって、彼に優しくしてるようで、実はすごく冷たい考え方よね」

尚子さんはそう言って、煙をゆっくり吐いた。どういう意味ですか？　という意味を込めて、僕は尚子さんの顔を覗《のぞ》き込んだ。

「だって、それってあんたの勝手な想像でしょ？　もしかして、あっさり受け入れてくれたかもしれないし、簡単には無理でも、あんたのために一生懸命受け入れようとしてくれたかもしれないじゃない」

「その可能性は考えたことありますよ。あいつ、いいやつだし、差別なんてダメだって思って、必死に俺に気を遣ってくれるんじゃないかって。でも、そんな苦労させるの、悪いじゃないですか」

「あんたのために彼が苦労するかどうかを決めるのは、彼次第じゃないの？　大事な人のために、少しぐらい、いや、結構な苦労だって厭《いと》わないことなんて、よくあるじゃない。勝手に気を遣われて、三人で仲良しって思ってたのに、実は自分だけずっと知らなかったことがある方が、疎外感感じて嫌なんじゃない？　だからって怒鳴ったり殴ったりは感心しないけどさ。でも、あんたたちの結婚も両方の友達として祝ってくれた子なのに、今まですっと隠してたのは失礼だったんじゃない？　私はそう思ったわよ」

返す言葉がなくなって、まだかなり残っているタバコを、灰皿に押しつけて消した。沈黙が気まずくて、間を持たせたかった。

「で？　あんたの方は、どこ行ってたのよ？　昔の恋人って、祐輔のことよね？」

カシスオレンジを飲むついでに、僕は頷《うなず》いた。

「会っちゃったかぁ。せっかく私たちが追い払ったのになぁ。で、なに？　予想を裏切らず、寝たの？　あいつ離婚するんだってね。あんたとヨリ戻したいとか言いだした？」

その質問は、こちらからも別の質問をすることで無視した。

「尚子さん、あの……。紗雪は知ってたんですか？　祐輔が来てること」

「うん。最初に来た日に、うちの店の前ですれ違っちゃったのよね」

「祐輔が、紗雪が俺のこと好きだって言うんですけど。幼なじみとか、お互いの事情を理解したうえでの結婚相手としてじゃなくて、その、本当の意味の、恋愛相手として好きだって。……尚子さん知ってます？」

「さぁねー」と、わざとらしく節をつけて言い、尚子さんはタバコの火を消した。

「本当の意味の、ってなに？　恋愛感情だと本当で、それ以外は本当じゃないの？　じゃあ私と文也も本当じゃないのかもね。子供欲しいからセックスはするけど、お互い同性の恋人が別にいたりするし」

「茶化さないでくださいよ」と、僕はちょっと口調を強めた。

「もし、それが本当なら、紗雪のために僕らは今後も一緒にいちゃダメなんですよ。俺は、紗雪のことは好きだけど、恋愛感情で好きになることはできないから。そんな相手と一緒にいても、紗雪が不幸になるだけでしょう」

僕の言葉に、尚子さんは溜め息《たいき》をついた。

「さっきの貴人君の話と一緒ね。紗雪はわかってて結婚したんじゃないの？　不幸になると思ったら、結婚なんてするわけないでしょ。紗雪の気持ちに気がついたなら、お互いの思いにどれだけ寄り添えるかって努力するのが夫婦じゃないの？　自分のして欲しい愛され方じゃなかったからって、いきなり紗雪を捨てるわけ？　さっきから聞いてると、治樹って随分、自分本位の人だったのね。がっかりだわ」

また僕は返す言葉がなくなった。覚悟した以上に、子供のように叱られっぱなしだ。

「私たちマイノリティの、悪いクセね。受け入れられないってのが、大前提にあるから、受け入れて欲しいって思い過ぎて、相手のして欲しいことに目を向けるのを怠っちゃうのよね」

相手のして欲しいこと——。

紗雪のして欲しいこと。紗雪が僕にして欲しいと思うこと。

僕がそのまま受け入れてくれて嬉《うれ》しかったように、紗雪が僕にされたら嬉しいと思うこと——。なんだろう。

玄関を開けたら、いきなり罵《ののし》られるんじゃないかと覚悟していた。さっきの尚子さんのように、問い詰められ、怒鳴りつけられても仕方ない。そして、僕は本当になにを言われようと、なにをされようと、弁解のしようもない。

結婚するときに、紗雪は僕に、「治樹が誰といくら寝ても私は構わないから」と言った。そんなことしないよ、と僕は笑い飛ばしたけれど、紗雪は真剣な顔をして、「だって私とはできないわけだし」と言った。「でも、そんなことはしないよ」と、もう一回僕が言うと、「してもいいのよ。でも、じゃあ一つだけわがまま言っていい？」と、紗雪は言った。「気持ちが動いてしまう人とは、寝ないで欲しい。昔の恋人や、昔好きだった人や、これから好きになってしまいそうな人とは」

「わかった」と、僕は返事をした。なのにたった三か月で、あっさりと約束を破ってしまった。

それなのに、玄関で僕を迎えた紗雪は、問い詰めることも、怒鳴ることも、罵ることもしなかった。

「よかった。帰ってきて」

気が抜けたような声で言って、僕の顔を見た。そして次の瞬間、「どうしたの？」と叫んだ。

「ああ、これ。ちょっとね。なんでもないよ。大丈夫」

怒らない紗雪の態度に戸惑いつつ、僕は靴を脱ぎながら返事した。

「なんでもないってことないわよ。大丈夫？　病院には行ったの？　薬は？　救急箱に消毒薬があるから。待ってて！」

紗雪は廊下を走ってリビングに向かった。

紗雪が小さな背中を丸めて、床に置いた救急箱を漁《あさ》るのを、僕はリビングのハート形のラグの上に座って、ぼんやりと見ていた。病院や薬なんて、考えもしなかった。祐輔も僕の手を取って走って、タクシーに乗せてくれたけれど、そこまで気遣うことはなかった。

「あ、あった。これ。ちょっとしみるかもしれないけど」

消毒薬を染み込ませた脱脂綿を手に持って、紗雪が僕の方を振り返った。

「触ってもいい？　痛かったらごめんね」

おそるおそる手を近づけて、紗雪はそっと脱脂綿で僕の口許《くちもと》の傷を、優しく撫《な》でるように触った。さっき同じ場所に、祐輔が唇を押しつけてきたときのことを思い出す。

気がついたら、紗雪の腕を摑《つか》んでいた。

「ごめん。痛かった？」

紗雪が驚いて、僕の顔を覗く。紗雪の顔が、目の前にあった。

「ううん。痛かったんじゃなくて……」

そっと唇を、紗雪の唇に当てた。しばらくしてゆっくりと離すと、紗雪はさっきより更に驚いた顔をして、僕を見た。ねだられてもいないのに、僕の方からキスをしたのは多分初めてだ。

「あ、ごめん。消毒薬……。血も出てるかも。変な味した？」

紗雪は、大げさに首を左右に何度も振った。

それを見て、僕はもう一度、唇を当てた。腕を摑んでいない方の手で、紗雪の肩を抱いた。

紗雪が、僕にして欲しいと思うこと。できるだろうか、僕に。できたとしても、それで僕と紗雪は、果たして今後上手《うま》くやっていけるのだろうか。祐輔は、元々女の子とも寝られるけど、それでも、奥さんとはうまくいかなかったと言っていた。

でも、祐輔と僕は違うし、祐輔の奥さんと紗雪は違う。「妻の様子がおかしい」と悩んでいる夫が三百万人いたって、僕と紗雪の状況と、ぴったり同じ人なんているわけない。育児ノイローゼだろうと、妻の浮気疑惑だろうと、同じ問題のように見えて、実はそれぞれ違うに決まっている。

大丈夫。きっとうまくいく。紗雪が僕にして欲しいことを、僕がきちんとしてあげられたら――。

戸惑っているのか、固くつぐんでいた紗雪の唇を、僕は自分の唇でそっとこじ開けた。ゆっくりと、舌を入れてみる。紗雪の舌と、僕の舌とが、ぶつかった。

僕の腕の中で強張《こわば》っていた紗雪の体から、すっと力が抜けていくのがわかった。

♧

エアコンの室外機の音がうるさくて、目が覚めた。今晩だけで、もう三回目だ。隣の部屋の住人が点《つ》けっぱなしで寝ているのだろう。俺は寝るときには消すようにしている。ベッドから這《は》い出て、台所に向かった。冷蔵庫を開けて、富士山の天然水のペットボトルを取り出す。冷蔵庫からの明かりを利用して、壁時計を見た。午前四時を少し過ぎたところだった。二回目に目が覚めたときは、三時少し前だった。まだあれから一時間程度しか経っていない。何だってこんなに眠れないのだろう。もう三日も、こんな夜が続いている。

床に腰を下ろして、冷蔵庫のドアに背中をもたれかけさせた。ひんやりとした感触が、フリース素材のパジャマを伝って、段々と背中全体に広がっていく。ペットボトルの蓋《ふた》を開けて、ほんの少しだけ天然水を口に含ませた。これが最後の一本だ。うっかりしていて、しばらく注文していなかった。昨日慌ててインターネットで発注をかけたけれど、年末なので通常より届くのに時間がかかると、後から来た確認メールで言われた。最悪だ。いつもだって一週間はかかるのに。

ペットボトルを置こうとしたら、軽く床に右手をぶつけてしまった。ほんの少し触れただけなのに、手の甲の皮膚から始まって最後は骨に、沁《し》みるような痛みが走った。三日前の夜に治樹を殴って以来、こんな風にちょっとした刺激で俺の右手は痛んでしまう。人を殴ったのは初めてだった。殴った方でさえ、こんなにも痛むものだとは知らなかった。じゃあ一体、殴られた方はどれぐらい痛むというのか。

大きく息を吐いて、頭を激しく左右に振った。三日前の出来事を振り払いたかった。考え始めると止まらなくなり、最後には発狂しそうになる。それで眠れない夜が続いているのだ。

室外機の音が、さっきよりも強くなった。「うるさい」と声を上げそうになったのを必死に抑えたら、代わりに手が動いた。ペットボトルが、床に転がる。蓋がきちんと閉まっていなかったらしく、天然水が、とくとくと静かな音を立てて流れ出した。拾い上げる気力はなかった。溜《た》め息《いき》を吐きながら、ただただ水が流れていく様子を、俺はじっと見つめていた。

結局、朝まで眠れなかった。途中からは諦《あきら》めて、本を読んでいた。朝ごはんを食べながら、会社を休んで「ヒーリングルーム　タテカワ」に行こうかとも考えたが、結局いつも通りの電車に乗った。昨日の朝礼で課長が、「風邪が流行《はや》っているから、気をひきしめるように」と苦い顔をして言っていたのを思い出したのだ。

年末にかけて忙しくなるかと思ったのに、ここ数日、一日の仕事量はいつもより少ない。定時に上がれてしまうぐらいだ。どこも年の瀬で忙しく、外回りの営業に行っても取り合ってもらえないから、会社に籠《こ》もっている。今日も顧客名簿の整理や書類の片付けをすることで、一日ゆるゆる過ごすことになりそうだ。普段なら嬉《うれ》しいはずの状況だが、今の俺にはかえって迷惑だった。忙しく働いていないと、またあの日のことを考えてしまう。

帰りの電車に揺られながら、朋美に電話をしてみようかと考えた。この分だと、クリスマスイブも早く上がれそうだ。人気のレストランなんかは、もう予約でいっぱいかもしれないが、会って夕食を一緒に食べることぐらいできるだろう。

でも、もうそんなことを朋美は望んじゃいないだろうか。仕事が忙しいだろうからクリスマスは会えないと言ったら、朋美は残念がっていたけれど、それはあの日よりも前のことだ。代わりにデートした日にあんなことになってしまって、以来メールも電話もしていない。向こうからも、何の音沙汰《おとさた》もない。あの日、治樹の店を出て、「家まで送るよ」と言ったら、「大丈夫。一人で帰れるから」と素っ気なく返された。それが、朋美との最後の会話である。

車内アナウンスが、次の駅名を告げた。治樹の店のある駅だ。店は、開いているのだろうか。連絡をしていないのは、朋美だけじゃない。紗雪とも治樹とも、一切コンタクトを取っていない。「落ち着いたら、こっちから連絡させるから」と、治樹の上司の尚子さんに言われたから、それに従って待っている。でもそれは、都合のいい言い訳だ。俺は逃げているだけだ。あの二人とトラブルになったことなんて今までになかったから、どう解決したらいいのかわからないのだ。第一、あの二人に対して今自分が何を思っているのかさえも、わからなくなってしまっている。


偽装結婚という言葉を聞いて、紗雪の職場で待ち伏せて、問い詰めたとき。

「治樹さんと紗雪ちゃんはさ、ちゃんと愛し合って結婚したんだよね？」

そう聞いた俺に、紗雪は「当たり前でしょ」と、いつもと変わらない口調で言った。でもその直後、そっと唇を噛《か》んだ。本人は気がついていないだろうが、俺は知っている。あれは、触れて欲しくないことを言われたときの、紗雪のクセだ。子供の頃、マンションの階段で初めて会ったときにも、「こんなところで、何してるの？」という問いに対して、紗雪は唇を噛んでいた。なぜ触れて欲しくないのだろう、なにを隠しているのだろう。そう疑問に思っていたけれど——。

朋美とデートをしていた展望台で、治樹の友達が男同士でデートしていたのを見たとき、その理由がわかって、体に電流が走ったようになった。治樹は同性愛者で、紗雪との結婚は偽装だったということに気がついたら、それまで腑《ふ》に落ちなかったいくつかのことが、すべてすっきりと収まった。仲はいいけれど恋人ではなかったはずの二人が、急に結婚すると言い出したこと。結婚パーティーで二人の姿を見たとき、本当にお似合いなのに、それまで見てきた新郎新婦とはなにかが違う印象を受けたこと。

紗雪だって、もう三十歳だ。それまで付き合っていた男とは、あまり長く続いたこともないみたいだったし、きっと将来に対して不安を感じることもあっただろう。それで、勢いで治樹と結婚した。けれど数か月経って、その結婚が普通ではないことに気が付き始めた。治樹が同性愛者なのではないかと、疑問を抱いた。だから、「ちゃんと愛し合って結婚したんだよね？」という問いに、唇を噛んだのだ。

そう気が付いた次の瞬間、治樹に対して激しい怒りが込み上げてきた。それから後のことはあまり覚えていない。気が付いたら、走り出していた。駅前のカフェに、治樹の姿を見つけた。治樹は昔の恋人と一緒だった。それに気付いて、更に激しい怒りがわき上がった。

そのあとは記憶が途切れ途切れになっている。地面に倒れた治樹が、鋭い目つきで俺の方を見ていたのが次の記憶だ。後ろから誰かに羽交い締めにされて、右手に血が付いていたことで、自分が治樹を殴ったらしいということが、わかった。でもそのあと、どうやってその場から自分や治樹が去ったのかは、また記憶がない。

気が付いたら、俺はまた走っていた。やがてコートのポケットで、携帯が震えていることに気付いた。画面に紗雪という文字が表示されているのを見て、慌てて電話を取った。

「もしもし、貴人？　治樹知らない？　治樹がいないの」

早く紗雪のところに行ってあげないと。治樹が今、誰といるのか。治樹が紗雪に、どれだけ酷《ひど》いことをしているのか、俺が紗雪に話して聞かせてあげなければいけない。俺が紗雪を助けてあげなければいけない。

治樹の店で、オーナーの奥さんの尚子さんになだめられていた紗雪に、俺は全てを伝えた。治樹が昔の恋人と一緒だったこと。あの恋人は、一見女に見えるけれど、男であること。治樹は同性愛者であること。紗雪は騙《だま》されて、偽装結婚されたこと。

けれど、俺の話を聞いた二人の反応は、全くの予想外のものだった。紗雪は、虚《うつ》ろな目を涙で滲《にじ》ませて黙っていた。尚子さんは驚いた顔をしたが、それは俺の話に驚いたのではなかった。彼女は俺の顔を見つめて、「貴人君、知らなかったの？　治樹のこと」と、言ったのだ。

はじめその言葉の意味が、よくわからなかった。だから、しばらく俺は黙っていた。やがて紗雪が涙目で、俺と尚子さんを交互に見ながら言った。

「貴人、私は知ってたの。知ってて結婚したの。だけど、あの彼とは会わせたくなかった。治樹が、唯一付き合った人だから……」

語尾を曖昧《あいまい》にして、紗雪は俯《うつむ》いた。俺は紗雪が口にした言葉を、頭の中でゆっくりと繰り返してみた。私は知ってたの。知ってて結婚したの。

そんなわけないじゃないか。どうして、知っていて、同性愛者と結婚なんかするんだ。そんなのおかしいじゃないか。意味がわからない。納得がいかない。

「やめてよ。大声出すの」

紗雪が消え入りそうな声でそう言って、頭を抱えた。それで俺は、自分が今考えたことを、全部口に出していたことを、それもかなり大きな声で叫んでいたことに気がついた。

「納得いかないって言われたって……」

顔を上げた紗雪が、途中で言葉を止めた。視線が俺の顔を通り越して、更に後ろを見ていた。

「朋美ちゃん、だっけ」

尚子さんが、戸惑い気味の声を出した。反射的に俺は後ろを振り返ったが、入り口に立っている朋美の姿を見て、すぐにまた前に向き直った。

「紗雪から電話もらって……。すごく動揺してたみたいだったから、心配になって」

背後から、朋美の声と足音が近付いてきた。自分の体が、段々と固まっていくのがわかった。デートの途中で朋美を置いてきてしまったことは、すっかり忘れていた。いや、違う。本当は頭のどこかで、朋美のことは気にしていた。でも、それに気がつかないふりをしていた。紗雪を助けに行くことのほうが先だと言い聞かせていた。

「貴人君も、やっぱり来てたのね。紗雪のところに行かなきゃって、言ってたものね」

そんな俺を咎《とが》めるかのように、朋美はやけに冷静な口調でそう言って、俺の隣に体を落ち着けた。

「一緒に居たの？」

紗雪が力なく、朋美に訊ねた。朋美が無言で頷《うなず》いたのが、隣からの気配でわかった。俺はそっと、朋美の横顔を窺《うかが》ってみた。けれど、その表情から感情は読み取れなかった。ただじっと、朋美は真顔で紗雪の顔を見ていた。

「聞こえちゃったんだけど、色々。治樹さんが同性愛者だとか、偽装結婚だとか……。どういうこと？」

やっぱり冷静な口調で、朋美が言った。紗雪は黙っていた。

「なんとなく、話はわかったけどね。貴人君が、さっき叫んでたこととも辻褄《つじつま》が合うし、大体の納得はいったけど。でも、もう一回ちゃんと説明……」

「納得いったって、なにが」

俺は朋美の言葉を遮った。紗雪が一瞬肩を震わせた。

「全然、納得がいかない。意味がわからない。同性愛者、なんだぞ？　なんで結婚なんてするんだよ。大体、紗雪ちゃんも知ってたって、だったらなんで……」

一度喋《しゃべ》り出したら止まらなくなった。すべてに腹が立った。わけのわからないことを言う紗雪にも、酷く落ち着いている朋美にも。

「おかしいじゃないか。そんなの普通じゃない。だって……」

段々と早口に、大声になっていることには気が付いていた。でも止まらなかった。

「大声、出さないで！　紗雪、怖がってるでしょ？」

朋美が突然声を張り上げた。俺も紗雪も、俺が喋るのを止めかけていた尚子さんも、一瞬で固まった。そうさせるのに十分なほど、朋美の声には凄《すご》みがあった。

「そんな大声出されたら、誰だって怖いわよ。話の内容なんかそっちのけで、萎縮《いしゅく》しちゃうわよ。やめてよ」

朋美が俺の顔をじっと見つめていた。少しも怯《ひる》むことなく、真っ直ぐに俺を見据えていた。初めて見る顔だった。きつく俺を咎めているようにも、蔑《さげす》んでいるようにも見える、強い目だった。いつも必要以上に俺の顔色を窺うようにしていたあの朋美が。信じられなかった。

「大丈夫？　紗雪」

やがて俺から視線を逸《そ》らして、朋美は紗雪の方に体を傾けた。紗雪は俺を見上げていた。その顔は朋美とは対照的だった。目は泳いでいたし、唇は震えていた。これも初めて見る顔だった。いつも淡々とした、きついともいえる口調と表情で俺に接していた紗雪なのに。完全に俺に怯《おび》えていた。

背筋に冷たい感触が走った。治樹と目が合ったときのことを思い出した。俺に殴られて地面に横たわっていた治樹の目だ。自分を殴った相手を好意的に見るわけもないから、当たり前なのだけれど、それにしても治樹のあのときの目つきは鋭かった。怖くなって、俺は急いで視線を逸らしたのだ。目が怖かっただけではない。いつも穏やかに笑っている優しい治樹に、自分はそんな鋭い目つきをさせてしまったのだという事実が怖かった。

朋美がまた俺を見ているのが、気配でわかった。背筋が更に寒くなる。さっきと同じ目をしていたら、どうしよう。そう思ったら、朋美の方に顔を向けることができなかった。

朋美も紗雪も治樹も、今までに見せたことのない目を、俺に向けてくる。止めてくれ。そんな目で俺を見ないでくれ。

「偽装結婚、じゃない。治樹は私を騙したわけじゃない。私は、治樹が同性愛者であることをずっと昔から知ってた」

紗雪が朋美に向かって喋っていた。

「どうして？　どうして同性愛者なのに、結婚しようと思ったの？」

朋美が訊ねていた。

「どうしてって……。治樹のことが好きだから。同性愛者でも、私は治樹が好きだから。結婚したかったから」

二人の会話を、俺は上の空で聞いていた。考えていたことは、俺は嫌われてしまったのかということだった。紗雪に、治樹に。そして朋美にも。子供の頃から、ずっと離れずに付き合っていた紗雪と治樹。俺のことが好きだと、全身で言動でいつも語っていた朋美。みんな二度と、俺のことを優しく受け入れてくれるつもりはないのだろうか。みんな、今後ずっとあの目で俺を見るのだろうか。

怖かった。紗雪が目の前で、小さな体を丸めて震えて泣いていたけれど。その紗雪よりもずっとずっと体の大きな俺だけれど。そのときも必死に足に力を入れて背筋に力を入れて立っていたけれど。

でもそのときの俺は、自分がずっと守りたいと思っていた紗雪よりも、ずっとずっと小さて弱い生き物になった気がしていた。

「あの、一回降りてもらえませんか？」

後ろから、苛立《いらだ》った女の声がした。それで我に返った。駅で電車が停車している。扉の前に立っている俺が邪魔で降りられないらしく、斜め後ろに立っているＯＬ風の女が、攻撃的な目線を俺に送っている。

「すみません」と呟《つぶや》きながら、一度ホームに降りた。俺の脇を抜けていくとき、一瞬また女が俺を強く睨《にら》んだ。睨まれたのに、俺はその女の顔を見て少しホッとした。そして、電車を降りたら朋美に電話をかけてみようと決心した。

あのときの朋美の目は、きつくはあったが、今の女ほど攻撃的ではなかった。咎められはしたけれど、それはきっと、親しい人間だからこそその、あえてした行為だ。だって、朋美は俺のことを好きだったはずだ。治樹と紗雪の結婚式で、先に声をかけたのは俺だったけれど、そのあと距離を縮めようとしてきたのは朋美の方だった。だから、大丈夫だ。

駅に着くと、自分をそう奮い立たせながら、携帯を手にした。

「もしもし？」

三回のコール音のあと、受話器から朋美の声が聞こえた。

「あ、もしもし？　貴人ですけど」

焦って敬語になってしまった。

「うん、わかるよ。名前出てるから。どうしたの？」

無愛想というほどではないが、朋美の声は覇気がなかった。そのことに、また俺は焦る。完全に、この間までと立場が逆転してしまっている。

「あの、クリスマスイブなんだけどさ。思ったより仕事早く上がれそうなんだ。だから、食事ぐらいどうかなって思って。……この間は、ほら、途中であんなことになっちゃったし」

あんなことになっちゃったという言い方はよくなかっただろうか。あんなことをしてしまった、の方がよかったか。

「ごめん。クリスマスイブは、予定入れちゃったんだ」

さっきより朋美の声に抑揚がついて、少し安心した。でも、それは一瞬だった。予定って何だ？

「お母さんと、お母さんの恋人と食事に行くの」

聞いていいものかどうか迷っていたら、朋美の方から話してくれた。

「そうなんだ……。お母さん、恋人がいるの？」

「私も最近まで知らなかったんだけど。ごめんね。一度三人で食事したいと思ってたから、クリスマスによかったらどう？　って昨日誘われて、ＯＫしちゃった。だって貴人君、仕事だって言ってたから」

「ああ、いいんだ。ごめん。確かに俺、仕事だって言ったし。じゃあさ、年末のカウントダウンとか、初詣《はつもうで》とか、一緒に行かない？」

「うーん、そうだなぁ」

　歯切れの悪い返事をして、朋美は黙った。沈黙が怖くて、俺は慌てて口を開いた。

「あのさ、この間行った展望台。あそこ、昨日読んだ本によると、パワースポットの逆で、よくない気が集まってるところらしいんだ。もちろん、そのせいだけじゃなくて、俺も悪かったんだけど……。あの日の、やり直ししたいなぁと思って調べたら、結構近場にもいい神社とかあって……」

「そういうのは、いいや。ごめん」

　朋美が、早口に言った。

「占いを見たりする程度には、興味あるけど。でも行動を全部それに振り回されるまで浸《つ》かりたくはないし。それに、この間ああいうことになったのは、気やパワーがどうとかのせいじゃないと思う」

　この間、治樹の店に居たときの口調に似ていた。やけにはっきりとしている。俺はそれ以上何も言えなくなった。

　適当に挨拶《あいさつ》をして、電話を切った。結局、次に会う約束さえもできなかった。

　ホームの椅子に、わざと音を立てて腰を下ろした。お寺や神社の神聖さが好きだって言ってたじゃないか。この間のことは、気やパワーのせいだけではないと、ちゃんと前置きしたじゃないか。そんなことを思って、腹が立ったけれど、それよりも虚《むな》しさの方が強かった。少しでも期待した自分が情けなかった。

朋美が俺に気に入られようと顔色を窺《うかが》うことに、多少引いたりもしていたのに。私なんてと謙遜《けんそん》からはじめて、褒められようとする会話の運び方に、苛立ったりもしていたのに。もしかして、朋美が今、俺から離れていこうと思っているのかもしれないと考えると、こんなにも怖がっている自分がいる。呆《あき》れてしまう。

もう俺とは会わないつもりかもしれない。このまま別れようと思っているのかもしれない。そう考えると、いても立ってもいられなくなる。流れで始まった関係だから、別れ話をせずに別れることだってあり得るのかもしれない。結婚していたら、そんなことはあり得ないけれど――。

治樹と紗雪の顔が、頭に浮かんだ。あの二人は結婚している。でも、治樹は同性愛者なのだから、セックスはしていないだろう。キスだってしたことないのかもしれない。俺と朋美よりも遥《はる》かに浅い関係なのに、結婚しているから簡単に別れることはできない。おかしなものだ。

でも浅いということはどういうことだろう。中学の頃からいつも一緒で、実際付き合っているカップルよりも、あの二人はずっと仲が良かった。

頭が割れそうに痛んだ。寝不足が続いているからか、収拾がつかない考えに頭を働かせているからか。

ゆっくりと、俺はベンチから立ち上がった。「ヒーリングルーム　タテカワ」は、年末はいつまで営業しているのか、家に帰ったら調べよう。富士山の天然水を売っている店がないかも調べた方がいい。多少、遠くたって買いに行こう。このままじゃ、本当に発狂してしまう。

「お疲れさまでした」と、先輩たちと挨拶を交わして、カバンを持って席を立ちかけたときだった。電話が鳴った。オフィスの出口に向かいかけていた先輩たちが、一斉に振り返って、面倒くさそうな表情を浮かべた。

「僕、出ますから」

俺は浮かしかけていた腰を椅子に戻して、電話機に手を伸ばした。帰りがけにかかってくる電話ほど厄介なものはない。そして厄介事の処理は、一番下っ端の仕事と決まっている。先輩たちは、手を顔の前にかざして「悪い」という仕種《しぐさ》をしたり、「適当に対応して、明日《あした》にまわしていいからな」と言いながら、出て行った。今日はクリスマスイブだから、皆この後、予定があるのだ。

受話器を取って、会社名と自分の名前を名乗った。

「どうも。遅い時間にすみませんねぇ」

のんびりした声で、相手が言う。中年の男性らしかった。中堅の建築会社の名前を口にして、自分はそこの総務部の吉川《よしかわ》と言います、と続けた。星川だったかもしれない。途中、何かが崩れるような音が受話器から聞こえて、一部ちゃんと聞き取れなかった。

「八木さんは、いらっしゃいますか？」

暫定吉川さんが訊ねた。八木先輩は、実家がある沖縄に帰っている。地元に長い間遠距離恋愛をしていた彼女がいて、その彼女の両親に結婚の挨拶をするために、有給を組み合わせて、昨日から一足早い年末年始の休みを取っているのだ。

「申し訳ありません。八木は昨日からお休みをいただいておりまして。次の出社は年が明けてからになります」

「え、そうなんですか。それは参ったなぁ」

「どういった御用件でしたか？　私でよかったら代わりに承りますが……」

「ああ、えーとね。そちらの八木君が、よくうちに営業に来てくれるんだけど。忙しくていつも、また今度ゆっくりねって愛想ないことしてばっかりだったんだよね。で、今日、今からちょっと時間があったから、よかったら話聞かせてもらえないかなぁと思ったんだけどねぇ」

俺は壁の時計を振り返った。七時になるところだった。定時は過ぎているが普段ならこの時間から営業に行くこともめずらしくない。

「年始まで出勤しないのか。パンフレットがあればねぇ、それ見て自分で検討させてもらうんだけど、失《な》くしちゃったみたいでね。何回ももらったと思うのに、申し訳ない。でも、八木君いないならどうしようもないよなぁ」

「パンフレットでしたら、よろしければ、私が今からお持ちしますけれど」

年始に先輩が出勤してからでは何故いけないのだろうと思いながらも、そう言ってみた。先方の会社はここからそう遠くない駅だし、今日は朋美に断られたので、このあと特に予定もない。「ヒーリングルーム　タテカワ」は六時までしか開いていない。年末の営業状態を確かめようとこの間電話をしたが、つながらなかった。富士山の天然水も、会社が終わってからでも行ける範囲の場所で、売っているところは無かった。

「本当？　そうしてもらえると助かるなぁ」

受話器の向こうで、吉川さんは嬉《うれ》しそうな声を上げた。

吉川さんの会社は、既に正面玄関が閉まっていた。裏口にまわって、守衛さんに中に入れてもらった。教えられた道順に従ってエレベーターまで行き、総務部があるという六階のボタンを押した。ほとんどの社員は帰ってしまっているらしく、開いたエレベーターの扉の向こうには、薄暗い廊下が広がっていた。一番端の部屋からのみ明かりが漏れていたので、そこを目指した。

半開きになっていたドアから、中を覗《のぞ》いた。人影が見当たらない。「こんばんは」と、訝《いぶか》しみながら声を出してみた。「ああ、どうも」と、さっきの電話の声がどこからかした。しばらくしてから、正面のデスクの脇に積み上げられた雑誌や書類の山から、男がひょいと顔を出した。

「夏川さん？　悪かったね、わざわざ。どうぞ、入って入って」

仕事納め前の大掃除だろうか。デスクの周りには段ボール箱もいくつか並べられていた。

うちの父親と同年代、五十代後半だろうと思われる小柄で細身のおじさんが、段ボールをまたいで俺に近づいて来る。デスクの上のネームプレートには、「越川《こしかわ》」と書かれていた。吉川でも星川でもなかったらしい。

「散らかってて、悪いけど。どうぞ、座って座って」

部屋の隅の、来客用らしいソファを勧められた。「どうも」と言いながら腰を下ろした。越川さんは、小さなテーブルを挟んで俺の正面に座った。

「大掃除ですか？　年末ですもんね」

デスクの方に視線をやりながら、訊ねた。

「今年いっぱいで、辞めるんだ。だから、大掃除っていうより、荷物の整理。それで、さっき急に八木君のこと思い出してね。うちのコピー機、もうガタが来てて三十分に一回ぐらい固まっちゃうの。女の子たちに換えてくれってうるさく言われてて、落ち着いたら、八木君にお願いしようと前から思ってたんだ。危うく忘れて、辞めちゃうところだったよ」

越川さんは、老眼鏡だと思われるメガネをかけながら、俺が差し出したパンフレットを受け取った。

「え？　お辞めになるんですか？」

「そう。今流行《はや》りの、早期退職ってやつね。せっかくだから新年から気持ちを入れ替えたいって思って、年度末じゃなくて年末で希望出したら、まったく嫌な顔もされずに通ってねぇ。むしろ、大喜びされちゃったよ」

越川さんは、「ははっ」と、大げさな笑い声を上げた。

「ねえ。お宅の商品、コピー機だけじゃなくて、スキャナーも全部まとめて借りると安くなるとか、確かそんなシステムだったよね？　ごめんね。何回も八木君に説明してもらってるはずなんだけどさ。歳取ると、物覚えが悪くてね」

「ああ、はい。えーとですね」

パンフレットを置いて帰るだけのつもりだった俺は、若干慌てたが、越川さんは腕組みをしながら、真剣な顔で俺のつたない説明に耳を傾けてくれた。「ふんふん」とか「ほぉー」とか、時々大げさに相槌《あいづち》を打ってみせたが、嫌味でも、わざとらしくもなく、説明のし甲斐《がい》があった。

「ああ、ごめん。お茶も出さずに。ちょっと待っててね」

一通り説明を終えたところで、越川さんが立ち上がった。「いえ、お構いなく」と言ったが、もう給湯室らしき部屋に、越川さんは入りかけている。

「ごめん。お茶っ葉や湯飲みの場所がわかんないや。こんなんで、悪いけど」

そう言いながら戻ってきた越川さんは、右腕にお茶のペットボトルを二本抱えていた。

「これ、お茶菓子」

そう言いながら開いた左手からは、一つ一つ包装されている小さなチョコレートが、バラバラとこぼれ落ちた。

「ありがとうございます」

何だかおかしくなってしまって、俺はチョコレートとお茶をありがたく頂くことにした。

「じゃあ、契約させてもらうね。スキャナーとかも、全部一式。最近の機械は僕は全然使い方わかんないんだけど、まぁ、使うことはもうないから、関係ないよね」

チョコレートを口に入れながら、越川さんはまた笑い声を上げた。

「え？　いいんですか？　あの、だって、あちらさんとは付き合いも長くていらっしゃるんじゃ」

コピー機の方を横目で見ながら、俺は訊《たず》ねた。うちのライバル社のネームシールが貼られている。確かに旧式だけれど、当然新製品を勧められているだろう。

「いいの、いいの。元々、換えるときは八木君にお願いするつもりだったから。こんなこと言うの何だけどさぁ。こういう商品って、正直、会社によって品質に大きな違いがあるわけじゃないでしょ？」

「まぁ、それは」

「だったら、感じのいい営業さんが来てくれるところと契約したいからさ。あちらさんとは、それなりに長い付き合いだったけど、しょっちゅうご機嫌伺いに来てくれてたのに、僕が辞めるって知った途端に、顔見にも来ないもんね。会社には来てるのにさ。後任の奴にだけ挨拶《あいさつ》して、それで帰っちゃうの」

越川さんは笑っていたが、俺は反応に困ってしまった。

「だから、まだ僕に権限があるうちに、お宅と契約させてもらおうと思ってね。八木君は、本当に何度も足運んでくれて、忙しくて僕があんまり相手できなくても、嫌な顔もしなかった。本当に感じのいい人だよね。夏川君だっけ？　君もこんな遅い時間に、自分から来るって言ってくれて、ありがとうね。ああ、でも八木君、年内はもう出勤しないんだね。最後に挨拶もできなかったなぁ」

「実家に、長めの里帰りしてるんですよ。長年付き合ってた恋人と結婚することになって。あ、彼女の両親に挨拶に行ってるの、今日じゃなかったかな。まさしく、今頃かもしれません。食事しながらと言ってたので」

「おー、そうなのかー。めでたいねぇ。八木君、結婚するのか。それは嬉しいこと聞いたなぁ。越川が、おめでとうって言っていたって伝えてもらえるかな？」

「はい」と、俺はしっかりと返事した。結婚、おめでとうだけじゃなくて、今日の越川さんとの会話を、できるだけ正確に全部八木先輩に伝えようと思った。先輩は、俺達後輩には面倒見がよく、目上の人には礼儀正しく、そして何より情に厚い人だ。今日のことを伝えれば、越川さんが退社した後でもきっとなんらかの方法で挨拶をしに出向くだろう。

「お宅の会社は、人を見る目があるね。八木君も夏川君も、真っ直ぐな感じでいいよ。ほら、営業さんってさ、口が上手《うま》くて調子いい、小器用な人が多いでしょ？　才能はあるんだろうけど、僕はちょっとああいう感じが苦手でね。なんか、上手く転がされてるみたいでさ」

要は、俺や先輩は不器用だと言われた気もしたが、越川さんが好意で言ってくれているのはわかったので、愛想笑いをすることでお礼をした。

「体も、鍛えてるみたいだよね。今どき、珍しいね。最近は、男でも細っこいのが多いのに」

「僕も八木先輩も、長い間陸上やってましたから。同じ大学の陸上部だったんですよ」

同じ社の人間なのに、思わず先輩と言ってしまった。越川さんは大して気にしなかったようで、「ほぉー、陸上」と、感心した声を上げた。

「いいねぇ。若いときに、なにか打ち込んでたものがあると、やっぱり違うよなぁ。僕は遊んでばっかりいたからね。うちの若いのに、後悔するから、僕を反面教師にしてなにかやれよって言うんだけどねぇ。うるさいおっさんだなって顔されちゃうよ」

「まったく大成しなかったんで、よかったのかどうかわかりませんけど」

苦笑いしながら俺は呟《つぶや》いた。本音だった。

「結果より、過程じゃないか？　だって、違うよ、うちの若いのは。君や八木君みたいにいい顔してないよ。覇気のないのばっかり。……ああ、ごめんね。長話して引き留めちゃって。今日、クリスマスイブだったのに。彼女とデートの約束とかなかったの？」

契約書に判子を押しながら、越川さんは冷やかすように笑った。

「あったら、来てないですよ」

調子に乗り過ぎかとも思ったけれど、許してくれそうな気がしたので、俺は笑いながらそう言ってみた。案の定、越川さんは怒らずに、「それもそうかぁ」と、笑ってくれた。そして付箋《ふせん》を取り出して、ボールペンでそこに何やら書き出した。

『責任者さんへ　この契約は、八木さんと夏川さん、二人ともに成績をつけてあげてください』

そう書かれた付箋が、契約書の上に貼られた。

「もう遅いから、会社には戻らないでしょ？　明日《あした》、これ朝一で宅配便に載せるよ」

越川さんが言う。目頭が熱くなって、俺は返事をすることができなかった。八木先輩が何度も足を運んだからこその契約だ。もちろん、自分に成績をつけてもらうつもりなんてない。ちゃんと明日辞退する。ただ、あの付箋を譲ってもらおう。デスクのパソコンに貼らせてもらおう。

「ありがとうね。なんか、熱くなって色々語っちゃってごめんね。でも、楽しかったよ。最後の最後に、八木君や君と係《かか》われて」

エレベーターの前で俺を見送りながらそう言う越川さんに、何度も何度も、「こちらこそ」と、頭を下げた。

裏口を出るときに、「お疲れさまです。メリークリスマス」と、守衛さんに声をかけられた。一瞬、立ち止まったあと、少し振り返って、守衛さんに「メリークリスマス」と返した。口にすると恥ずかしかったが、守衛さんがにっこりと笑ったのを見たら、胸がなんだか、ほおっと温かくなった。

外に出ると、冷たい空気に一瞬で包まれた。でも、嫌な冷たさではなかった。

コートのポケットで、携帯が鳴り出した。一瞬、朋美からかと思ったけれど、画面には実家の番号が表示されていた。

「もしもし」

「貴人？　あらー、電話に出るってことは、デートじゃないんだ？」

やけにテンションの高い、母親の声が響く。

「よけいなお世話だよ。今の今まで仕事してた」

「あら、お疲れさん。じゃあ、夕食まだね？　私と和子さんでね、張り切って今日御馳走《ごちそう》作り過ぎちゃって。四人じゃ食べきれないの。あんた、予定ないなら片付けに来てくれない？」

妊娠中の兄貴の奥さん、和子さんは料理が上手い。何度か御馳走になったことがあるが、治樹にも負けていないぐらいだった。なんだか、急に腹が減ってきた気がする。

「今から？」

腕時計を見た。もう九時を過ぎている。実家に寄ってからだと、アパートに帰るのは、かなり遅い時間になるだろう。明日も仕事だから、泊まるわけにもいかないし。

迷ったけれど、今から一人の部屋に向かうのは、淋《さび》しい気がした。和子さんの料理も捨て難い。それほどイベントにこだわる方ではないが、なんだかんだでこれまでのクリスマスは、いつも誰かと一緒だった気がする。去年は高校の同級生たちと、クリスマスパーティーを兼ねた同窓会をしていた。その前は、朋美の前に付き合っていた彼女と食事。治樹と紗雪と、当時の治樹のアパートで三人で過ごしたのは一昨年《さきおとし》だったか。それとも、もう一年前だったか。

「じゃあ、行こうかな」

「うん。来てよ。今、どこ？　どれぐらいかかる？」

「そうだなぁ」

ここから実家までは、乗り換えがややこしい。二回乗り換えなければいけない上に、かなりの遠回りだ。一時間ぐらいかかるかもしれない。

「四十分、いや三十分ぐらいかな」

地図を、頭に思い浮かべてみた。直線距離を、本気出せば、そんなもんだろう。軽く屈伸をしてみる。大丈夫そうだ。膝《ひざ》は痛まなかった。

「そう。じゃあ、待ってるからね」

電話が切れる音を合図にして、俺はスタートを切った。近くを歩いていた人たちが、驚いた表情を浮かべたのが、視界の端に見えた。「うわっ」と声を上げていた人もいた。スーツにロングコートの大男が、いきなりすごい勢いで走り出したのだ。そりゃ、驚くだろう。そう思ったらおかしくて、笑いながら俺は走った。全力で走るのなんて、本当に久しぶりだ。

冷たい風が、容赦なく頬を強く打つ。でも、やっぱり嫌な感触ではなかった。

サッシの扉が、ギシギシと嫌な音を立てている。そこに、おばちゃんの「らっしゃ！」の声が被《かぶ》さる。あまり心地いいとは言えないこのハーモニーを、今年俺は何回聞いただろう。数えておけばよかった。来年からは、おばちゃんに付けておいてもらおうか。

仕事納めの日。職場の先輩たちに飲み会に誘われたが、丁重に断って一人でアパートの駅まで帰ってきた。飲めないといくら言っても、飲み会の席ではどうしても一杯ぐらい付き合わされてしまう。しばらく本当に酒は飲まないつもりだ。治樹を殴った日は酒は入っていなかったけれど、少しでも自分の衝動が抑えられなくなってしまうような状況は、多少神経質になってでも避けないといけないと、あの日の出来事で誓った。

夕食を何にしようか散々悩んだ末に、入ったのは、結局いつもの中華料理屋だった。おいしいからいいのだけれど、「あんたも、ホントうちが好きよね」と水を運んできたおばちゃんに、売り上げに貢献している立場なのに、呆《あき》れ顔で言われたときには、さすがに自分でも苦笑いするしかなかった。

「あらー、なんだ、待ち合わせだったのね。あんたちょっと、彼女待たずに先に食べ始めちゃって。まったく、デリカシーがないわねぇ」

おばちゃんの大きな声が、店内に響いた。どうやら俺に話しかけているらしい。さっき開いた入り口の方を見て、驚いた。朋美が立っていた。

「なににするー？」

まだ朋美は入り口に突っ立っているのに、おばちゃんは勝手に俺のテーブルに、朋美の分の水を運んできた。違う、待ち合わせはしていないと言おうかと思ったけれど、会ってしまったのに、別々のテーブルで食べるのもおかしな気がした。朋美もそう思ったのか、戸惑った表情を浮かべながら、こちらに近づいてきた。

「あ、じゃあ麻婆《マーボー》飯を」

おばちゃんに伝えながら、朋美はコートを脱いで、俺の向かいの席に座った。目が合ったら、軽い目配《めくば》せを寄こされた。

「はいよー。彼女も、いつもそれねぇ。こっちは、いつも中華飯だし。今日は唐揚げはいいの？」

おばちゃんが、俺と朋美の顔を交互に見ながら言った。

「貴人君、手伝ってくれる？」

口に中華飯が入っていた俺は、顔を上下させて頷《うなず》いた。「じゃあ唐揚げもお願いします」と、おばちゃんに向かって言った朋美の声と表情が、この間の電話のときとは違って、いつもの朋美の、遠慮がちな態度に戻っていたので、俺は少しホッとした。

「どうしたの？　仕事帰り？」

「ううん。昨日仕事納めだったから、今日は休みだった。ちょっと色々用事があって、近くまで来てたの。この辺りでご飯食べるところはここしか知らないから」

「そうなんだ」

少しぎこちない感じはあったけれど、普通に会話ができていた。そして、そのことに、自分でも驚くぐらい俺は喜んでいた。

用事って何だろう。この辺りは、朋美の家からも、紗雪と治樹の家や治樹の店からも、繁華街からも中途半端に離れている。今まで朋美がここに来る用事と言えば、俺のところに来る以外、なかったはずだ。テーブル脇に置いた携帯を、俺はさりげなくチェックした。けれど、朋美から着信やメールはなかった。連絡なしにいきなり訪ねてくることは、あまり考えられない。

「クリスマスイブ、ごめんね。カウントダウンも。年越しは、結局お母さんと二人で旅行に行くことになったの。ついこの間決めたばっかりだから、近場で温泉なんだけど」

水のコップを両手で抱えながら、朋美は言った。

「そうなんだ。最近お母さんと随分仲いいんだね。クリスマスイブも、お母さんの恋人と三人で食事したんでしょ？」

「そうなの。その食事のときにね、私その人に、お母さんを僕にくださいって言われちゃったんだ。おかしいでしょ？　普通は、お嬢さんを僕にください、じゃない？　そういうシチュエーションに自分が出くわすときは、絶対私、お嬢さん側だと思ってたのに。まさか、頭下げられる側になるなんて思わなくて、びっくりした。でもおかしくて、その場で笑い出して止まらなくなっちゃったのよ」

思い出したのか、朋美は顔をほころばせた。つられて俺も笑ってしまった。朋美が笑い話をして聞かせるなんて、めずらしい。

「それでなんて答えたの？　朋美ちゃん」

「よろしくお願いしますって言ったわよ、もちろん。その人に初めて会ったときは、付き合ってる人がいるなんてことも知らなかったし、まさかお母さんが結婚するなんて考えてもみなかったから、頭真っ白になっちゃって、絶対に受け入れられないって思ったんだけど。でもねぇ、付き合ってみたら、なんかいいキャラだから、その人が。憎めないっていうのかなぁ。だから今は、本当に心からうちの母をお願いしますって気になってきて」

「そうなんだ。よかったね」

おばちゃんが、唐揚げと麻婆飯を運んできた。

「なにー？　なんか、結婚って聞こえたわよ。あんたたち、結婚するの？」

「違うんです。うちの母が、結婚することになって」

朋美が、顔の前で手を振った。

「あらお母さんが？　おめでたいわねー。でもお母さん独身だったの？　お父さんは？」

悪い人ではないが、このおばちゃんは、人懐っこいのと無神経なのとの、ボーダーラインすれすれに立っている。俺は慌ててなにか別の話題を振って、流してしまおうとした。

「父とは、六年前に離婚しました。私と母は、そのとき東京に出てきて、ずっと二人暮らししてたんです」

俺が口を開く前に、朋美がおばちゃんにそう答えた。特に暗い口調でもなく、ただ淡々と事実をそのまま伝えたという感じだった。

「あら、そうなの一。じゃあ、お母さんが再婚して幸せになって、それから落ち着いたら、今度はあんたの番ね」

おばちゃんはそう言って、俺に目配せをしてテーブルから離れていった。俺と朋美の間に、妙な空気が流れる。

「貴人君、あれから治樹さんか紗雪には会ったの？」

沈黙を破ってくれたのは朋美だった。でも決して、空気が和む話題ではない。でも二人のことを話さないのも不自然だと思いかけていたところだったから、先に朋美から切り出してくれたことは助かった。

「会ってない。朋美ちゃんは？」

「私も会ってない。私あの日、次から次へと色んな事が起こるから本当にびっくりして、しばらく頭がぼうっとした状態だった。だから、治樹さんのお店でなにを話したのか、あんまり細かく覚えてないの。私、みんなに失礼なこととか、酷《ひど》いことは言ってなかったかな？」

その問いに、どう答えていいかわからなかった。失礼なことや酷いことは言ってなかったと思う。俺に対してはきつい口調で咎《とが》めたけれど、それは当然のこととも言える。

「俺が、大声出しちゃって……。叱られたけど、それはでも、俺が悪いし……」

「うん。それは、覚えてる。あれは、貴人君が悪かったと思う。会話の内容はともかく、怒鳴ったり、殴ったりはよくないよ」

朋美の言葉に、驚いて顔を上げた。また、やけにはっきりとした口調だった。朋美は、涼しい顔をしてレンゲに掬《すく》った麻婆飯を冷ましている。どうも、あの日から朋美の様子がこれまでと違う。いや、あの日も俺と展望台に居たときまでは、いつもの朋美だった。様子が変わったのは、治樹さんの店に駆けつけてからだ。

なにがあった？　あの間に朋美に。やはり俺か。俺が、朋美をあそこに置いてきてしまったから。だから朋美は、あれ以来俺に強い態度なのだろうか。でも、さっきの母親と恋人の話なんかは、心から楽しそうに語って聞かせてくれていた。よくわからない。

「確かにあれは俺が悪かった。……あれ？　俺、治樹さんを殴ったこと言ったっけ？」

「直接は聞いてないけど、状況考えたらわかるじゃない。あのとき貴人君の手に血が付いてたし、治樹さんは顔が腫《は》れてるし……。ごめん。ちょっと嘘ついちゃった。二人にはあれ以来会ってないって言ったけど、さっき実は治樹さんの店に行ってきたの。紗雪には会えなかったけど、治樹さんには会ったよ」

「そうなんだ……。顔、腫れてた？　店はちゃんと開けてるんだね。あのときの話とか紗雪ちゃんの話とか、なにかしてた？　俺のことは、なにか言ってた？」

思わず質問攻めにしてしまった俺に、朋美はまた咎めるような強い視線を送ってきた。

「気になるなら、自分で会いにいけば？」

その通りだったので、なにも言い返せなかった。

「そうだね。……なんかさ、逞《たくま》しくなったね。朋美ちゃん」

「なにそれ？　逞しいって、褒め言葉？」

俺の言葉に、朋美は吹き出した。

「でも、そうだなぁ。なにか吹っ切れた感じはあるかも」

「吹っ切れた？」

それはもしかして、俺のこともだろうか。聞いてみたかったけれど、なんて切り出せばいいのかわからずに戸惑っていたら、また朋美の方が口を開いた。

「うん、そんな感じは自分でもする。ねえ、貴人君。吹っ切れたこと告白したから、そのついでに聞かせて。貴人君は紗雪に告白したことないの？　付き合いたいとか思わなかった？　紗雪のこと、好きなんでしょう？」

突然だったので驚いたけれど、それは今までに何度となくされてきた質問だった。付き合っていた女の子たちに。紗雪の存在を知ると、最初はみんな、大人になっても異性の幼なじみと付き合いのあることをうらやましがる。けれど紗雪と遊んだり、会話の中に紗雪の話題を混ぜると、彼女らは決まって口を尖《とが》らせるようになる。そして、訊ねる。

――その子のこと好きなんじゃないの？

俺は決まって、人間的には好きだけど、異性としてではないと返事した。彼女らはそれを聞くと嬉《うれ》しそうな顔をしていたが、その後は、いつも俺の頭の中は混乱していた。紗雪を女として見たことがないと言えば、嘘になる。彼女らとすることを、紗雪としたいと思ったことだって、本当はある。でも、そういう考えは押し殺してきた。
俺は多分、人から受け入れられないこと、拒否されること、居場所がなくなることに、極端に弱い。そういう状態に、とても恐怖心を持っている。両親とも兄貴とも仲が良くて、子供の頃から足が速くて注目されて、みんながちやほやしてくれたから、そういう状況に慣れていないせいだろうか。

　これまでに付き合った女の子たち。どの彼女も、向こうから近付いてきてくれて、気がついたら付き合っているという状況で、強くその子のことを好きだと感じたことなんてなかったのに。離れていくときには、異常なほどにそのことに反応して、必死で食い止めようとしている自分がいつもいた。そしてそれでも去っていってしまった後は、いつもどこかしら体に不調が表れていた気がする。陸上を辞めるきっかけになった膝《ひざ》の痛みほどではないが、でも急に体重が落ちるとか、タイムが伸び悩むとか。

　なのに紗雪は――。学校では苛《いじ》められて、仲間外れにされて、家庭もうまくいっていなくて――という、俺からしたら恐怖を感じずにいられない環境で育ったのに。誰を恨むでもなく、責めることもなく、自分のやりたいことをやって楽しむという方法で、いつも涼しい顔をしていた。弱音を吐いたり、愚痴をこぼしたりすることは、一切しなかった。上《う》手《ま》く言えないけれど、俺にとって、その姿は子供心にヒーローのような神聖な存在だった。

　そんな紗雪に性的な感情を持って汚してはいけないと、ずっとどこかで思っていた。そういう意味では性的な関係を持っている彼女たちより、俺が「本当に好き」なのは紗雪なんじゃないか。いつもそう考えて、混乱した。大体、「本当に好き」って、どういうことだろう。

「好きなのかもしれない。だけど、告白したり、付き合いたいと思ったことはない。自分でも、よくわからないんだ。どういう好き、なのか。近くにいて、紗雪ちゃんが辛《つら》いときは、自分にできることはなんでもしてあげたいっていう気持ちはあるんだけど」

正直に思っていることを、朋美に話した。朋美の目が真っ直ぐに俺を見つめていて、今までの彼女たちとは違って嘘を吐いてもすぐに見破られてしまいそうな気がしたのだ。

「付き合うことで近くにいようとは、思わなかったの？」

「思ったりしたこともあったけど……。でも、どこかでそれは俺の役目じゃないと思ってた気がする。付き合うのは、紗雪ちゃんと一緒にいるのは、俺じゃなくて治樹さんがいいんだって思ってた。だって、治樹さんといるときの紗雪ちゃんが、一番自然っていうか……」

そう。治樹と一緒にいるときの紗雪が、一番自然に、まったく無理をしていない素の顔で、楽しそうに笑うのだ。そして俺はずっと昔から、そのことに気が付いていた。先生に紗雪のことを助けてあげたらと言われて、一瞬その気になってしまったけれど、酔った勢いで紗雪に詰め寄ってしまったこともあるけれど、でもすぐにやっぱり違うと後悔した。

「わかるかも」と、朋美が呟《つぶや》いた。

「色んなカップルの結婚式に出てきたけど、紗雪と治樹さんが一番お似合いで、一番楽しそうだった。二人共、すごく自然体だった。普通、もうちょっと緊張して、顔が強張《こわば》ったりするもんなのにね」

なるほど。結婚パーティーで二人を見て、他の新郎新婦とは何かが違うと思ったのは、そのせいか。あまりに二人が緊張しなすぎていたからか。

「ごめん、こんな話」

小声で、俺は呟いた。朋美と俺の今の状態が付き合っていると言えるのかはわからないけれど、でも他の女の子への思いを長々と語って聞かせるのは、無神経だと言うことぐらい、俺にだってわかる。

「ううん。聞いたの、私だし。それに……」

扉が開く音がして、そこに「らっしゃ！」と、おばちゃんの声が重なった。おかげで朋美が最後に言った言葉が聞こえなかった。「なに？」と聞き直そうと思ったら、朋美が腰を上げてしまったので、タイミングを失った。

「めずらしいわね。あんたが水、全部飲んでる」

店を出るときに、おばちゃんにそう話しかけられた。「あ、本当だ」と、朋美がテーブルを振り返る。俺も倣った。確かに、俺のコップの水はなくなっていた。無意識だった。いつの間に飲んだのだろう。

この間、越川さんの会社から実家まで走って行ったときも、俺は富士山の天然水以外の水を飲んだ。玄関で汗だくの俺を迎え入れてくれた和子さんに、「とりあえず、水を一杯ください」と頼んだのだ。和子さんがコップに入れて持ってきてくれた水を、一気に飲み干した。富士山の天然水と味が違うのはわかったけれど、意外とおいしかったので、「これって、どこの天然水?」と訊ねたら、和子さんは首を傾げた。そして、「水道水よ、それ」と言った。

店から駅までは、たかだか五分の道のりだけれど、俺は送ると朋美に言ってみた。朋美は断らなかった。

「ねえ、そういえば、ここら辺での用事って何だったの?」

並んで歩きながら、俺は訊ねた。

「あー、うん。えーと」

朋美がもごもごしているので、思い切って聞いてみた。

「もしかして俺に会いに来てくれた?」

「ううん。ごめん、違う」

間髪《い》を容れずにそう返事された。恥ずかしさと虚《むな》しさで顔が赤くなるのがわかった。

「違うけど、でも、そのうち……。今度会うときぐらいに話すよ。まだはっきりしてないことだから」

「今度会うときって、いつ?」

「そうね。年越しは旅行に行ってバタバタしちゃうから、年が明けて落ち着いたら。ねえ、それって、日付決めて約束しなきゃいけないかな？　なんとなく、次会うときぐらいの感じでいたいんだけど」

「あ、いや。別に約束はしなくてもいいよ」

また会ってくれるのか。もう会いたくないとか、このまま別れてしまおうとかは思われていなかったらしい。

「会いたいなって思ったら、連絡するのじゃダメ？　貴人君は、あんまり約束とか決まり事を作るの好きじゃないのかと思ってた」

確かにあまり得意ではない。でも、付き合っていたら、どうしても少しは必要となってくるものだと思う。

「いいよ。じゃあ、こっちも会いたいなって思ったら、連絡するよ」

もうなんでもいいやと思って、そう言った。これまでにしたことを考えると、朋美に対して俺は強いことを言える立場じゃない。もう会わないと思われているわけじゃないのなら、それでいい。

「うん。じゃあ、私もまた連絡する、かも」

朋美は俺を見上げて、少し笑った。

「ねぇ、さっき意地悪しちゃったから、ちょっとだけ教えてあげる、治樹さんのこと。治樹さん、お母さんが風邪をこじらせてるらしくて、最近は実家に帰ってることが多いみたいよ」

改札の前で、朋美は俺を振り返って、不意にそんなことを言った。

「そうなの？　じゃあ、紗雪ちゃんのところには、あんまり帰ってないの？」

それって本当にお母さんは風邪なの？　口実じゃなくて？　というニュアンスを、口調に含ませてしまった。朋美はそれに気がついてくれたようで、

「そうみたい。治樹さんがそう説明するから、私もそれ以上詳しいことは聞けなかったけどね」と言った。

朋美が改札の向こうに消えるのを見送った。なんだかすっきりしないものが、胸につかえている。さっき朋美と、紗雪と治樹は一緒にいるのが自然だと語り合ったばかりなのに。なのに今、あの二人は一緒にいないという。

ついさっき朋美と並んで歩いた道を一人で歩きながら、また頭の中に地図を浮かべてみた。ここから治樹の店まで、乗り換えはないが電車だと三十分弱。でも、俺のアパートの近くの通りを走って抜けていけば、二十分かからないだろう。この間も、実家までちゃんと予想通りの時間で着くことができた。そのあと、膝が痛んだりもしなかった。

行くか。そう頭の中で唱えたのと同時に、商店街の街灯の明かりが消えた。すごいタイミングだ。

入り口の扉を開けると、カウンターにいた治樹が申し訳なさそうな顔をこちらに向けた。

「すいません。今日はもう閉めようかと思って……」

そこまで言って、俺に気がついて黙った。グラスを磨いていた手も止めた。俺の体に緊張が走る。

「ちょうどよかった。看板、裏返しておいてくれる？　おまえ、汗かいてるな。走ってきたのか？」

言われた通り、看板を「閉店」の方に向けて、俺は遠慮がちに店の中に入った。

「なにか、飲むか？　あ、でもおまえには絶対酒はもう出さないからな」

カウンターからこちらに向かって、治樹が言う。口調は強めだったが、口許《くちもと》が微《かす》かに笑っていたので、いつもの俺と治樹のノリにしてくれているということがわかった。

「この間は、酒入ってなかったんだけどね」

「だったら、尚更《なおさら》だ。酒が入ったら、どうなるかわかったもんじゃない」

「顔、腫《は》れてる？」

カウンターの椅子に座って、俺は治樹の顔を覗《のぞ》き込んだ。左頬が確かに少し腫れていたが、思ったほどではなくて安心した。

「なんだよ」

腫れよりも別のことが気にかかって、いつまでもじっと顔を見つめていた俺に気がついたのか、治樹が口を開いた。

「いや。治樹さんが髭《ひげ》生やしてるのって、初めて見たから」

「似合わないって思ってるんだろ。わかってるよ、自分でも。でも剃刀《かみそり》当てると痛いから、仕方ないんだよ。つまりは、おまえのせいだ」

「治樹さんでも、髭がそんなに生えるのか。なんか、女の人っぽいところあるから、変な感じ」

「男だよ、俺は」

そう呟《つぶや》いて、治樹さんはシェイカーを手に取った。

「性同一性障害って知ってるか？　男の場合、体は男だけど心は女の人のことをいう。つまり性自認が違うんだ。だからそういう人はホルモン注射をしたりして体まで変えようとする人が多い。でも俺はそれじゃないから、体も心も、男。ただ、恋愛やセックスは、男としかできない。同性愛者ってやつね。ま、おまえもこの間ちゃんとそう言ってたな。間違ってなかったな。区別つかない人も多いんだけど」

薄く黄色がかった液体が入ったグラスが、俺の前に置かれた。

「じゃあ、とりあえず乾杯」

治樹が自分のグラスを手にした。俺のとまったく同じものに見えるが、そちらにはアルコールが入っているんだろうか。

「乾杯って、なにに？」

「なんでもいいけど。飲むときは、乾杯だろう。やっぱり」

治樹が少し困った顔をして、グラスを前に突き出した。「仲直りに」とか言った方がいいのだろうかと思ったが、子供じゃないしそれもなんだかなぁと思い、無言でグラスを合わせた。実は治樹も同じ言葉が頭に浮かんでいたんじゃないかなと考えながら、液体を一口飲んだ。微かに炭酸が入っていて、柚子《ゆず》とレモンの香りがした。走ってきた俺の体には、気持ちよく染み込んだ。

「で、なんだよ。なにか話があるから来たんだろ」

治樹がカウンターに肘《ひじ》をついて、俺の顔を見る。前髪がかかって少ししか見えないけれど、その目はこの間みたいに鋭くはなかった。

「治樹さんこそ、なにか喋《しゃべ》ってくださいよ」

安心して、俺はいつもみたいに、ちょっとじゃれてみた。

「なんで俺なんだよ。……でも、そうだなぁ。とりあえず」

治樹は俺から、視線を外した。そして、ちょっとバツが悪そうに呟いた。

「悪かったよ」

「え？」と、驚いて俺は声を上げた。

「なんで治樹さんが謝るの？　どう考えても謝るの、俺の方でしょう？」

「いや、だから、この間のことだけじゃなくて、十六年分。……悪かった」

意味がわからないので、俺は黙って次の言葉を待つことにした。俯《うつむ》き加減で、バツが悪いというよりは、照れているようにも見える表情を浮かべた治樹はグラスを揺すって、わざとらしく氷の音を立てた。

その氷越しに見える、少しだけ腫れた治樹の口許が、ゆっくりと動き始めるときを、俺はただ静かに待った。

◇

一人分の夕食を作るのが面倒くさくて、駅からマンションまでの坂の途中にあるカフェに入った。店員の男の子に、和風オムライスを注文した直後、バッグの中で携帯が鳴った。尚子さんからだ。

「ここで、いいですよ。外寒いですし」

携帯を手に取って、店の外に向かおうとしていた私に、店員の男の子がそう言ってくれた。テーブル席が三つしかない狭い店なので、うるさくないかと気になったけれど、客は私しかいない。甘えさせてもらうことにした。

「もしもし」

男の子に目でお礼を言いながら、出た。

「紗雪？　今、いい？」

受話器の向こうから、尚子さんの興奮気味の声が聞こえた。

「あのね、今日の午前中、文也と二人で治樹の実家に行ってみたのよ。あの子、一応うちの正式な従業員なわけだし、そのお母さんが病気してるっていうなら、お見舞いに行ったって不自然じゃないんじゃないかと思って」

「そうなんですか」

小声で私は、返事をした。実家の母親が風邪をこじらせているみたいだから、しばらく看病をしたい。そう言って治樹がマンションを出て行ってから、もうすぐ一週間になる。

「あの子、ちゃんと実家にいたわよ。お母さんの風邪も本当だったみたい。うつっちゃったのか、治樹も少し咳《せき》してた。自分のは大したことないって、言ってたけど」

三日目に、「ちゃんと店には出勤してきてるわよ」と、尚子さんから電話をもらった。

「店には」という言い回しと、歯切れの悪い口調から、尚子さんが私と同じ疑念を抱いているということが、感じ取れた。

「なによ、大喜びするかと思ったのに、張り合いないわね。紗雪だって、本当は祐輔のところにいるんじゃないかって、心配してたでしょう?」

力なく相槌《あいづち》を打つだけの私に、尚子さんが苛立《いらだ》った声を出す。

「喜んでますよ。ありがとうございます。心配してもらって」

急いで、そう取り繕った。

「紗雪の気持ちもわかるけどね。今は一緒にいなくたって、あの日は祐輔と会ってたわけだし。でも、大目に見てやってよ。いつまでも怒ってないで」

返事に張り合いがないのは、私が治樹のことを怒っているからだと誤解したらしい。違うんです。なんだかもう、どうでもいいんです。さすがにそうは言えず、「ええ、まぁ」と、適当な返事をした。

「祐輔がもう絡んでないなら、あとはあんた達二人の問題でしょう？　一度きちんと話し合って、修復しなさいよ。年末年始くらい治樹の店も休みにしてあげるから、二人でゆっくり過ごしたら」

「ごめんなさい。年末年始は私が全然休みないんです」

「そうなの？　でも結婚して初めてのお正月なのに。お互いの実家に帰ったりしなくていいの？」

今の私と治樹の状態で、それをするのは億劫《おっくう》だった。だから、実は自ら申し出て仕事を入れていた。

「とにかく、早く一度時間作って話し合った方がいいわよ。たった一回すれ違っただけで、離婚とか思い詰めたりしたらダメだからね」

「わかりました。本当にすみません。心配かけてばっかりで」

離婚という言葉に驚きながら、適当に挨拶《あいさつ》をして電話を切った。

離婚なんて、まったく考えてもいなかった。絶対に離婚なんてしないから、考えなかったというのとは違う。治樹が出て行ってからのここ数日、自分と治樹の今後について考えるということを、放棄していた。考えようとしても、驚くぐらい思考回路が働いてくれないのだ。

店員の男の子が、和風オムライスを運んできた。「ありがとう」と言って受け取ると、彼は人懐っこい顔で笑って見せた。

あの日、治樹の店に飛び込んで来た貴人は、貴人を彷彿《ほうふつ》とさせる表情だった。紗雪ちゃんは騙《だま》されていたんだとか、まくし立てていた。いつ治樹が同性愛者だと知ったのだろう。興奮して大声を出す貴人を、朋美が今まで見せたことのない毅然《きぜん》とした態度でたしなめていた。貴人もそれに動揺しているようで、二人の様子はどこかおかしかった。そういえば、治樹の怪我。あれはやっぱり、貴人に殴られたのだろうか。

オムライスを口に運ぶ私の頭に、一つ、また一つと疑問が浮かんでは、どれもすぐに消えていく。まぁ、いいか、どうでも。それよりこのオムライス、出汁《だし》が効いていて、思った以上においしいわ。そんなことを考えてしまっている。思考回路が働いてくれないのは、私と治樹の今後についてだけではない。治樹が同性愛者だということが、貴人や朋美にばれてしまった。貴人と朋美の関係が、微妙になっているかもしれない。貴人が、治樹に暴力をふるったかもしれない。どれも、結構重大なことだと思うのに。

尚子さんが、治樹が祐輔と会っていたことに、私が腹を立てていると誤解するのだって無理もない。この間まで、私は二人を引き合わせないようにすることに、あんなに必死だったのだから。今こんなふうに、どうでもいいと思ってしまっていることの方が、おかしいのだ。

「恋人ができた」と、治樹から聞かされたのは、高校三年の秋頃だった。私より一年先に高校を卒業した治樹は、調理の専門学校に通っていた。実家を出て一人暮らしを始めていたので、学校が離れてしまっても家が近いから縁が切れることがなかった、私が中学三年、治樹が高校一年のときとは違う。つなぎとめておかないと、疎遠になってしまう。そう思って、私は週末になる度に何か理由をつけて、治樹を誘い出していたのだが、夏頃から、「ごめん。先約があって」と断られることが多くなっていた。それで、「もしかして、恋人ができた？」と、冗談半分に訊ねてみたら、「うん。実は」と、あっさりと頷《うなず》かれた。

「祐輔って、言うんだ」

恥ずかしそうに、でもとても嬉《うれ》しそうに、治樹は恋人の話をした。今までに私に見せたことのない、本当に幸せそうな顔だった。もちろん私は少なからずショックを受けたけれど、心のどこかで安心もしていた。いつかそういうときが来るということを、前々から覚悟していたし、これでやっと、治樹のことを諦《あきら》めることができると思った。自分のことを絶対に好きにならないとわかっている相手を、いつまでも思い続けるという行為は、やはり楽なものではない。いつか解放されたいという思いは、常にあった。

やがて私も高校を卒業して、デザイン系の専門学校に入学した。実家を出て、念願だった一人暮らしも始めた。治樹と恋人の祐輔が一緒にいるところに遭遇したのは、新生活にようやく慣れてきた頃だった。

同じクラスの女の子たちと飲みに入った店で、カウンター席に座っている、治樹の後ろ姿を見つけた。ユニセックスな雰囲気の男の子と一緒だった。後から考えれば、そこが文也さんのお店だった。彼が、治樹が話していた恋人の祐輔であるということは、指を確かめなくてもすぐにわかった。二人は、顔を寄せて囁《ささや》き合うように会話をし、時々お互いの顔を眩《まぶ》しそうに見つめ合っていた。

水の中に絵の具を一滴垂らしたかのように、私の胸に、切なさと悔しさの入り混じった感情が、じわじわと拡がっていった。それまでにも、治樹が好きな男の子のことを眩しげに見つめるのは見たことがあったけれど、いつもその視線は一方通行だった。受け止められているのを見たのは初めてだった。

専門学校に入学してすぐに、私も言い寄ってきた男の子と付き合い始めていた。趣味の合う新しい友達もできた。治樹のいない生活だって、私はちゃんと楽しめている。そう思い始めた矢先だったのに。二人の姿を目の当たりにして、私はまだ治樹のことが好きで仕方ないんだと、思い知らされてしまった。

帰り際に、私に気が付いた治樹に声をかけられた。祐輔を紹介されて、少し言葉を交わした気がするけれど、あまりよく覚えていない。二人の幸せそうな姿を、直視できなかった。

祐輔が治樹を捨てて地元に帰ってしまったときには、治樹には悪いけれど、私は顔がほころんでしまうのを抑えるのに必死だった。けれど尚子さんたちの店で、虚《うつ》ろな目で酔い潰《つぶ》れている治樹の姿を見たら、また行き場のない悔しさに襲われた。治樹が人前で醜態をさらしているのなんて、初めて見た。良い表情にしても、悪い表情にしても、私の知らない治樹の新しい表情を引き出すのは、いつも祐輔だ。私はどうやったって、彼に勝つことはできないのだ。そう思い知らされた。

だから一か月ほど前、尚子さんたちの店で、祐輔とすれ違ったとき、絶対に治樹に会わせるもんかと、強く思ったのだ。それから毎日、私は治樹を見張り続けた。罪悪感はあったけれど、携帯のチェックまでした。

「紗雪ちゃん、ちょっとやり過ぎだよ。僕たちも、ちゃんと注意してるから」

「そうよ。そのうち治樹にも愛想つかされるわよ」

文也さんと尚子さんにはたしなめられた。二人を信用していないわけではなかったけれど、自分でなにかしていないと、安心できなかった。尚子さんの言うとおり、段々と治樹が、私を疎ましく思うようになっていることにも気が付いていた。それでも二人が会ってしまうよりはマシだと思い、止めることはできなかった。

あの日は、治樹が忘れていった時計を後で届けに行くと書いた私のメールに、返信がなかった時点から、なんだか嫌な予感がしていた。だから時計を持って、店に出向いた。案の定、開店時間が近づいているのに治樹が来ないと、バイトのミキちゃんが慌てていた。

駆け付けた尚子さんに、冷静になるようになだめられたけれど、無理だった。治樹の居所を知らないかと、共通の知人全てに電話をかけた。

朋美にまでかけてしまったのには、自分でも後から驚いた。女の目で治樹を見る朋美が、私の知らないところで治樹と一緒にいるなんて、絶対に受け入れられない。それでも、あのときの私は、祐輔といるぐらいなら、朋美と一緒にいて欲しい――。そう祈りながら、コール音を聞いていた。

やがてやってきた貴人に、治樹は祐輔と一緒に居たと聞かされたときは、大げさでなく、本当に気を失ってしまいそうだった。だから、そのあと貴人が、治樹が同性愛者だとか、紗雪ちゃんは騙されていたとか、声を荒らげて言いつのっていたことは、正直、心ここにあらずの状態で聞いていた。ただ、貴人のその大声は、なんとか倒れずに踏ん張っている最後の私のつっかえ棒を、カタンと倒してしまいそうな勢いがあって、怖かった。自分が震えたり泣いたりしていたことは、あとから来た朋美が、「紗雪が怖がってるから」と、貴人をたしなめたときに初めて気が付いた。

二人に色々と訊《たず》ねられたような気がしたけれど、なにを聞かれたのか、なんと返したのか、よく覚えていない。治樹と祐輔が再会してしまった。頭の中は、そのことでいっぱいだった。もしかして、治樹はこのまま私のところには戻ってこないかもしれない。そんなことになったら、私は生きていけるのだろうか？　そう考えると、体も心も震えてしまって、止まらなかった。

けれど今――。なにもかもどうでもいいような気持ちになっている。ハート形のラグに一人で足を伸ばして座り、ゆっくりとコーヒーを啜《すす》っている。治樹が帰って来ないというのに、すっかりくつろげてしまっている。

足の指先に、なにかが触った。ライターが転がっている。治樹のものだ。拾い上げて、火を点《つ》けてみた。青い炎が、ゆったりと揺れる。その向こうに、炎より少し濃い、紺に近い青い色と、炎よりも少し薄い、水色に近い青い色が、ぼうっと浮かんでいるのが見えた。紺、青、水色。私の視界でグラデーションが成立している。

火を消して、焦点を後ろに見える、紺と水色の方に移した。テレビの棚の上に無造作に置かれている、治樹の紺と水色のボーダー柄のマフラーだった。治樹がいなくなった日の朝から、ずっとそこに置いたままになっている。きっと、外にしていくつもりで手に取ったものの何かの拍子に忘れてしまったのだろう。

二色を背景にして、ライターの火をもう一度点けてみた。揺れる炎を眺めながら、意味なく溜《た》め息《いき》を吐いてみる。

治樹がいなくなった部屋で、治樹が残していった物たちに囲まれている。酷《ひど》く哀しい状況のはずなのに、やっぱり私の胸は、やり切れなさ、切なさで押し潰されそうになったりは、していない。治樹がここにはいないという事実を、ただただ冷静に受け止めている。

「治樹はもう、私のところには帰って来ないかもしれない」

この間は考えるだけで震えてしまったフレーズを、反芻《はんすう》してみた。その方が嬉しいなんてことは決してないけれど、それでも震えたり、取り乱したりは、やはりしなかった。

背の高い女の人が、入り口の扉を開けて店に入ってきたのを、視界の隅に捉《とら》えた。

「いらっしゃいませ」

食器コーナーのディスプレイのために動かしていた手を一瞬だけ止めて、挨拶《あいさつ》した。リネンコーナーから、同僚の男の子とバイトの女の子が、私に続いて「いらっしゃいませ」と、合唱した。

入ってきた女の人が、真っ直ぐこちらに向かってくるのが、食器棚の隙間から見えた。

「紗雪」

直後に名前を呼ばれて驚いた。そこに立っていたのは、朋美だった。

「朋美……。びっくりした。全然気がつかなかった。なんか、印象違ったし」

いつも膝下《ひざした》丈のスカートを穿《は》いていておとなしいイメージだけれど、今日はジーンズにスニーカー。白いダウンジャケットを羽織っていた。黒くて長い髪は、頭の高い位置で一つに結っている。背が高く肩幅も広いので、サマになっていた。

「今から、お母さんと旅行に行くの。だから、動きやすい格好の方がいいかと思って。おかしい？」

「ううん、そんなことないよ。年越し旅行？」

今日は大みそかだ。

「うん。でも夕方の新幹線だから、中途半端に時間が余っちゃって。それで、そういえば、一度も紗雪の店行ったことないから、覗《のぞ》いてみようかなって思って」

「そうなんだ。そういえば、朋美がうちの店に来てくれたことってなかったね」

どこかぎこちない会話になってしまった。無理もない。あの日以来、会っていなかった。電話もメールもしていない。

「うん。あと、ちょっと頼みたいこともあって」

「頼みたいこと？　なに？」

「大丈夫？　店先で話してて」

確かに、食器棚の前にいるカップルが、質問があるのか私のほうをちらちら見ていたので、気になっていたところだった。腕時計を見た。あと十分で二時になるところだ。

「朋美、まだ時間あるの？　私、もうすぐ休憩なんだ。向かいのカフェで待っててもらえば、話できるよ」

腰を据えて話すのは余計気まずいが、仕方がない。朋美は「わかった」と言って、店を出ていった。

昼ごはんはもう済ませたという朋美は、カフェオレを飲みながら待ってくれていた。私は、パスタのランチを注文した。

「で、なんだった？」

店員さんが去ってしまうと間が持たなくなって、私は早々に切り出した。

「うん、あのね。私、一人暮らし始めようと思ってるの。三月頃からだから、まだ少し先なんだけど」

カフェオレのカップを両手で持ちながら、朋美が言う。

「そうなの？　なんでまた急に？」

「お母さんが、結婚することになったの」

「そうなんだ。恋人がいたの？」

朋美の母親には会ったことがないけれど、意外だった。長い間夫の不倫に気が付かず、最後は略奪されて、知人を頼って泣く泣く娘と一緒に東京にやってきた。そんな聞いていた情報から、朋美と一緒で、一人では何もできない頼りない人かと勝手に想像していた。歳は確か、うちの親と同じで五十代半ばだったはずだ。そんな歳から恋愛するような元気がある人だとは思わなかった。

「うん。私も知らなかったから、びっくりしちゃったんだけどね」

「へぇ。でも、喜んでるよね、朋美」

口調が好意的だった。意外だったけれど。どうして私じゃなくてあなたが。離婚して迷惑をかけておいて、自分だけ。これまでの朋美なら、そういうことを言いそうなのに。

「最初は実は、嫌だったの。嫌っていうか、どうして私じゃなくて、お母さんが？　って思った。でもその相手の人が、天然って言うのかな。嫉妬《しっと》してるのがバカバカしいって思えるような、和むキャラなんだよね。だから、だんだん祝福できるようになってきて」

私の注文した、カルボナーラが運ばれてきた。フォークを取り出しながら、私はさりげなさを装って「朋美は？　貴人と、結婚の話は出てないの？」と聞いてみた。結婚の話題が出たから、流れとして不自然ではないだろう。この間、朋美と貴人の間の空気も、なんだかおかしな感じだったから、二人の現状を探りたかった。

「私？　うーん、私は……。実はね、貴人君に、プロポーズしたのに無視されたのよね」

「え、無視？　なにそれ？」

驚いて私は顔を上げた。朋美が私の顔を真っ直ぐに見ていた。

「酷いでしょ？　でもそれって、紗雪のせいなのよ」

いきなりそんなことを言われて、驚いて私は黙ってしまった。

「そう」と、朋美はしっかりとした口調で言って、それから話し出した、あの日のことを。

貴人と一緒にいるときに、治樹の仲間内が男同士でデートしているのを見て、貴人が治樹が同性愛者だということに気が付き、私のところに行かなきゃと言って、朋美を置いていってしまったこと。仕方なく家に帰ったら、母親とその恋人と鉢合わせて、結婚するということを聞かされたこと。

「もう、なにがなんだかわからなかった。それで、ああこれは全部、紗雪のせいだって思った」

朋美は私から一度も目を逸《そ》らさずに、語った。私はどう反応していいかわからなかった。怒っているというのとも違う淡々とした口調なのだけれど、その分冗談っぽいノリでもない。

ってこと。そのあと、紗雪からもあんな電話がかかってくるし」

「紗雪のせいだって気分になったって話。それぐらい動揺して、わけがわからなくなった

やっとそう口を開いた私を、「わかってるわよ」と、朋美は遮った。

「それは、間接的には確かに私のせいかもしれないけど、でも」

自分の顔が赤くなっていくのがわかった。そう、私はあの日、店に治樹がいないことに動揺して、治樹と少しでもつながっている人に、とにかく電話をかけまくった。もちろん朋美にも。そして朋美に、みっともないぐらい焦った状態を見せてしまった。それまでは、どちらかというと私がいつも朋美を引っ張っていたのに。

「でも、自分もそんな大変な状況だったのに、なのに来てくれたのね、私のところに。私があんな状態だったから、心配してくれたの？　ありがとう」

取り繕うために、とりあえずそんなことを言った。朋美はしばらく黙っていたが、やがて「ふうっ」と音を立てて溜め息を吐き、「やめようよ」と言った。「え？」と私は聞き返した。なにを「やめよう」と言われたのか、わからなかった。

「やめよう、そんな嘘っぽい会話。きれいな方向に無理矢理持って行くの、やめてよ」

私は黙った。まだ言われている意味がわからなかった。

「紗雪のことが、心配だったから行ったんじゃないの。電話で、治樹さんがいなくなってかなり動揺してるのがわかったから、困ってる姿を見てやろうと思ったの」

胸の奥のほうに、強い衝撃があった。誰かが、私の心臓を力いっぱい引っ張って、その

上ねじろうとしている気がする。じりじりとした痛みが広がる。

子供の頃、悪意なら沢山ぶつけられた。でもそれは、教室の隅のほうから、廊下を歩いているときに後ろから、だった。こんなに至近距離で、真っ直ぐに顔を見て、しかも仲良しだった友達に、はっきりと悪意をぶつけられたのは初めてだ。

怒ってもいいんじゃないか、私。そう思ってなにを話すのかもまだ決めないままに、一度口を開きかけたけれど、あることに気がついて、すぐに閉じた。私は、この子を責める権利があるのだろうか。

「悪かったと思う。すごく意地悪だったと思う。でも、紗雪もあるでしょう。私に、思い切り意地悪したこと」

朋美に胸の裡を見透かされた。確かに、ある。治樹と結婚することを伝えたときだ。治樹のことが好きだから、驚いて動揺して、でも必死に取り繕って「結婚パーティーが楽しみ」と言った朋美に向かって、私は朋美の心の動きを全部悟った上で、「ありがとう。朋美が私たちの結婚を祝福してくれて、嬉《うれ》しい」と言って笑った。思いきり意地悪な顔で。確かに私はあのとき、はっきりと朋美に対して悪意があった。

「……ごめんなさい」

やっとの思いで、そう声を絞り出した。それまで強張《こわば》っていた朋美の顔から、すっと力が抜けるのがわかった。

「お互いさまだから……。私のほうこそ、ごめん。それに、私が治樹さんのこと気に入ってたのを見てて、紗雪が面白くなかったのは今ならわかる。私、誰かにちょっとでも好意を持つと、すぐにその人が結婚相手としてどうかって、見極めてたから。それで、治樹さんのことは職業とかそういうことで、本気になるのは止めておこうって思ってたから。紗雪は気付いてたんでしょう？　私がそういうこと考えてたこと。腹が立つわよね、そんなの。紗雪は、本当に純粋に治樹さんのことが好きなのに。同性愛者って知ってても、それでも結婚したいって思うぐらい」

朋美の言葉に、今度は私の力が抜けた。ついこの間までは、私と朋美の間で抱えていてもひた隠しにされていた事実や感情を、今こんなにもお互いあからさまに出して話をしている。体が軽くなっていく気がした。

「うん、朋美のそういうところに腹が立ってた、すごく」

口から本音がこぼれ出した。止まらない。

「でも、どこかでうらやましかったかも。そうやって条件見て相手を選んだりするのも、ある程度必要なことなんだって少しは認めてたんだと思う。だって私、中学のときから、なにやってるのよって、何度も何度も自分を責めてたもの。絶対に自分を好きにならないってわかってる人を、ずっと思い続けてどうするのって」

「そうなんだ」

朋美が呟《つぶや》いた。

「私は、逆に紗雪がうらやましかったんだけどな。治樹さんとの結婚の経緯を聞いて。そんなにも純粋に、人のこと好きになれるなんていいなぁって。私は、そんな風に誰かのこと好きになったことないなぁって」

　しばらくの間、沈黙が流れた。やがて私が呟いた。

「ないものねだりってことかしら、お互い」と。

「そうね」と朋美が返事した。それを合図のように、私たちはお互い同時に笑い出した。今日初めて、朋美との間に、柔らかい空気が流れた。

「治樹さんのこと」

　ひとしきり笑いが収まったあと、朋美が改まった様子で言った。

「その、同性愛者だってこと。びっくりはしたんだけど、でも嫌だとか、もう関わりたくないとか、そんな気持ちは全くないのよ。これからも仲良くしてもらいたいし……。ただ、今後関わっていく上で、そのことには触れない方がいいのか、別に触れても構わないんだとしても、こういう言い方は失礼だとか、そういうのがよくわからなくて戸惑ってるんだ。どうしたらいい？」

「朋美が嫌だって思ってないなら、それは伝わると思うから。変に言葉に繊細にならなくても、治樹は怒ったりしないと思う。もう知られちゃってるのに、一切触れない、聞かなかったことにするってのは止めてあげて。かえって嫌がると思う」

「そうなのね、わかった。よかった、そういうこと、聞けて。怒られるかもしれないけど、私、同性愛なんて本当にあると思ってなかったから、まさか自分が関わることになるなんて思ってもみなくて。傷付けたり失礼があったら悪いと思って、紗雪に聞かなきゃって思ったのよね」

セクシャルマイノリティだということを、カミングアウトしたり、知られてしまったりしたときの相手の反応について、以前尚子さんが語っていたのを思い出した。

──本当は驚いてるんだけど、差別はいけないと思ってやけに優しい顔して、大丈夫よ、私は全部受け入れてあげるから、みたいなこと言う人、たまにいるのよね。贅沢《ぜいたく》だけど、ちょっと引くの。だって、セクシャルマイノリティじゃなくたって、誰かの全部を受け入れるなんて、絶対無理な話でしょ？　どんなに仲がいい相手でも、ここだけは苦手とかって部分は、あって当然だと思うし。だから、どう対応すればいいのかを、はっきり聞いてくれるのが一番助かる。

つまり、今の朋美のような反応が、一番ありがたいということだ。

──含みもなしに、ただ受け入れるっていうのが一番いいんじゃないの？

そう訊ねた私に、尚子さんは言った。

──紗雪はそうだったよね。でも、そんな人、滅多にいないのよ。一番多いのは、聞かなかったふりで、一切そのことに触れない人ね。

朋美は絶対、そのタイプだと思っていたのに。

「ねえ、それで貴人とは今はどうなったの？　あの日のことはわかったけど」

さっきは話が別のところに流れていってしまったので、改めて聞いた。

「うーん」と、朋美は顔をしかめた。

「貴人君のことも、やっぱり結婚相手としてどうって診断しちゃってるところがあったから、悪かったなぁって思いはじめてて……」

「もしかして、別れたの？」

確かに私も朋美のそういうところは気に入らなかったけれど、それを理由に別れるまでしなくてもいいんじゃないかと思った。貴人のほうだって、意志を持って関係を持ったのだし、朋美だって打算もあれど、ちゃんと情だってあったのだろうし。

「ううん。別れるって話はしてない。でもよく考えたら、付き合おうって話もしてないのよね。気が付いたら、付き合ってる感じになってたけど」

朋美が、突然テーブルに身を乗り出して、私のほうに顔を寄せた。そして小声で話しはじめた。

「だからね、適度に距離置いて、様子見させてもらおうかと思ってるんだけど。付き合ってるとか、しっかり決めずに、でも縁も切らずに。そういうのってダメかなぁ？」

「いいんじゃないの、二人がそれでいいなら」

私は言った。私はそもそも、人と人との関係なんて、そういうものだと思っている。「付き合いましょう」なんて宣言し合ってから関係を築きはじめるなんて妙だ。関係性なんてものは、気が付いたらできあがっているものなんじゃないだろうか。

そう思ってから、途端に恥ずかしくなった。私は、その妙なやり方で治樹と「結婚」という関係性を築いたじゃないか。しかも治樹を騙《だま》してまで。

「本当？　ありだよね。でもそうしたいって思ってるってことは、まだ貴人君に話してないの。でも、そういう風になるように、この間誘導しちゃった。それぐらい、許されると思わない？　だって私、プロポーズ無視されたんだよ？」

いたずらっぽく笑って言う朋美につられて、私も笑ってしまった。

「実は一人暮らしも、貴人君ちの駅の近くにしようかと思ってるんだ。私、あの辺しか知らないから。紗雪たちの辺りは、オシャレすぎて敷居が高いし。近くに住んで、付かず離れずにさせてもらうつもり」

「朋美、なんだか逞《たくま》しくなったね」

思わず、そんな言葉が漏れた。今日の朋美の言動は、どれもこれまでの朋美からだったら、想像の付かないものばかりだった。自分に悪意があったとはっきりと認めたこと、私のほうのそれを責めたこと、治樹の同性愛について堂々と訊《たず》ねてきたこと、貴人との関係を自分のペースで進めようとしていること。

「それ、貴人君にもこの間言われた。褒められてるの？」

「うん、褒めてるのよ」

「そうなの？　ありがとう。でもきっと、それって紗雪のおかげなんじゃないかな」

朋美が私の顔を見た。「え？」と私は驚いて聞き返した。

「あの日に起こったことと、発覚したことで、なんだかいきなり世界が変わっちゃったんだもん。これまでの自分の価値観とか、考え方とか、生き方とか、すごく狭かったんだなぁって思い知らされた。そうしたら、これまでこだわってたこととか、なんだか急に吹っ切れたの」

そう言って、朋美は何度も頷《うなず》いて見せた。

「褒めてもらえるなら嬉しいな。でもそれは、紗雪のおかげよ。今度は、せい、じゃなくてね、おかげ」

私は黙っていた。恥ずかしくて、言葉が出てこなかった。

ランチセットの、食後のコーヒーが運ばれてきた。熱そうだったので、吹いて冷ましていたら、「ねえ、紗雪」と、改まった感じで朋美に話しかけられた。

「治樹さん、帰ってきた？　この間、店にお邪魔したんだけど。今は実家に居るって言ってたから、気になって」

「ああ……。ううん、まだ」

「そうなんだ」

朋美が渋い顔をしたので、「でも」と、私は慌てて口を開いた。

「そんなに落ち込んでないの。なんだか、あまりこだわらなくなっちゃって」

「こだわらない？」

「うん。帰って来ないなら、それはそれで仕方ないかなとか、思っちゃってるの。自分でも、どうしてなのか、よくわからないんだけど」

朋美が首を傾げる。

「あの日、一回帰って来たんでしょ？　話したの？　何か心境が変わるようなこと、言われたとか？」

「話は、ほとんどしてない。ただ、やっぱり、私は治樹には、絶対に受け入れてもらえないんだなって、証明されることがあったんだけど」

そこまで言って、私はコーヒーを啜《すす》った。不思議な気分だった。知り合ってから今まで、朋美とは何度もこうして向き合って話をしてきたけれど、こんなに心を開いて話をしたことはなかったんじゃないだろうか。少なくとも、これまでだったら、この話を朋美にしようとは絶対に思わなかった気がする。私と朋美は今まで一体、どんな話をしていたんだろう。

「証明されることって？」

朋美が私の顔を覗《のぞ》き込む。

「うん。あのね」

ゆっくりと開いた私の口から、どんどん言葉がこぼれ落ちた。朋美に話すことが、自然のことであったかのように。

あの日、帰ってきた治樹の怪我の世話をしているときに、いきなり治樹に腕を摑《つか》まれて、驚いた。決して乱暴だったわけじゃない。嫌だったわけでもない。ただ、今まで治樹から感じたことのないなにかを感じて、動揺した。

戸惑っている私に、今度は治樹は、唇を重ねてきた。ますます私は動揺した。唇に触れるだけのキスなら、今までにもしたことがあった。手をつないだり、肩を寄せ合ったり、頭を撫《な》でたり。そんな、小さな愛情表現の、延長線上のようなキスだ。でもそのときのキスは、いつものそれとは明らかに違った。

唇が離されたときに、やっと気がついた。男、だ。私は治樹から、男を感じていた。それはつまり、治樹は私を女として、性的対象として見ていた。

気が付いたら、また唇を重ねられていた。自分の体が強張《こわば》るのがわかった。次の瞬間、予想した通りのことが起きた。治樹の唇が私の唇をこじ開けて、ゆっくりと舌が中に入ってきた。治樹の舌と自分の舌がぶつかったとわかったと同時に、体から力が抜けていくのを感じた。

長い間願い続けていたことが、叶《かな》えられようとしていた。治樹を忘れるために付き合った男の子たちに舌を絡められる度に、申し訳ないとは思いつつも、これが治樹の舌だったらいいのにと、私はいつも考えていた。頬を、首筋を撫でるこの手が、治樹の手だったらいいのに。ブラウスのボタンを外すこの指が、治樹の指だったらいいのに。

固く、目を閉じた。意識が段々と、遠のいていった。いや、もしかして、自分で必死に意識を遠のけようとしていたのかもしれない。

「ごめん」

その声で、我に返った。治樹が私の目の前で、俯《うつむ》いていた。

「ごめん」

消え入りそうな声で、もう一度治樹が言った。俯いていたので、表情は見えなかった。自分の胸元に視線を落とした。着ていたセーターが、たくしあげられていた。中のシャツのボタンが、いくつか外れていた。

「ごめん」の意味を理解して、うん、と私は呟《つぶや》いた。声がきちんと出ていたかどうかわからない。治樹は、うなだれたままだった。

ろくに会話もしないまま、その後、一緒にベッドに入った。なかなか寝付けなかったけれど、それは治樹も同じらしいというのは、隣からの気配でわかった。

部屋の中でなにかが動いているのを感じて、ぼんやりと目を覚ましたとき、カーテンの向こうは、もう薄明るくなっていた。治樹がクローゼットの扉を開けて、コートを取り出しているのを意識半分で見た。出て行くんだろうなと思ったけれど、何故か私は止めることはせず、寝たふりをしていた。

そのままもう一度眠ってしまって、すっかり日が昇ってから、再び目を覚ましたときには、もう治樹はいなくなっていた。リビングのテレビの棚の上に、ボーダー柄のマフラーが無造作に置かれていた。ダイニングテーブルに置いてあった、私の携帯のメールランプが点灯していた。

『母親が風邪こじらせてるみたいだから、しばらく、実家に帰る』

メールは治樹からで、そう書かれていた。前の日に治樹を知らないかと、治樹の母親にも電話をかけていた。そのとき何度も咳《せき》をしていたから、嘘ではないのだろうと思った。だから、『わかった』と、一言だけのメールを返した。

──今まで、そういうこと、求めたことなかったのよね？　治樹さんに。

一歩一歩踏みしめて坂道を上りながら、朋美の言葉を頭の中で繰り返してみた。

自分の吐く息で、視界が白く染まる。

──告白しないで、ずっと片想いを続けてたんでしょ？　一度も振られてないから、想いが完結しなかったんじゃない？　やっと、はっきりごめんって言われて、ふっきれて、どうでもよくなっちゃったんじゃない？　失恋したときって、そうじゃない。最初はショックだけど、段々とすっきりしてくるよね。

「そういうものなの？」と訊ねた私に、朋美は驚いた顔をした。

──そっか。治樹さんに振られてないから、本当の失恋、したことないのね。

治樹が同性愛者だと気が付いてしまう前に、告白して振られてさえいれば、十六年も報われない想いを引きずらずに済んだということか。いや、同性愛者だと知ってしまってからだって、本当の気持ちを一度でもちゃんと伝えれば、それでよかったのかもしれない。

「ふふっ」と、小さく笑い声を漏らしてしまった。今さらいくらそんなことを考えたって、仕方がない。現実は変わらない。私たちはもう、結婚してしまっている。治樹はこのまま逃げ続けてはいけないし、私も、この先どうするのかを考えることを、放棄してはいけないのだ。

気が付いたら、マンションの前に着いてしまっていた。途中でなにか夕ごはんを買うつもりだったのに。どうしようか。また戻るのも面倒くさい。大みそかだから、一番近くのコンビニでインスタントの蕎麦《そば》でも買ってきて、紅白でも観ながら啜《すす》ろうか。一人で年越しをするのなんて初めてだけれど、どうせなら、とことん侘《わび》しさを演出するのもいいかもしれない。


「紗雪ちゃん」

闇の中から、いきなり声がした。驚いて、ひゃあ、と大げさな声を上げてしまった。

「そんなに驚かなくても。さっきから、居たのに」

入り口のエントランスの植え込みの前に、貴人が立っていた。上下黒のスポーツウェアのようなものを着ているので、闇に紛れていた。

「びっくりした。なにしてるのよ、こんなところで」

「いや、近く通ったから、寄ってみようかと思って。部屋の電気消えてたけど、紗雪ちゃんはそろそろ帰ってくる時間かなって思って、待ってたんだ」

アパートの大掃除を終えて、今から実家に帰って年越しを過ごすのだと、貴人は説明をした。

「近く通ったって……歩いていくつもりだったの？」

「走ってね。最近、また走り始めたんだ。自分で勝手にやってるだけだけど」

「走って？　あんたのアパートから、実家まで？」

「電車だと乗り換えがあるから遠いけど、直線距離だとそうでもないんだよ。俺の足をもってしたら」

貴人はそう言って、笑った。その顔に汗が光っている。この寒い中、汗をかいたままにしておいたら風邪をひいてしまうんじゃないだろうか。

「お茶でも飲んで行く？」

「いいの？　給水所になってくれる？　あ、でも治樹さんいないんでしょ？　留守中に男が上がり込むのは悪いかな」

「いいわよ。あんただもの」

いつかみたいに、目が据わっていたらお断りだけれど、今日はそんなことはなさそうだ。

バッグの中で、携帯が鳴った。ごめんと貴人に断って取り出した。実家からだった。年末年始は忙しいから帰れないと、何度も言ったのに、しつこく誘われていた。また、誘いだろうか。

「紗雪？　あんた今どこにいるの？　今からこっちに来て」

受話器の向こうで、上ずった母親の声がした。かなり焦っているのがわかる。

「なに？　どうしたの？」

「お父さんがおかしいの。急に苦しそうにしだして、痙攣《けいれん》したり、息があがったり。今は落ち着いてるんだけど、気を失ってるみたいで、呼んでも全然返事しないのよ。ねえ、どうしよう？　私、お酒飲んじゃってるの。運転できないから、病院まで運べないのよ」

「意識がないってこと？　救急車は？」

「救急車？　どうしたの？」

　貴人が驚いた顔をして、こちらを見た。

「かけたんだけど、近くで事故があったみたいで、すぐに出られないって言われて。タクシーも、年末で配車に時間かかるって。紗雪、運転できるでしょ？　ねぇ、すぐ来て」

「ちょっと待ってよ。運転なんてもう何年もしてないし、そっちに着くまでに時間かかるし……。小春は？　いないの？」

「いないから、あんたにかけてるのよ！」

「ちょっと待って！　落ち着いてよ」

　自分にも言い聞かせるように、私は叫んだ。直後、携帯が耳から、すっと抜けた。貴人に取り上げられたのだ。

「もしもし、おばさん？　貴人です。おじさんが倒れたの？　状況、落ち着いて説明してもらえますか？」

　電話の向こうで、「え？　貴人君？」と、母親が言うのが、微《かす》かに聞こえた。

「急性のアレルギー症状だね。大したことないですよ。年越し蕎麦、食べたんじゃないの？　蕎麦アレルギー持ってない？」

私より若いと思われる、白衣を着た当直の男性医師が、かったるそうに言った。大みそかに当直なんて冗談じゃないと、体中で語っている。タメ口なのも気に入らない。

「食べましたけど。蕎麦アレルギーじゃないですよ。今までも平気だったし」

返事する母親も、苛立《いらだ》っているのがわかる。

「蕎麦アレルギーの人間が、蕎麦そのものを食べるわけないでしょ。バカじゃないの」

私の隣で、小春が小声で悪態を吐いた。

「あ、そう？　他になに食べた？」

なおもタメ口で、医師が訊ねた。小春の声は聞こえなかったらしい。

「お鍋《なべ》とお寿司《すし》と、お節も色々つまんでたかしら。今日は夕方から、ずっとなにかつまんでは、チビチビ飲んでる状態で」

「だろうね。アルコールかなり入ってるみたいだし。今、眠ってるのは、お酒のせいだよ。ま、なにかに当たったんだろうけど、別に病気じゃないから大丈夫だよ。一応、点滴は打っておいたから。目が覚めたら連れて帰って」

診察室を出るとき、私は一応頭を下げたけれど、母親と小春は何もせず無言だった。昔から怒りのツボだけは、家族全員、一致している。

「どうでした？　大丈夫でしたか？」

廊下の椅子に座っていた、小春の腐れ縁の彼氏が、私たちが出てきたのを見て、立ち上がった。細身でメガネの、物腰柔らかそうな好青年だ。小春にはもったいないぐらいだった。

「大したことないって。ごめんなさいね。迷惑かけちゃって。本当に助かりました」

母親が、彼に向かって何度も頭を下げる。

「いえ、そんな。よかったです」

彼も、つられて頭を下げている。

貴人と母親が、電話で話している間に、小春が彼氏と一緒に帰ってきたらしい。デートの帰りに家まで送るついでに、新年の挨拶《あいさつ》をしにきたという。小春は「新年の」と、強調したけれど、これまで一度も連れてきたことがなかったのに、家に上げようとしたということは、彼との将来を真剣に考えているのかもしれない。結局、彼が車で父親を病院に運んでくれた。私は貴人と一緒に、タクシーを拾って駆け付けた。

そういえば、貴人の姿が見えない。

「あの、貴人は？　さっき、ここに一緒にいた、背の高いの」

「電話をかけに行くって仰《おっしゃ》ってましたよ」

彼がそう言ったとき、薄暗い廊下の向こうから、貴人が現れた。

「どうでした？　おじさん、大丈夫？」

「ありがとう。急性のアレルギーで、大したことないって。心配かけちゃってごめんね。貴人君が電話代わってくれて、私、だいぶ落ち着いたわ。かなり、焦っちゃってたけど」

母親が、今度は貴人に頭を下げた。昔から知っているだけあって、口調は小春の彼氏に対するより、だいぶ砕けている。

「いえいえ。結局、なにもしてないし、俺」

「紗雪のところに遊びにきてたの？　そういえば、治樹さんは？」

「お母さんが風邪ひいてて、看病に実家帰ってるんですよ」

母親は私に聞いたのに、貴人が私の代わりに答えてくれた。

「今、電話してきました。お母さんは治ったんだけど治樹さんにうつっちゃって高熱出してるらしいです。それでもすぐに向かわせるって、お母さん言ってたけど、断っておきました。治樹さんまで倒れても困るし」

「そうなの。お互い、年の瀬に災難だわね」

貴人の傍に寄って、小声で私は話しかけた。

「治樹にかけてくれたの？」

「うん。だって、治樹さんにとってもお義父《とう》さんなわけだし」

貴人も小声で返す。

「治樹の熱、酷《ひど》いの？」

「そんなに詳しく聞いてないよ。自分で聞きなよ。旦那《だんな》さん、だろ」

そう言って、貴人は私の肩を、軽く叩《たた》いた。さっき、タクシーの中でも同じことをされた。あれは、私が震えているのに気がついての行動だったのだろうか。適度な力でポンとやられて、それで私の震えは止まり、少し落ち着くことができたのだった。

父親が起きるまで、空いている病室で休ませてもらうことになった。簡易ベッドに、母親と小春と私で並んで腰かけて、借りてきた毛布にくるまった。小春の彼氏と貴人は帰っていった。「あんた達も帰っていいわよ」と、母親は言ったけれど、小春が「いるわよ」と、言ったので、私も倣った。

「嫌だ。いつの間にか年、明けちゃってるじゃない。紅白、どっちが勝ったかしら」

壁時計を見上げて、母親が言う。〇時半を過ぎたところだった。

「本当にお父さんったら、焦らせてくれちゃって。痙攣が止まって気を失ったみたいになったとき、本当に、ああ、この人、このまま死ぬんだって、思ったわよ」

小春と私は、顔を見合わせて苦笑いした。

それからしばらくの間、沈黙が流れた。なにか話そうかと思ったけれど、この状況にふさわしい話題が、浮かんでこなかった。

「この人がいないと、生きていけない。……って、誰かに対して思ったことある？　あんたたち」

おもむろに母親が口を開いて、沈黙を破った。

「なに？　急に」

小春が怪訝《けげん》な顔をする。

「あの人がいないと、私、生きていけないんです、って、泣きながら女の人に訴えられたことあるのよ。お母さん」

小春が助けを求めるように、私の顔を見た。「誰に？」と訊ねるのは愚問だということは、私同様、わかっているらしい。母親は、父親と不倫の末に、略奪婚をしている。

「正直そのとき、そうなんですか。それで？　って、思ったわ。言わなかったけど。私は、そんなことはない。そりゃ、あの人がいなくなったら淋《さび》しいし、最初は苦しいと思うけど、でも生きていけないなんてことはない。そう思う自分が、冷たいとか酷いとも思わない。だって、あの人と出会う前から私は生きてたし、どんな相手とでもいつかは別れがくるんだし、って」

母親は、小さく音を立てて息を吐いた。

「さっきもやっぱり、死ぬかもしれないって思ったあと、現実的なことばっかり考えてたわ。私が、しっかりしなきゃって。葬儀屋って、正月でもやってるのかしら？　割増料金、ふっかけられたりしないわよね？　最初に誰に連絡したらいいのかしら？　って」

「ふっ」と、小春が鼻を鳴らして笑った。

「でも、もちろん、いなくなって欲しいとか、そんなこと思ってるわけじゃないわよ。いなくたって生きてはいけるけど、でもいて欲しいから、一緒にいるんだから」

「私は、治樹がいないと生きていけないって思ってた。この間まで」

私の言葉に、二人が同時に顔を上げた。

「でも、そうでもなかったみたい。勘違いだった」

「なに、それ。お姉ちゃん、治樹さんと別れたの？」

小春が、恐る恐るといった感じで、私の顔を覗《のぞ》き込む。

「別れてないわよ」

まだ、別れてはいない。私も治樹も、逃げているだけで。

「ただ、別に治樹がいなくたって、やっていけないことはないって、気が付いただけ」

「よかったわ」

母親は笑った。けれどそれは一瞬で、すぐに真剣な面持ちになった。そして、決心したというように、ゆっくりと口を開いた。

「私がお父さんと知り合ったときね、実はお父さんはもう前の奥さんとは別居してて、離婚の話し合いに入ってたの。それを説明したからって、私のしたことの罪が軽くなるわけじゃないし、傍から見た結果は同じだから、だから今まで一度もその話はしたことなかったんだけど。言うのは卑怯《ひきょう》だと思って」

母親は、私と小春の顔を交互に見た。

「でも不倫だ、略奪婚だって、からかわれてたとき、あんた達にだけでも、言ってあげるべきだったのかもしれない。母親としては。今さらだけどね」

小春と私は、黙って顔を見合わせた。やがて小春が、母親の方に視線を戻す。

「本当、今さらよ」

いつもの小春のかわいくない口調だったけれど、そこに悪意や怒りは感じ取れなかった。

エレベーターのドアが開いた。乗っていた、小柄な女の人が、「あら」と、私を見て声を上げる。

「紗雪ちゃん。来てくれたの？　あけまして、おめでとう。お父さん、無事だったんだって？　よかったわぁ。ごめんなさいね。昨日、治樹行かせられなくて」

治樹の母親だ。買い物だろうか。布製のエコバッグを持っている。

「おめでとうございます。お騒がせしちゃってすみませんでした。お母さんこそ、風邪大丈夫ですか？」

「もう平気。やっぱり歳ね。たかが風邪なのに、なかなか治らなくて。さすが治樹は、まだ若いわ。今朝、もう熱下がったのよ」

「そうなんですか？」

「ええ。紗雪ちゃん、お昼まだよね？　私、今から食材買いに行ってくるから、後で一緒に食べましょうよ。部屋に入ってて。治樹寝てるけど、起こしてやっていいから」

キーホルダーの付いた、合い鍵《かぎ》を渡された。エレベーターに乗って、四階のボタンを押した。ガガガガと鈍い音を立てて、エレベーターは上昇を始めた。このマンションも、私の実家のマンションに負けない旧《ふる》さだ。

鍵を差し込んで回したら、逆に閉まった感触があった。扉を引いてみる。やっぱり。鍵がかかっている。閉め忘れたらしい。

もう一回鍵を回して、扉を開けた。玄関に、治樹のスニーカーが転がっていた。黒地に太いシルバーのラインが入っている、治樹の好きなメーカーの限定デザインのものだ。

リビングを抜けて、治樹の部屋に向かう。既視感に襲われた。以前にも、こうやって誰もいない治樹の家のリビングを、通り抜けたことがある。私が中二、治樹が中三のときだった。

あのときも治樹は風邪を引いて、学校を三日も連続で休んでいた。三日目にお見舞いに来てみたけれど、チャイムを鳴らしても、反応がなかった。今はパートだけれど、あの頃まだ治樹の母親はフルタイムで働いていて、帰りがいつも遅かった。諦《あきら》めて帰ろうとしたところ、何となく扉を引いてみたら、鍵がかけられていなくて、開いてしまった。迷ったけれど、何度も遊びに来たことはあったので、「お邪魔しまーす」と大声で叫んで、上がらせてもらった。

リビングを抜けて、治樹の部屋の前に立った。ドアをノックしたけれど、やっぱり反応はなかった。そっとドアを開けて覗いて見ると、床に敷いた布団《ふとん》の上で、治樹が寝息を立てていた。

十五歳だった治樹が、三十一歳になっただけで、あのときと全く同じ光景が、今私の目の前にあった。勉強机や、その上の本棚まで変わっていない。教科書や辞書が並べられている。けれどその上には、埃《ほこり》一つ落ちていない。治樹の母親はきれい好きだ。治樹がいなくなっても、この部屋の掃除を欠かさないのだろう。

――母さんの使ってる本棚から、同性愛に関する本が出てきたんだ。僕、カミングアウトしてないんだけど。

治樹が戸惑い気味にそう報告してきたのは、高校生の頃だっただろうか。

「結婚する」と二人で報告に来たとき、治樹の母親は何度も、本当にいいの？　と、私に向かって訊《たず》ねた。どう返事していいのかわからなくて、とりあえず愛想笑いしながら頷《うなず》いたら、急に手を握られた。

――ありがとう、ありがとう、紗雪ちゃん。治樹はずっと一人で生きていくんだと思ってたから、本当に嬉《うれ》しい。ありがとう。

涙目で、今度はそう語られた。治樹はそんな私たちを横目で見ながら、無言で、ベランダにタバコを吸いに移動した。

お義母《かあ》さんのためにも、やはり私も治樹も、このまま逃げ続けていてはいけない。

布団の縁に、腰を下ろした。そっと身を乗り出して、治樹の寝顔を覗いてみる。目をつぶっていると、当たり前だけれど斜視だということがわからない。私の左右の大きさが違う目とは逆だ。私は目を開けていればほとんどわからないけれど、閉じているときは、奥二重の左の瞼《まぶた》にだけ線が入っているから、よくわかるらしい。

治樹の体が、少しだけ動いた。瞼がゆっくりと開けられていく。私は急いで、乗り出していた体をひいた。

「紗雪……来てたの？」

瞬《まばた》きをしながら、治樹は上半身を起こした。

「うん。お母さん、買い物に行ったよ。下で会って、鍵借りたの。でも、鍵かかってなかったけど」

「すぐ忘れるんだよ。危ないよって、言ってるのに」

寝癖のついた頭を、治樹は軽く掻《か》き毟《むし》った。

「お父さん、大丈夫だったみたいだね。貴人から電話もらった。ごめんね。行けなくて」

「ううん。本当に大したことなかったから。そっちこそ、熱、大丈夫？」

何事もなかったかのような、自然な会話ができていた。ホッとする。

「うん。下がった。と、思う。今日、元旦《がんたん》だよね？　明けましておめでとう」

「明けましておめでとう」

そのあと、しばらく沈黙が続いた。「明けましておめでとう」の次に当然続くはずの言葉を、二人とも言えないでいた。

「あー、なんだろう、これ。デジャビュ？」

沈黙を破ったのは、治樹だった。

「前にも、こんなことあった。僕が風邪引いて寝てて、目が覚めたら紗雪がいて」

「うん。中学のときだよね」

「そうか。そうだ、そうだ。あの、紗雪がすげぇかわいくなかったときだ」

治樹が笑う。かわいくなかった？　なんだろう。聞き捨てならない。

「確か、二人で草むしり当番の日だったんだよ。なのに僕が休んじゃったから、一人でさせてごめんねって謝ったのに。紗雪が、別に大丈夫よ。あんなの私一人でできるしって小憎たらしいこと言ったんだよな」

我ながら、確かにそれは、かわいくない。

「前の日にクラスの奴らが、何人かでお見舞いに来てくれて、治樹がいないと淋《さび》しいよ、早く出て来いよって、温かい言葉をかけてくれた後だったからさ。なんだよ、紗雪はかわいくねぇなぁって思った」

よく覚えていないけれど、私のことだ。多分そのクラスメイトたちみたいに、「治樹がいないと淋しい」なんて、素直に言うことができなかったのだろう。

「でもその後、さすがにちょっとマズかったと思ったのか、慌ててフォローしてたよね。別に一人でできるけど、でも治樹がいれば、それはそれで楽しいし、だから次の当番までには治してきなさいよって」

意地悪な笑顔で私の方を見て、治樹は腕を上げて伸びをした。

「ま、前の日に来たクラスメイトで、今も付き合ってる奴はもういないけどね」

「今も、そうだけどね」

下を向いて、私は呟《つぶや》いた。よく聞こえなかったのか、治樹が「え？」と、聞き返した。

私は決心して顔を上げた。

「今も、別に治樹がいなくても、一人でも私はやっていけると思う。でも、いるならそれはそれで楽しいし……。ううん。いた方が、楽しいし。だから」

治樹が、真っ直ぐに私の顔を見ていた。片方の目とは目が合っていないような気がするけれど、治樹はちゃんと両方の目で私を見つめているというのが、はっきりと伝わってきた。それぐらい、強い視線だった。だから私も、真っ直ぐに治樹を見つめ返した。

「だから、帰ってきて、治樹」

低く、でも優しい声で、「うん」と、治樹が頷いた。ゆっくりと治樹の手が、私の方に伸びてきた。吸いこまれるように、私の体は治樹の腕の中に収まった。

顔を上げると、それが当然のことのように、治樹が唇を重ねてきた。柔らかい感触だった。しばらくそうしていたけれど、この間のように、私の唇がこじ開けられることはなかった。

「これ以上のことできないけど、いい？」

やがて唇を離した治樹が、私の耳元で囁《ささや》いた。「うん」と、私は腕の中で大きく頷いた。

「私も、できないから。それ以上のことは」

治樹の顔を見上げてそう言った。

「嘘じゃなくて、本当に」

治樹が不思議そうな顔をする。

嘘から出た真《まこと》だった。治樹とだったら、舌を絡めるキスも、セックスもできると思ってに必死にいたのに。治樹の舌と私の舌がぶつかった瞬間、体から力が抜けた。そのあとは、必死に意識を飛ばしてしまおうとしていた。ブラウスの外されたボタンの間から、治樹の手が侵入してきて、下着の上から乳房を触られたとき、更に私の体は強張《こわば》った。

「ごめん」と治樹が言うタイミングが、もう少し遅かったら。多分私が、「ごめん」とか、「止めて」とか、言ってしまっていたと思う。

「私もできないの、これ以上のことは」

腰を浮かせて、治樹の首元に両手をまわした。そしてそのまま、自分の唇を治樹の唇と重ねた。ゆっくりと。

唇を離すと、「うん」と治樹がゆっくり頷いてくれた。そして、私の耳元で囁いた。

「今年もよろしく。今年も来年も、ずっとその先も」

◇

キッチンから、いい匂いが漂ってきた。オリーブオイルだろうか。

「あ、すごくいい匂いする。何？」

ベッドマットにシーツをかけている貴人が、キッチンの治樹に向かって声をかける。

「洋風麻婆《マーボー》豆腐」

「麻婆なのに、洋風？　どんなの？　想像つかない」

「いいじゃない。楽しみにしておこうよ」

カーテンにフックを取り付けている、朋美が笑った。

「やっぱり朋美ちゃんの部屋には派手すぎない？　そのオレンジとか」

私が袋から取り出したクッションカバーを見て、貴人が呆《あき》れ声を出した。朋美の新居のインテリアは、全て私が選んだ。朋美に頼まれたのだ。

「紗雪のおかげで、新しいところに踏み出そうって思えたから。だから、私の新しい居場所は、紗雪に作ってもらいたいの」と。

「オレンジじゃないわよ。鉛丹《えんたん》っていうの、この色は」

「エンタン？　柿色じゃないんだ」

朋美が私の顔を見る。

「朋美にこの色は似合うのよ。私と治樹の結婚式で、この色のドレス着てたよね」

「ああ、本当だ。うん。似合ってたし、目立ってた。遠くからでも、すぐわかったよ」

治樹が、顔だけこちらに向ける。

「え、本当？　私、外しちゃったと思ってたんだけど。みんな、もっと明るい色着てたし。なんて言うんだったかな？　裾《すそ》の丈が違って、そういうのは着こなしが難しいって、店員さんにも言われて」

「アシンメトリーね。確かにあれは難しいんだけど、中途半端な長さじゃなくて、もっと思い切って短い丈にしちゃえばいいのよ。朋美は足、きれいなんだし」

「朋美ちゃん、この新しい食器使っちゃっていいんだよね？」

冷蔵庫の横に積み上げた段ボールの中を探りながら、治樹が言う。

「もう、どれでも、どんどん使っちゃってください。ごめん、紗雪。一人じゃ難しいみたい。そっちの端、持ってくれる？」

カーテンを窓に取り付けるのに、朋美が苦戦している。私は立ち上がった。

「あ、ねえ、三日月。きれい」

手を止めて、朋美が西の空を見上げて指さした。薄暗くなりかけた空に、誰かが丁寧に切り取ったような、見事なまでの弓なりの三日月が浮かんでいた。

「本当だ。私、満月より三日月の方が好き。満月って、まん丸すぎて、なんか怖い」

「なんとなくわかるかも。迫力あるよね」

朋美が頷《うなず》く。

「できたよ。一旦《いったん》、休憩。ちょっと早いけど夕ご飯にしよう」

キッチンから、治樹の声がした。

「やった。朋美ちゃん、暗くなってきたから、電気点《つ》けるよ？」

「待って。カーテンまだかけてないから、外から丸見えになっちゃう」

貴人の言葉に朋美が焦って、カーテンレールに再び手を伸ばした。

「いいじゃない。まだ電気点けるほどじゃないわよ。早く食べよう」

私は二人を制して、キッチンの治樹に聞こえないように小さな声で言った。

「治樹は、作ったご飯をすぐ食べないときだけは、怒るの。だから、食べちゃおう」

二人は顔を見合わせて、「わかった」と笑った。

買ったばかりのテーブルを、三日月の青白い光が微《かす》かに照らしていた。

私たち四人は、おのおの、その光の中に向かって、足を踏み出した。

解説

藤田香織（書評家）

２００９年の秋、本書『アシンメトリー』の単行本を読み終えた後の「落ち着かない気持ち」を、今でもよく覚えている。

書評家という仕事柄、私は通常一冊の本を読了すると「お薦めの〇〇本を紹介して下さい」的依頼に備えて、「面白かった」とか「怖かった」とか、「泣ける」「笑える」「感動する」などと、なるべく一言で感情を括《くく》って、心の奥にある本棚のしかるべき場所にしまい込むのだけれど、ときどき、そんな分類は不可能な小説があるから悩ましい。

でも、それは大抵嬉《うれ》しい困惑で、だからきっと本書を読み終えたときも、傍《はた》から見れば私はニヤニヤ笑っていたと思う。ジャンルで大別すれば「恋愛小説」という枠に収まるはずなのに、本書はまったく「うっとり」しない。ロマンティックな描写など皆無で、憧《あこが》れもしない。けれど、どうにも胸が騒いでしかたなかった。

今振り返ると、それは「気配」だったのだ。

第18回小説すばる新人賞を受賞したデビュー作『はるがいったら』（06年集英社刊→集英社文庫）、『学校のセンセイ』（07年ポプラ社刊→ポプラ文庫）、『サムシングブルー』（09年集英社刊）と飛鳥井千砂さんの著作を発売順に読み継いできて、そのたびに「いいな」、「好きだな」と感じてはいたけれど、初めて「凄《すご》い」と思った。

これは凄い。始まった。この作家はきっとこれから、もっと化ける——。

まったくもって僭越《せんえつ》だけど、本書からはそんな「予感」を抱かずにはいられなかったのである。

落ち着かない気分を引きずったまま、けれど、その衝撃を黙ってはいられず、いくつかの新刊書評で取り上げた。そのひとつ、「小説すばる」での書き出しはこう。

〈まったくもって「普通」とは、実に厄介だ。「普通」の生活、「普通」の恋愛、「普通」の結婚、「普通」の人生。自分は自分だ、ナンバーワンじゃなくてもオンリーワンだと、どんなに言い聞かせてみても、心の奥底にある「普通」のラインが邪魔をする。それ以下に落ちこぼれたくはないと気持ちが焦る。

でもいったい「普通」とは何なのか。半世紀前ならいざしらず、今やその概念はみな同じじゃないからメンドクサイ。帯に「結婚ってなんだろう？」と大きく記された本書は、同時にこの「普通ってなんだろう？」という難問にも挑んでいく〉

先にも少し触れたが「アシンメトリー」というタイトルが示すように、本書は非対称な男女四人の恋愛を描いた長編作である。

アパレル系商社の事務職に就いている二十九歳の朋美と、かつての同期で現在はインテリアと雑貨の店で働くひとつ年上の紗雪。紗雪の一年先輩で中学時代から付き合いがあるカフェの店長・治樹と、紗雪と治樹の後輩であり、朋美と同じ歳で大手リース会社の営業をしている貴人。一見しただけでも朋美と貴人は「堅実派」で、紗雪と治樹は「我が道派」なことが分かり、やがてその似た者同士で二組のカップルが誕生する。紗雪は「腐れ縁」の治樹と結婚し、その披露パーティで出会った朋美と貴人が交際を始めるのだ。けれど、その恋の行方が気になる以上に、物語の冒頭からチクチクと提示される「普通問題」に気持ちが揺さぶられてしまう。

　本書は章ごとに朋美、紗雪、治樹、貴人と語り手を替えて綴《つづ》られるのだが、単行本で最初に朋美視点の第一章を読んだとき、正直、私はイライラしてたまらなかった。父親の不倫が発覚し、両親が離婚したからっていつまで悲劇のヒロイン気取りなの？「でも、普通にしたいでしょ、誰でも結婚は」なんて、よくまぁ言い切れるなぁ。治樹には憧れるけど、堅実な職業じゃないから自分の結婚相手には相応《ふさわ》しくないって何様？　だけど紗雪が自分より先に結婚するのはショックなんだ。ふーん、へぇー、そうですか。「真面目に」「一生懸命」「常識的で普通」に生きてきたって、だからなんなの？と。

　程度の差はあれど、既に本文を読み終えた読者のなかには似たような苛立《いらだ》ちを感じた人も少なくないだろう。けれど、読み進めていくうちに、これが見事に自分に跳ね返ってくるからたまらない。

　視点を切り替えながら進む物語のなかで、読者は朋美から見れば「普通」の範疇《はんちゅう》外だった紗雪の服装や考え方にも秘めた想いがあり、性的マイノリティーである治樹の葛藤《かっとう》にも背景があり、堅実派に見えて時々常軌を逸したように感じる貴人の言動にも理由があることを知っていく。こうした構成自体は特に珍しいものではない(『はるがいったら』も多視点だったし)が、やはり主観と客観の両方から描くことで物語に厚みが出るし、読者の登場人物への距離もぐっと近くなる。その効果が十分発揮されているからこそ、そうだよな、人にはそれぞれの事情があって、それぞれの過去があるんだし、育った環境や経験が違えば「当たり前」だと思うことも違うよね。などと、理解したつもりにもなる。

が、そこで、はたと気付かされるのだ。

紗雪や治樹や貴人の人格が、一朝一夕に確立されたものではないように、朋美の「常識」や「普通」の背景にも、当然、彼女なりの事情があって過去があるのだ、ということに。それもまた「当たり前」なことなのに、深く考えもせず朋美の価値観をくだらないと、あざといと、笑った自分の狭量さに。

考えてみれば私たちは今とは違い相対評価だった成績表で、わずか六、七歳のころから、何十人もいるクラスメイト中、自分は「上」なのか「下」なのか、それとも「普通」なのかを自覚させられてきた。学業成績だけではなく、誰かの家に遊びに行けばその生活レベルを推し測り、大人の態度や周囲の反応から容姿のレベルを見極めて「自分のランク」に一喜一憂した経験は、恐らく誰にでもあるはず。平均的な家庭で生まれ育ち、平均的な容姿で、落ちこぼれることもなく、突出する才能もないまま「ごく普通」に育っても、進学や就職などで新しい居場所に組み込まれるたびに評価は一新する。そうして年齢を重ね、経験を重ねるうち、人は朋美のように「普通」の枠に固執して生きるタイプと、紗雪のようにその枠から離れたところで生きるタイプへと分かれていく。

どちらが良いわけでも悪いわけでもない。物語の前半で朋美が繰り返し自分に言い聞かせるように、それは単なる「違い」だ。けれど、人間関係のストレスの多くは、自分と相手の「違い」から生じると、大人になれば誰もが気付くのもまた事実。なにも言わなくても、言葉を尽くしたりしなくても、あ・うんの呼吸で分かり合える相手とだけ付き合っていられるのなら、穏やかに日々を過ごせるだろう。自分と異なる考えや価値観を持つ人を、理解できないと切り捨て距離を置くことは、大人の処世術として間違いではないとも思う。

でも、それでも。

生きている限り、出会ってしまうこともあるのだ。自分とは違う、どんなに面倒臭く、煩わしくても、簡単には切り捨てられない人に。切り捨てたくない、と思う人に。

本書は、朋美タイプの人々が囚《とら》われ続けている「せめて普通に」という思いを、否定するのではなく、丁寧に解放し、自分が「普通」ではないことを早くから認めざるを得なかったマイノリティーな人々の苦悩をゆっくりと解きほぐしながら、それぞれに「違う」四人の心の溝を埋めていく。

店のオーナーの妻・尚子さんが、治樹に「本当の意味」について、言及する場面がいい。「逞しくなった」朋美が、貴人に「(本当は)紗雪のこと、好きなんでしょう?」と切り出す場面がいい。親友だと言いながらも、互いを理解しきれずにいた朋美と紗雪が、互いに「意地悪だった」と本音を打ち明け合う場面が凄くいい。

「いいな」と思う場面は、数え上げればきりがないけれど、なによりもそんな四人のままならない関係性を分かり易く「いい話」にまとめたりしない、作者の誠実さがいい。デビュー作『はるがいったら』以来、飛鳥井さんは一貫してそんな「ままならなさ」を描いてきた。一見「普通」に見えても、誰もが抱えている、見ないようにしている本当の気持ちや、強がって吐いてしまった嘘を、温かな眼差《まなざ》しで、包み込むようにして。が、本書からそこに、ある種の厳しさが加わったように私には感じるのだ。

本書の後に刊行された第5作『君は素知らぬ顔で』(10年祥伝社刊)は、誰かと繋《つな》がりたい、もっと深く関わりたいと願うゆえ、悩み、迷い、傷ついて、それでも諦《あきら》めず歩き続ける人々を描いた連作短編集で、6作目の『チョコレートの町』(同年双葉社刊)は、故郷を嫌い都会で就職したにもかかわらず、仕事の都合で地元に帰ることになった青年が、客観的に町とそこで暮らす人々の姿を見つめなおす物語だった。そして文庫オリジナルで刊行された近著『タイニー・タイニー・ハッピー』(11年角川文庫刊)は、通称「タニハピ」と呼ばれる大型ショッピングセンターで働く人々を主にした、「小さな幸せ」がテーマの連作短編で、いずれも人と人との関係性について深く掘り下げられている。

良いことばかりではない。本書以降の作品には、自分とは「違う」誰かに影響される心細さも、他人の人生に影響を与えてしまう恐ろしさも、目を逸《そ》らさずに描かれているのだ。

それは、本書を境に生まれた「日常」を書く作家としての覚悟にも見える。

個人的には、いつの日にか日常小説というジャンルを飛び出し、『チョコレートの町』でいくつか仕掛けられていた小さな「謎」を膨らませるような方向でミステリーにも挑戦して欲しいし、少年少女もののファンタジーも読んでみたいと思う。たとえどんなジャンルの物語でも、飛鳥井さんの描く「人」は、その世界で、その時を、きちんと「生きて」いるに違いないと信頼できるからこそ、期待してしまう。

本書から「変わった」作家・飛鳥井千砂が、この先どんなふうに「化ける」のか。「普通」以上の才能を、楽しみに見守りたいと思う。

本書は二〇〇九年九月に小社より刊行された単行本を
加筆・修正のうえ、文庫化したものです。

アシンメトリー

飛鳥井千砂《あすかいちさ》

角川文庫 17060

平成二十三年十月二十五日 初版発行
平成二十四年四月二十五日 七版発行

発行者—井上伸一郎

発行所—株式会社角川書店
東京都千代田区富士見二—十三—三
電話・編集 (〇三)三二三八—八五五五
〒一〇二—八〇七八

発売元—株式会社角川グループパブリッシング
東京都千代田区富士見二—十三—三
電話・営業 (〇三)三二三八—八五二一
〒一〇二—八一七七
http://www.kadokawa.co.jp

印刷所—旭印刷 製本所—本間製本

装幀者—杉浦康平

定価はカバーに明記してあります。

あ 53-2 ISBN978-4-04-394472-9 C0193

角川文庫発刊に際して

角 川 源 義

第二次世界大戦の敗北は、軍事力の敗北であった以上に、私たちの若い文化力の敗退であった。私たちの文化が戦争に対して如何に無力であり、単なるあだ花に過ぎなかったかを、私たちは身を以て体験し痛感した。西洋近代文化の摂取にとって、明治以後八十年の歳月は決して短かすぎたとは言えない。にもかかわらず、近代文化の伝統を確立し、自由な批判と柔軟な良識に富む文化層として自らを形成することに私たちは失敗して来た。そしてこれは、各層への文化の普及滲透を任務とする出版人の責任でもあった。

一九四五年以来、私たちは再び振出しに戻り、第一歩から踏み出すことを余儀なくされた。これは大きな不幸ではあるが、反面、これまでの混沌・未熟・歪曲の中にあった我が国の文化に秩序と確たる基礎を齎らすためには絶好の機会でもある。角川書店は、このような祖国の文化的危機にあたり、微力をも顧みず再建の礎石たるべき抱負と決意とをもって出発したが、ここに創立以来の念願を果すべく角川文庫を発刊する。これまで刊行されたあらゆる全集叢書文庫類の長所と短所とを検討し、古今東西の不朽の典籍を、良心的編集のもとに、廉価に、そして書架にふさわしい美本として、多くのひとびとに提供しようとする。しかし私たちは徒らに百科全書的な知識のジレッタントを作ることを目的とせず、あくまで祖国の文化に秩序と再建への道を示し、この文庫を角川書店の栄ある事業として、今後永久に継続発展せしめ、学芸と教養との殿堂として大成せんことを期したい。多くの読書子の愛情ある忠言と支持とによって、この希望と抱負とを完遂せしめられんことを願う。

一九四九年五月三日

角川文庫ベストセラー

タイニー・タイニー・ハッピー　飛鳥井千砂

東京郊外の大型ショッピングセンター、通称「タニハピ」で交錯する人間模様。葛藤する8人の男女を瑞々しくリアルに描いた連作恋愛ストーリー。

空の中　有川浩

二〇〇X年、謎の航空機事故が相次ぐ。調査のため高度二万メートルに飛んだ二人が出逢ったのは!?　有川浩が放つ〈自衛隊三部作〉、第二弾!

海の底　有川浩

四月。桜祭りでわく米軍横須賀基地を赤い巨大な甲殻類が襲った!　潜水艦へ逃げ込んだ自衛官と少年少女の運命は!?〈自衛隊三部作〉、第三弾!!

塩の街　有川浩

すべての本読みを熱狂させた有川浩のデビュー作!!「世界とか、救ってみたくない?」塩が埋め尽くす塩害の時代。その一言が男と少女に運命をもたらす。

クジラの彼　有川浩

ふたりの恋は、七つの海も超えていく。『空の中』『海の底』の番外編も収録した6つの恋。男前でかわいい彼女達の制服ラブコメシリーズ第一弾!!

約束　石田衣良

親友を突然うしなった男の子、不登校を続ける少年が出会った老人……。もういちど人生を歩きだす人々の姿を鮮やかに切り取った短篇集。

美丘　石田衣良

嵐のようなエネルギーをもった美丘。だが、彼女の生命の火は今まさに消えようとしていた……。TVドラマにもなった涙のラブ・ストーリー。

角川文庫ベストセラー

5年3組リョウタ組　石田衣良

茶髪にネックレス、涙もろくてまっすぐで、自分を丸ごと出して人にぶつかっていくことを恐れない熱血教師を描く、新たな青春・教育小説。

パイロットフィッシュ　大崎善生

出会いと別れの切なさと、人間が生み出す感情の永遠を、透明感溢れる文体で綴った至高のロングセラー青春小説。吉川英治文学新人賞受賞作。

アジアンタムブルー　大崎善生

愛する人が死を前にした時、人は何ができるのだろう――。最後の時を南仏ニースで過ごそうと旅立った二人。慟哭の恋愛小説。映画化作品。

孤独か、それに等しいもの　大崎善生

今日一日をかけて私は何を失ってゆくのだろう――（「八月の傾斜」より）。灰色の日常に柔らかな光をそそぎこむ奇跡の小説五篇。

ロックンロール　大崎善生

小説執筆の為パリのホテルに滞在していた植村は、彼の地で恋をし、突き動かされるように作品に没頭していく――。切なく清々しい恋物語。

傘の自由化は可能か　大崎善生

作家の目がとらえたこの世のかけらたち。旅や言葉、本や周囲の人々など、作家ならではの思索的日常をさりげなくスケッチしたエッセイ集。

水の繭《まゆ》　大島真寿美

母も兄も父も、私をおいていなくなった。別居する兄は不安定な母のため時々「私」になりかわっていた……。喪失を抱えて立ち上がる少女の物語。

角川文庫ベストセラー

宙《ソラ》の家《ノイエ》　大島真寿美
暇さえあれば眠くなる雛子、一風変わった弟の真人、最近変な受け答えが増えてきた祖母。ぎりぎりで保たれていた家族の均衡が崩れだして……。

チョコリエッタ　大島真寿美
将来の夢は「犬」!? 苛立ちばかりが募る高校2年生の夏、からっぽの心が少しだけ息を吹き返す——。ゆるやかに快復する少女を描いた珠玉の青春小説。

800　川島誠
まったく対照的な二人の高校生が800mを走り、競い、恋をする——。型破りにエネルギッシュなノンストップ青春小説！（解説・江國香織）

セカンド・ショット　川島誠
淡い初恋が衝撃的なラストを迎える幻の名作「電話がなっている」をはじめ、思春期の少年がもつ素直な感情が鏤められたナイン・ストーリーズ。

もういちど走り出そう　川島誠
インターハイ三位の実力を持つ元400mハードル選手が順調な人生の半ばで出逢った挫折と再生を、繊細にほろ苦く描いた感動作。（解説・重松清）

「恋」　北川悦吏子
「心が傷ついてる分、マスカラをいっぱいつけた」「あなたの着信履歴で　この恋を終わらせる」。脚本家・北川悦吏子の初めての恋愛詩60篇を収録。

君といた夏　北川悦吏子
もう二度と来ない、誰もが不器用だったひと夏の青春を描いた感動作。筒井道隆・いしだ壱成・瀬戸朝香出演の北川ドラマの書き下ろしノベライズ。

角川文庫ベストセラー

ビューティフルライフ　北川悦吏子
カリスマ一歩手前の美容師・柊二と車椅子だが前向きに生きる図書館司書の杏子。ふたりが出逢い恋をした必然の日々。大ヒットドラマのノベライズ！

彼女が愛した男　小池真理子
気ままな休日を過ごそうと山荘にやって来た美穂と令子は、殺人者の人質になってしまう。パニックの中、彼女らの心に微妙な変化が起こり……。

薔薇いろのメランコリヤ　小池真理子
愛し合えば合うほど陥る孤独という人生の裂け目。誰も描き得なかった愛と哀しみに踏み込んだ恋愛文学の金字塔。小川洋子解説。

狂王の庭　小池真理子
広大な敷地に全財産を投じて西洋庭園を造る男。妹の婚約者である彼を愛する人妻。没落する華族社会を背景に描く、世紀の恋愛巨編。

一角獣　小池真理子
憎悪や怒りや嫉妬を超えた底なしの悲しみが連れてきたある至福の時間。八通りの人生の、美しい凄みを見事に描ききった小説集。

青山娼館　小池真理子
青山に佇む会員制娼館には、女も男も、みな、重い過去をもった者が集う。哀しみと怒りの人生が交錯し、身体から再生する日々を描く衝撃作。

赤×ピンク　桜庭一樹
廃校になった小学校で、夜毎繰り広げられるガールファイト――都会の異空間に迷い込んだ少女たちの冒険と恋を描く、熱くキュートな青春小説。

角川文庫ベストセラー

一千一秒の日々　島本理生

メタボな針谷にちょっかいを出す美少女の一紗、誰にも言えない思いを抱きしめる瑛子……不器用で愛おしい恋人たちを描く珠玉のラブストーリー。

あなたがここにいて欲しい　中村航

懐かしいあの日々、温かな友情、ゆっくりと育む恋――。やわらかな筆致で綴る、名作「ハミングライフ」を含む新たな青春恋愛小説のスタンダード。

僕の好きな人が、よく眠れますように　中村航

大学院で遂に出会った運命の人。しかし、彼女には決して恋ができない理由があった……。『100回泣くこと』を超えたラブ・ストーリー！

参加型猫　野中柊

五匹の捨て猫が取り持った縁で結婚した勘吉と沙可奈。二人と「参加型」猫チビコちゃんが織りなす、穏やかで前向きな日々。キュートな恋愛小説。

草原の輝き　野中柊

母は弟を道連れにして命を絶った。辛い記憶はずっと、なつきを苦しめ続けて……。圧倒的な悲しみをたたえた女性のゆるやかな快復と再生の物語。

きみの歌が聞きたい　野中柊

幼馴染の絵梨と美和、少年のような男性・ミチル。慈愛と静寂に満たされた三角関係に生まれる哀しみを描く。天然石の光に包まれた恋愛小説。

銀の糸　野中柊

人生の大きな流れの中で、自分で選んだ相手と意志的に結ぶ、それが銀の糸――。切実にだれかとつながりたい気持ちをすくいとる、珠玉の恋愛小説集。